W0185066

LES LOUPS
AIMENT LA BRUME

DES MÊMES AUTEURS

La Turquie et le fantôme arménien. *Sur les traces du génocide*, Laure Marchand et Guillaume Perrier, Solin Actes Sud, 2013.

Le Fantôme arménien, Thomas Azuelos, Laure Marchand et Guillaume Perrier, Futuropolis, 2015.

Triple assassinat au 147, rue La Fayette, Laure Marchand, Solin-Actes Sud, 2017.

Dans la tête de Recep Tayyip Erdoğan, Guillaume Perrier, Solin-Actes Sud, 2018.

LAURE MARCHAND
GUILLAUME PERRIER

LES LOUPS AIMENT LA BRUME

Enquête sur les opérations clandestines de la Turquie en Europe

BERNARD GRASSET
PARIS

Couverture : © Kenzo Tribouillard/IP3

ISBN : 978-2-246-82769-6

Tous droits de traduction, de reproduction et d'adaptation
réservés pour tous pays.

© *Éditions Grasset & Fasquelle, 2022.*

Kurtlar puslu havayı sever.
« Les loups aiment la brume. »

Proverbe turc

L'Institut de la langue turque (*Türk Dili Kurumu*) donne à ce proverbe le sens suivant : « La brume fait ici référence à des moments de grande confusion. Une personne qui cherche une opportunité d'agir pour son propre bénéfice profite du temps troublé, grâce auquel personne ne peut l'empêcher d'accomplir sa tâche. »

Graphie et prononciation des noms turcs.

Nous avons choisi de garder la graphie turque des noms propres.

c se prononce dj
ç se prononce tch
ğ est muet, il prolonge la voyelle précédente
ı se prononce entre i et eu. À différencier de **i**
ö se prononce eu mais **o** se prononce o
ş se prononce ch
s se prononce toujours s
ü se prononce u mais **u** se prononce ou

INTRODUCTION

La Turquie dans l'Europe

Le 17 décembre 2004, au terme d'une longue réunion à Bruxelles, l'Union européenne donnait son consentement à l'ouverture de négociations d'adhésion avec la Turquie. L'accord, arraché par le Premier ministre Recep Tayyip Erdoğan, arrivé au pouvoir moins de deux ans plus tôt, lui valut un retour triomphal. À l'époque, plus de 70 % des Turcs se déclarent favorables à une union avec l'Europe. Les milieux d'affaires soutiennent le gouvernement dans sa démarche. Et les Européens constatent que « la Turquie a fait plus de réformes en dix-huit mois qu'au cours des quatre-vingt années précédentes ». « Avec l'entrée de la Turquie, l'Europe démontrera qu'elle n'est pas le continent où les civilisations s'affrontent mais où elles se réconcilient », lance Erdoğan, qui est élu en 2004 « Européen de l'année » par la revue *European Voice*.

Il faut dire que l'intégration à l'Europe est un objectif de longue date. Le premier acte de candidature officiel date de 1959, et la Turquie n'a jamais cessé de revendiquer sa place au sein du club occidental. Elle appartient déjà à de nombreuses institutions européennes, elle est membre du Conseil de l'Europe, participe à l'Organisation pour la Sécurité et la Coopération en Europe (OSCE). Elle est aussi un pilier de l'OTAN, depuis 1952. Et si géographiquement elle est à cheval sur deux continents, à 95 % en Asie et 5 % en Europe, la Turquie, comme l'Empire ottoman avant elle, regarde inexorablement vers l'Ouest, vers l'Occident, avec lequel elle entretient une longue histoire tumultueuse, faite à la fois de profondes synergies et de rivalités tenaces.

Dans le quartier de son enfance, celui de Kasimpacha, à Istanbul, et dans son parcours politique, c'est plutôt en opposition au régime kémaliste[1] et à l'occidentalisation que s'est construit Recep Tayyip Erdoğan. Mais, bien qu'issu d'un milieu islamiste et nationaliste et formé dans les organisations de jeunesse du *Millî Görüş*, la matrice de l'islam politique turc fondée par Necmettin Erbakan, il tourne casaque à la fin des années 1990. Après une expérience réussie comme maire d'Istanbul (1994-1998), il désavoue Erbakan, son mentor, et fonde un parti pro-européen, l'AKP (Parti de la justice et du développement), en 2001, entraînant avec lui toute l'aile réformiste du parti islamiste. « J'ai ôté la chemise de l'islam politique », déclare-t-il. Il se compare aux anciens marxistes européens devenus libéraux. L'année suivante, il est élu à la tête du pays. Erdoğan est loué pour son pragmatisme.

1. Mustafa Kemal Atatürk est le fondateur et premier président de la république de Turquie, en 1923.

L'enthousiasme des premiers mois de relations entre la Turquie et l'UE, avec l'ouverture formelle de six chapitres des négociations en octobre 2005, laisse vite place au doute. Le parti conservateur allemand, qui porte Angela Merkel à la chancellerie fédérale au mois de novembre, s'oppose à l'adhésion de la Turquie et lui préfère un « partenariat privilégié ». Les présidents français Jacques Chirac puis Nicolas Sarkozy, en 2007, se rangent à la même position. Les dirigeants turcs dénoncent un reniement des engagements. Entre Bruxelles et Ankara, les relations s'enveniment, un jeu de dupes s'installe. Chypre, devenu un État membre à part entière mais dont un tiers du territoire est occupé par le pays candidat, fait de l'obstruction systématique à tout ce qui pourrait rapprocher la Turquie d'une adhésion. Depuis 2008, quelques dossiers techniques ont bien été ouverts, des ajustements légaux réalisés mais leur finalité, l'arrimage de la Turquie, n'est même plus évoquée. Sans réelle volonté de part et d'autre de s'en rapprocher, la perspective d'une intégration à l'UE est progressivement enterrée.

Alors qu'elle quitte les rails des négociations, la Turquie perd aussi le fil de sa propre transformation démocratique. Après une série de réformes prometteuses – abolition totale de la peine de mort, refonte du code pénal, démilitarisation des institutions, libéralisation de l'économie – la dynamique s'enraie. Le « miracle économique turc », dont les taux de croissance faisaient briller les yeux de tous les industriels occidentaux, commence à se montrer moins attractif. Et le modèle politique, avec son « soft power » promu par ses dirigeants à travers tout le Moyen-Orient, s'avère rapidement d'une extrême fragilité. Dès 2008, Bruxelles se pose la question d'une interruption des négociations avec la Turquie devant les atteintes répétées à l'État de droit. Son système judiciaire se transforme en machine répressive contre toute forme d'opposition : les militaires, les rebelles kurdes, les syndicats étudiants et les médias en sont les principales victimes. En 2010, la Turquie détient déjà le triste record du monde du nombre de journalistes emprisonnés.

Mais ce que l'on nomme pudiquement la « dérive autoritaire » d'Erdoğan s'intensifie après sa nouvelle réélection à la tête du pays en 2011. Et plus encore à partir de 2013 et des grandes émeutes du parc Gezi, à Istanbul, qui font vaciller son pouvoir. Sa stratégie de présidentialisation du régime turc se fait plus claire. Les contre-pouvoirs sont rabotés, la corruption s'intensifie, les purges au sein de son parti s'accélèrent et les cercles dirigeants se resserrent autour du « Reis », le chef. L'adhésion à l'UE n'est plus qu'un mirage.

Changement de perspective. La relation Turquie-Europe devient progressivement un rapport de voisinage. La stratégie du compromis et de l'intégration qui prévalait à Ankara est délaissée, au profit d'un rapport de force froid et brutal. Paradoxalement, de nombreux pays européens, par cynisme ou par « pragmatisme », se complaisent dans ce mode de fonctionnement avec l'allié turc. La coopération se développe sans obstacle sur des dossiers stratégiques et militaires, l'approvisionnement énergétique, le renseignement et la lutte contre le terrorisme... On loue le dialogue « franc » et « l'agenda positif » désormais promu à Bruxelles et dans les milieux présentés comme turcophiles. Au diable les droits de l'homme, les critères de Copenhague[1] et les encombrantes valeurs démocratiques. Cette logique culmine avec l'accord signé le 18 mars 2016 qui fait de la Turquie le garde-frontières de l'Europe, contre rétribution sonnante et trébuchante. Ankara est chargée de retenir sur son sol les migrants en quête d'un refuge, syriens et afghans qui fuient leur pays par milliers, en échange de subventions de l'Europe. Leur montant initial de six milliards d'euros est porté à neuf milliards en 2021.

Les nouvelles règles du jeu n'accordent plus qu'une place annexe aux questions de démocratie. Les libertés fondamentales, l'État de droit, l'indépendance de la justice turque, qui étaient au cœur du processus en 2004, sont désormais relégués aux débats obscurs de sous-commissions du Parlement européen ou aux plénières de la Cour européenne des droits de l'homme. Le Conseil européen les évite soigneusement. « L'Europe a abandonné l'opposition turque. Je me souviens que dans les

1. Les critères de Copenhague sont les conditions et les règles, démocratiques et économiques, que tout pays doit respecter s'il veut être candidat à l'adhésion à l'Union européenne. Ces critères ont été définis lors du Conseil européen de Copenhague en 1993.

années 1990, les “critères de Copenhague”, “l'acquis communautaire[1]” étaient des expressions que nous employions tous les jours. Où est cette Europe aujourd'hui ? » s'interroge le militant des droits de l'homme Yiğit Aksakoğlu, co-accusé du philanthrope Osman Kavala dans le procès des manifestations antigouvernementales du parc Gezi. Les valeurs fondatrices de l'Union européenne ne font plus recette, même au sein des États membres. Difficile, dès lors, de convaincre des candidats d'y adhérer. Avec la Turquie, toute exigence a été abandonnée. « L'Europe est d'une grande hypocrisie. Erdoğan garde les réfugiés, on lui donne le pouvoir et de l'argent pour cela, donc on soutient sa politique. Pendant ce temps, l'opposition turque se réfugie en Europe. Tout le monde est content », lâche, amer, celui qui vit en exil aux Pays-Bas depuis 2020. Opportuniste, Erdoğan joue avec l'Europe et avec ses contradictions. Il tonne, il menace, il marchande. Il cède d'une main ce qu'il reprend de l'autre. Et souvent, cela fonctionne. En mai et juin 2022, les pays occidentaux en ont encore eu la démonstration lorsque la Turquie a bloqué la candidature à l'OTAN de la Finlande et de la Suède.

Avec la guerre en Ukraine, la Turquie a trouvé un nouveau levier de négociation. Ankara défend officiellement une position de neutralité et Erdoğan tente de jouer les conciliateurs entre Vladimir Poutine et Volodymyr

1. L'acquis communautaire définit l'ensemble des règles et des normes qui forment le corpus législatif de l'Union européenne et que le pays candidat s'engage à transposer dans son droit national.

Zelensky, entre ses alliés au sein de l'OTAN et la Russie. Il fournit des drones armés à Kiev. Mais il maintient avec Moscou des relations économiques et stratégiques fructueuses. Il défend l'intégrité territoriale de l'Ukraine. Et transige volontiers avec les angoisses existentielles de son alter ego russe. Cet opportunisme lui a permis de se replacer au centre du rapport de force régional. Et de faire valoir, auprès des pays européens, son propre agenda ainsi que des « préoccupations légitimes de sécurité » pourtant sans rapport avec la menace de la Russie.

La Suède serait, selon le président turc, « un centre d'incubation terroriste ». L'accusation n'est pas nouvelle. Plusieurs pays d'Europe de l'Ouest ont été ciblés pour le soutien qu'ils apporteraient à la guérilla kurde du PKK (Parti des travailleurs du Kurdistan) en lutte armée contre l'État turc depuis 1984 : Pays-Bas, France, Allemagne... ainsi que les États-Unis. Même si dans les faits, rien ne vient confirmer de telles accusations. « Que ces pays soient en contact avec les membres d'une organisation terroriste, que la Suède leur envoie des armes et impose des restrictions au matériel de défense vers la Turquie, tout cela va à l'encontre de l'esprit de l'Alliance », a critiqué le ministre des Affaires étrangères turc Mevlüt Çavuşoğlu. La Suède a été particulièrement montrée du doigt pour son opposition à l'expansionnisme turc en Syrie. De fait, les Occidentaux ont largement collaboré avec la branche du mouvement kurde en Syrie, les YPG (unités de défense du peuple), tout en feignant d'ignorer son pedigree. Une aubaine pour Erdoğan qui permet de dénoncer le « deux poids deux mesures » de ses alliés. Le PKK est un sujet obsessionnel en Turquie, l'incarnation de l'ennemi de l'intérieur, accusé de vouloir découper le pays. Son existence permet, depuis quarante ans comme à l'encontre de la Suède, de justifier toutes les atteintes à l'État de droit, les vagues de répression politique, les opérations militaires et les crimes de guerre. La Suède s'est surtout retrouvée attaquée en raison de sa tradition d'asile et de sa politique d'accueil de tous les parias du régime Erdoğan. Des élus kurdes, des militants des droits de l'homme, des intellectuels, universitaires et journalistes turcs y ont trouvé refuge ces dernières années. Stockholm, comme la plupart des États membres, a systématiquement rejeté les demandes d'extradition formulées par la Turquie et les argumentaires fallacieux qui les accompagnaient. L'absence de droit à un procès équitable et la banalisation de la torture en Turquie rendent, théoriquement, impossible un tel marchandage. À moins que les pays européens ne finissent par céder au chantage. Fin juin, au sommet de l'OTAN qui s'est tenu à Madrid, la Turquie, la Suède et la Finlande ont finalement conclu un accord. Erdoğan a levé son veto à l'entrée des deux pays nordiques dans l'Alliance atlantique. En échange, il a obtenu la promesse d'une « pleine coopération dans la lutte contre le terrorisme ». L'accord prévoit la mise en place d'un mécanisme pour examiner les demandes d'extradition formulées par la Turquie. Dès la signature, Ankara a envoyé 33 dossiers, 21 à Stockholm et 12 à Helsinki, et attend des « actes concrets ». Sans quoi l'accord ne serait pas ratifié. « La Suède a promis d'extrader 73 terroristes », a clamé le président turc le lendemain du sommet. La ratification de l'accord par le Parlement turc est suspendue à ces extraditions, a-t-il menacé.

Dans son bras de fer avec les Européens, Erdoğan possède de sérieux arguments. C'est désormais lui qui tient le verrou migratoire en contrôlant deux des principales voies d'accès au territoire européen, la frontière grecque mais aussi les côtes de la Libye. Il n'hésite pas à instrumentaliser la présence de 3,5 millions de Syriens, celle de plusieurs centaines de milliers d'Afghans, d'Iraniens et de ressortissants du continent africain sur son territoire, pour faire planer la menace d'une submersion migratoire qui paralyse les exécutifs européens. La Turquie a également su jouer sa carte dans la lutte contre le terrorisme djihadiste à partir de 2015. Elle a monnayé sa coopération et ses renseignements, laissé s'installer la menace tout en laissant penser aux capitales européennes qu'elle luttait sans arrière-pensées contre les groupes djihadistes. En contrepartie, les arrestations dans les milieux kurdes se sont multipliées en Europe. Et un silence pesant s'est installé autour des opérations d'espionnage et d'infiltrations turques à travers le continent. Les actes d'intimidation, les menaces, voire les assassinats ciblés, comme celui de trois militantes kurdes à Paris en 2013, sont restés impunis. Ils ont parfois été couverts par les appareils judiciaires et policiers européens pour ne pas braquer Erdoğan. Dans l'esprit de ce dernier, un tel aveu de faiblesse est à chaque fois une invitation à pousser son avantage.

nce en Europe de près de cinq millions de Turcs rdoğan un levier majeur. Cette diaspora issue s de migration économique des années 1960 longtemps été délaissée par la mère-patrie. Erdoğan l'a reprise en main et en a fait l'extension de son pouvoir en Europe. Les expatriés se sont vu accorder le droit de vote à partir de 2014 et constituent aujourd'hui un solide réservoir de voix pour les élections. Les Turcs d'Europe, plus conservateurs et nationalistes que la moyenne, moins concernés aussi par les soubresauts violents que connaît leur pays d'origine, votent massivement pour le Reis et son parti, l'AKP (Parti de la justice et du développement) ainsi que pour son allié ultranationaliste, le MHP (Parti d'action nationaliste). Les fameux « Loups gris », dont l'influence reste forte. Dans certaines régions, la diaspora forme pour le pouvoir une base de soutien bien plus virulente qu'en Turquie. Avec cette légion islamo-nationaliste rassemblée autour de quelques organisations spécialement constituées, Erdoğan jouit d'un instrument d'influence, voire, si nécessaire, de déstabilisation. À travers ces associations politiques, il guide et encadre les « Euro-Turcs », il polarise et divise les sociétés européennes, il incite à l'entrisme dans les institutions, espionne et menace toutes les voix dissonantes, pourtant nombreuses au sein de sa diaspora. Et son ambition va bien au-delà de la petite Turquie d'Europe. Le Sultan se voit en calife et en porte-parole des communautés musulmanes, présentées comme les victimes éternelles de l'islamophobie occidentale.

Si les diatribes de Recep Tayyip Erdoğan suscitent le malaise, c'est aussi parce qu'elles touchent un point sensible. Elles bousculent une conception fantasmée de l'Europe, arc-boutée sur une identité menacée, vision bien ancrée dans l'imaginaire collectif. La Sublime Porte défie l'« Europe chrétienne » et les droites identitaires européennes se rejouent le siège de Vienne[1] ou la bataille de Lépante[2]. Erdoğan aussi partage cette obsession pour le « choc des civilisations ». Il incarne une revanche millénaire, rejoue la Conquête sur les armées impies. Son nationalisme violent, son irrédentisme et ses revendications de territoires cédés il y a cent ans, après les traités de Sèvres et de Lausanne, son conservatisme religieux, son révisionnisme historique, le rangent dans la même catégorie que les populistes européens les plus virulents. Son meilleur ami au sein de l'UE, le dirigeant hongrois Viktor Orban, l'a bien compris.

Dans ce rapport de force avec les pays européens, Erdoğan ne recule devant aucun argument. Depuis 2015, son pouvoir s'est radicalisé. En interne, il s'est allié avec les Loups gris, et sur la scène internationale, il s'est rapproché

1. En 1529, les armées ottomanes conduites par le sultan Süleyman (Soliman le Magnifique) assiègent Vienne pendant plus de deux semaines avant de battre en retraite. Ce siège marque l'avancée la plus à l'ouest de l'Empire ottoman.
2. La bataille de Lépante est une bataille navale dans le golfe de Patras, à l'ouest du Péloponnèse, qui oppose, en 1571, la flotte ottomane à une coalition chrétienne, la Sainte Ligue, qui comprend des escadres vénitiennes, espagnoles, génoises, maltaises, savoyardes et pontificales. Les armées du sultan Selim II sont vaincues et cette bataille marque un coup d'arrêt à l'expansion ottomane.

de la Russie. Comme avec l'UE, il n'hésite pas à faire tanguer son alliance avec l'OTAN, lorsqu'il signe l'acquisition de missiles anti-aériens russes S-400. Sa diplomatie autrefois ambitieuse et dont le mot d'ordre était « zéro problème avec les voisins » est devenue un expansionnisme agressif et étroit. Le « soft power » et le rayonnement diplomatique et culturel de la Turquie ont été remplacés par le « hard power » militaire. La volonté de puissance turque se projette désormais sur tous les terrains : en Afrique de l'Est et au Sahel, au Moyen-Orient, en Amérique latine, en Méditerranée... Pour soutenir cette nouvelle stratégie, Erdoğan a développé le complexe militaro-industriel turc dont les succès sont symbolisés par le drone tueur mis au point par son gendre, Selçuk Bayraktar. Le Bayraktar TB2 est même devenu la vedette des champs de bataille en Ukraine, héros de la résistance à l'invasion russe.

Pour réaliser ses rêves de conquête et de domination, Erdoğan s'est également constitué une armée de mercenaires islamistes, majoritairement syriens. Une horde de supplétifs sans foi ni loi, dignes descendants des bachibouzouks ottomans ou des *çete*, des bandes de criminels qui semaient la terreur dans les provinces anatoliennes à la fin de l'Empire. Formés par SADAT, une société militaire privée fondée par quelques officiers islamistes turcs en 2012, ces mercenaires constituent aujourd'hui une armée informelle, un « Wagner islamique » au service d'Erdoğan et de ses projets expansionnistes. Plusieurs milliers de Syriens ont ainsi été envoyés en Libye en 2019 pour défendre le gouvernement transitoire de Tripoli contre l'avancée des rebelles du maréchal Haftar. Des combattants ont aussi été envoyés en 2020 pour aider l'Azerbaïdjan à conquérir le territoire disputé du Haut-Karabakh occupé par l'Arménie.

La stratégie s'adapte au terrain. Sur le sol européen, les opérations turques prennent des formes plus discrètes que les drones tueurs et les mercenaires. Comme la Russie ou la Chine, la Turquie mène des opérations d'influence, de désinformation et de lobbying pour défendre ses intérêts et conquérir de nouvelles parts de marché. Elle pèse à sa manière sur le débat public interne aux pays européens, s'ingère dans les processus légaux et électoraux, s'infiltre dans le fonctionnement des institutions. Elle est aussi soupçonnée de se livrer à des actions violentes : espionnage, intimidation d'opposants, menaces, voire assassinats politiques et projets d'attentat. Cette pression, craignent les observateurs, devrait aller en s'intensifiant à l'approche des élections prévues en Turquie en 2023. Face à cela, les pays européens font souvent preuve de passivité. Les puissants services de renseignement turcs – le MIT (Millî İstihbarat Teşkilatı) – dirigés par Hakan Fidan, se trouvent au cœur du dispositif.

C'est ce vaste réseau d'action clandestine sur le sol européen que s'attache à décrypter cette enquête. De Palerme à Bruxelles et de Paris à Berlin, nous avons parcouru l'Europe, exploré tous les terrains de conquête et d'influence de la Turquie d'Erdoğan. Nous avons interrogé des dizaines d'acteurs, d'observateurs et de victimes de cette projection, épluché les dossiers judiciaires, décortiqué les stratégies, obtenu des témoignages exclusifs qui dessinent une menace inquiétante pour les démocraties occidentales.

Les loups sont dans Vienne

Tout est calme sur le Schottenring. Au moins en apparence. Cette grande artère qui traverse la vieille ville de Vienne est quasiment déserte, en ce mardi de septembre 2020. La capitale autrichienne connaît, depuis quelques jours, le pic de la « deuxième vague » de la pandémie de Covid-19, la population s'apprête à se confiner à nouveau. Les promeneurs sont rares. Un tramway aux trois quarts vide glisse en silence sur les rails. L'hôtel de France, un palace cinq étoiles installé dans une bâtisse du XIXe siècle, attend des clients qui ne viennent pas. Deux ou trois passants se pressent le long d'un bâtiment moderne dont la façade blanc crème est percée de larges fenêtres en forme d'alvéoles. Le rez-de-chaussée est protégé par un rideau d'acier et un dispositif sophistiqué de caméras de vidéo-surveillance. Une volée de marches mène à l'entrée du siège de la Police nationale autrichienne. Un homme surgit, un gaillard de près d'un mètre quatre-vingt-dix et cent kilos, la cinquantaine, une barbe poivre et sel anarchique. Il boite bas. Feyyaz Öztürk, c'est son nom, a été immobilisé de longues semaines en Italie à cause d'une fracture de la cheville. On lui a retiré son plâtre pendant l'été mais il traîne encore la jambe. À l'interphone, il insiste pour entrer. Il avait déjà expliqué la semaine précédente vouloir faire des déclarations fracassantes aux autorités autrichiennes. On l'avait renvoyé sur un commissariat de quartier. Cette fois, il veut qu'on l'écoute. On lui répond que c'est l'heure de la pause déjeuner. Il insiste, revient une demi-heure plus tard. Les portes s'ouvrent. Il est 13 h 30, le 15 septembre 2020, quand débute à Vienne la première audition par les services de renseignement autrichiens, le BVT (Office de protection de la Constitution et contre le terrorisme), de Feyyaz Öztürk, né le 27 mai 1967 à Samsun (Turquie), citoyen de nationalités turque et italienne, sans-abri à Vienne.

On le fait asseoir dans une salle d'interrogatoire sans fenêtres, au troisième étage. Des enquêteurs entrent et sortent, viennent s'informer de l'identité de cet invité surprise. Öztürk est calme. Il a l'expérience de ces confrontations. Et il sait que ses révélations peuvent faire l'effet d'une bombe. Selon le compte rendu de sa première audition par les services autrichiens, l'homme se présente comme un ancien agent du MIT, l'organisation turque du renseignement national, en mission clandestine. Il explique avoir été recruté dans le but d'assassiner une élue autrichienne d'origine kurde, Berivan Aslan, une voix critique à l'égard de la Turquie d'Erdoğan. La date prévue pour la mise à exécution du plan est imminente. C'est « pour éviter que les choses n'aillent trop loin » qu'Öztürk vient tout révéler.

« Je ne suis pas un tueur à gages », justifie-t-il lorsque les policiers l'interrogent.

Au cours de cet après-midi de septembre, pendant plus de quatre heures, il détaille les contours de l'opération. Préparée depuis 2018, l'attaque a dû être reportée à plusieurs reprises, d'abord en raison de la pandémie de Covid-19 et des restrictions de voyage à travers l'Europe, ensuite à cause de la cheville cassée de Feyyaz Öztürk. Il a encore son plâtre, il est immobilisé en Italie, quand la communication avec les commanditaires reprend pendant l'été. « J'ai été contacté le 17 août 2020 par un homme qui répond au nom de Süleyman Meşgul, via la messagerie WhatsApp », explique-t-il. Le numéro qu'utilise ce rabatteur, avec lequel il est en contact depuis plus d'un an, a l'indicatif de la Macédoine du Nord. Mais c'est en Serbie qu'il lui donne rendez-vous. « Il m'a demandé de me rendre au café Mesopotamia », un restaurant turco-kurde, situé en plein cœur de Belgrade. Ce bar à bières et à chichas aux murs peints en jaune, stratégiquement planté face à la gare routière, est connu pour être un point de passage pour les migrants qui empruntent la route des Balkans pour gagner l'Europe. Un centre de paiement, où s'organisent des activités criminelles et qui sert aussi visiblement de couverture à des activités d'espionnage. Öztürk prend donc un vol pour Belgrade pour rencontrer un certain Uğur. « Tout a été planifié pendant cette conversation au café », dit-il. On lui présente la cible. « Uğur m'a dit : "Peu importe si elle est tuée ou seulement blessée, ce qui compte c'est que le message soit reçu", rapporte-t-il. Le but est de créer le chaos. »

Le tueur est alors envoyé à Vienne. Il s'installe dans un deux étoiles miteux, se fait passer pour un touriste italien. Il doit rester en contact avec un correspondant à Innsbruck, à l'ouest du pays, un dénommé « Türker » qui communique grâce à un numéro de téléphone turc. « Je ne l'ai rencontré qu'une seule fois », précise Öztürk. Un autre relais essentiel se trouve à Linz, en la personne d'Izzet Özavcı. « Il est venu me chercher à la gare et il m'a amené chez lui, dans sa famille, comme si j'étais un colis précieux. Il m'a aussi présenté un agent afghan qui travaillait pour le MIT. » Özavcı, citoyen autrichien d'origine turque, dirige un foyer idéaliste (*ülkü ocağı*) dans une petite ville près de Linz, l'une de ces cellules ultranationalistes turques présentes dans la plupart des villes d'Europe occidentale pour quadriller la diaspora, et qui constituent la mouvance des Loups gris. Cette organisation d'extrême droite xénophobe, anti-occidentale et militariste fondée dans les années 1960 par un ancien colonel putschiste de l'armée turque admirateur de Mussolini, est affiliée au MHP (Parti d'action nationaliste), le principal allié d'Erdoğan dans la coalition islamo-nationaliste qui s'est emparée du pouvoir en Turquie après 2015. Avec ses Loups gris, Özavcı a participé à toutes les grandes manifestations pro-turques de ces dernières années en Autriche. En 2013, pour protester contre les manifestations de Gezi qui secouaient Istanbul et pour défendre l'ordre policier. En 2015 et en 2016, les rassemblements se sont multipliés en

Autriche, pour soutenir les aventures militaires turques en Syrie contre les Kurdes, pour s'élever contre les Arméniens qui réclament la reconnaissance du génocide de 1915 ou tout simplement pour donner de l'écho à la politique de Recep Tayyip Erdoğan et à sa traque aux opposants.

Âgé de 55 ans, Özavcı, le Loup gris de Linz, à l'épaisse moustache brune, semble avoir joué un rôle clé dans le dispositif. « Nous avons une aigreur d'estomac, elle doit être nettoyée, dit-il à Öztürk. Son nom est Aygül Berivan Aslan. Elle est dangereuse pour la survie de l'État. » S'entend l'État turc. Il demande au tireur de descendre au Wombat, une auberge de jeunesse discrète, et d'y attendre le signal. Un contact doit venir lui apporter « les instruments ». « Ensuite ce sera facile, tu n'auras qu'à me suivre », le rassure Izzet Özavcı. Il devra faire feu et disparaître. Mais pour mettre fin à ce plan macabre, l'agent Öztürk décide d'aller vider son sac à la police de Vienne. Interrogé à son tour, puis placé en détention provisoire, Özavcı a réfuté l'ensemble des faits dénoncés par Öztürk.

La cible, l'ex-députée écologiste Berivan Aslan, est une figure bien connue de la scène politique viennoise. D'origine kurde, élevée en Autriche, sa chevelure rouge flamboyante et son engagement féministe radical lui ont valu une certaine popularité. Elle n'a jamais cherché à esquiver les débats et croise régulièrement le fer avec les organisations islamo-nationalistes turques implantées dans son pays d'adoption. Ses dénonciations de la politique agressive de la Turquie lui ont attiré des menaces, toujours plus fréquentes. Des campagnes hostiles de la diaspora l'ont visée directement. À l'été 2016, rappelle Berivan Aslan, les organisations pro-Erdoğan avaient fait le siège de Vienne, inondé les rues d'une traînée rouge de drapeaux turcs. Certains manifestants tenaient des pancartes avec le visage de l'élue barré d'un slogan : la « groupie du PKK[1] ». La manifestation, organisée par l'UID (Union internationale des démocrates), le relais auprès de la diaspora turque du gouvernement d'Erdoğan, avait mobilisé au passage les Osmanen Germania pour assurer le service d'ordre. Ce gang de motards turcs ultranationalistes a depuis été dissous en Allemagne pour avoir été mêlé à des affaires d'extorsion, de trafic d'armes et de drogue... « Depuis le putsch manqué de 2016, de nombreuses mosquées turques sont devenues des centres politiques plus que des lieux de culte. Et ceux qui s'opposent à Erdoğan y sont dépeints comme des "ennemis", des "traîtres" ou des "soutiens du terrorisme" », regrette Berivan Aslan. Un rapport publié en mars 2019 par le « think-tank » pro-gouvernemental SETA[2],

1. Le PKK (Parti des travailleurs du Kurdistan), fondé en 1978 par Abdullah Öcalan, est une organisation révolutionnaire kurde illégale et considérée comme un groupe terroriste, qui mène la guérilla contre la Turquie depuis 1984. Présents dans toutes les zones de peuplement kurde en Turquie, Iran et Irak, le PKK et son organisation militaire ont étendu leur influence en Syrie depuis 2011. Le conflit entre le PKK et Ankara a fait environ 45 000 morts depuis quarante ans.
2. Rapport SETA de mars 2019. https://setav.org/assets/uploads/2019/06/kitap-avrupada-pkk-yapilanmasi.pdf. Comme l'avait révélé la chaîne allemande Deutsche Welle, la famille de Recep Tayyip Erdoğan est le principal bailleur de cette fondation. https://www.dw.com/en/Erdoğans-akp-basks-in-glow-of-think-tank-financed-by-influential-family-dw-finds/a-51258757

la citait explicitement pour ses sympathies pro-kurdes. Elle était surveillée. Mais jamais elle n'aurait imaginé que les choses puissent aller aussi loin.

Cloîtrée dans son appartement, protégée en permanence par plusieurs gardes du corps de la police autrichienne, elle résume ainsi l'affaire. « Öztürk a détaillé le projet d'assassinat de A à Z. Il a déclaré avoir été menacé par le MIT, les services secrets turcs, et forcé d'exécuter ce plan. » « Un tueur à gages présumé passe donc aux aveux. Il dit avoir reçu l'ordre de tuer une politicienne autrichienne, sur le sol de l'Union européenne. Il apparaît que la menace est sérieuse. Le procureur général autrichien inculpe le suspect », poursuit Berivan Aslan. Les assassins ne le savent pas encore mais en septembre, au moment où l'attentat est planifié, Berivan Aslan est enceinte depuis quelques semaines. Elle donnera naissance à une petite fille, début 2021, alors qu'elle vit toujours sous étroite protection des autorités. Fin septembre, le parquet de Vienne place Feyyaz Öztürk en détention pour participation à une tentative d'assassinat, pour relations avec des organisations criminelles et pour « espionnage militaire en lien avec un État étranger », en l'espèce, la Turquie. Mais contrairement aux usages dans ce type d'affaires, le dossier fuite. Les détails de la procédure s'étalent dans la presse locale et internationale.

L'Autriche est abasourdie. Ce n'est cependant pas une complète surprise. Depuis plusieurs années déjà, les pays de l'Union européenne s'inquiétaient de la présence de plus en plus visible des réseaux d'influence et de cellules opérationnelles pilotées par les services turcs, prêtes à passer à l'action contre des opposants sur le sol européen. Cette mondialisation de la répression du régime turc s'est accélérée après le putsch manqué du 15 juillet 2016. En Allemagne, en Suisse, au Danemark ou aux Pays-Bas, des enquêtes judiciaires pour espionnage, ouvertes depuis, ont mis en lumière l'étroite surveillance des communautés d'origine turque par les ambassades, par les centaines de mosquées contrôlées par Ankara, les fonctionnaires détachés de l'État turc ou grâce à des associations islamistes et nationalistes inféodées à Erdoğan et à ses alliés.

Les opérations clandestines turques ont été mises en évidence dès janvier 2013, après l'exécution à Paris de trois militantes kurdes du PKK par un nationaliste turc qui s'était infiltré en quelques mois dans leur cercle rapproché. Le tueur présumé, Ömer Güney, était en lien avec les services secrets turcs. Par la suite, d'autres projets d'assassinats ont visé de hauts responsables kurdes en Belgique, en 2016 et 2017. Des menaces et des agressions se sont abattues sur des journalistes et des opposants en Allemagne ou au Royaume-Uni. Une tentative d'enlèvement et d'empoisonnement d'un homme d'affaires, entre Berne et Zurich, a été déjouée par les autorités suisses. Mais à Vienne, un nouveau cap vient d'être franchi. Pour la première fois, un responsable politique européen est ouvertement pris pour cible.

L'affaire est prise au sérieux. « Il faudra en tirer les conséquences », assure immédiatement le ministre de l'Intérieur autrichien. La ministre de l'Intégration, Susanne Raab, ne s'embarrasse pas de précautions oratoires. Pour elle, cet épisode est le signe que « l'Autriche est la cible de l'espionnage de la Turquie. La main d'Erdoğan est arrivée jusqu'à Vienne », lance-t-elle. Ces révélations surviennent dans un contexte extrêmement agité entre l'Autriche et la Turquie. Le gouvernement autrichien, dirigé à l'époque par le jeune conservateur Sebastian Kurz, veut afficher une certaine fermeté face aux réseaux islamistes actifs dans le pays. Depuis 2018, au moins sept mosquées jugées radicales et proches des Frères musulmans ou des milieux salafistes ont été fermées. En retour, le président turc Erdoğan n'hésite pas à sonner la charge contre l'Autriche qui, comme la France, est régulièrement taxée d'« islamophobie ». « L'Autriche est un pays neutre, proteste Berivan Aslan. Et nous avons une loi qui permet de réduire l'influence et les financements étrangers sur l'islam », poursuit-elle. Dans ce petit pays de 9 millions d'habitants, particulièrement perméable à l'ingérence étrangère, la principale communauté immigrée provient de Turquie (environ 270 000 personnes, dont un tiers de Kurdes). Et comme en Allemagne ou en France, elle est étroitement encadrée par les structures associatives et religieuses déployées ces dernières années.

Le journaliste d'investigation et homme politique Peter Pilz est l'un des premiers à avoir eu accès aux auditions de l'espion turc et à en avoir publié des extraits. Il relaie l'information et le *New York Times* consacre un long article à l'affaire[1]. Les révélations de Feyyaz Öztürk font le tour du monde. Elles attisent les débats, déjà vifs, sur les rapports ambigus de la Turquie avec l'Union européenne. Pilz est au cœur de l'enquête. Il a été, avec Berivan Aslan, un dénonciateur sans relâche des campagnes d'influence d'Ankara ces dernières années. Et le coauteur d'un rapport sur leurs activités, à l'origine de la brouille entre les deux capitales. « Nous savons comment l'ambassade travaille et comment elle a repris en main la communauté depuis 2011, affirme Peter Pilz. Ils veulent contrôler toutes les organisations islamiques », souligne-t-il. L'ATIB, l'antenne de la Diyanet (l'administration turque des Affaires religieuses, sous l'autorité du président et qui fonctionne comme un ministère du culte) et les mosquées qu'elle contrôle, mais aussi l'UID (Union internationale des démocrates), une structure qui est le prolongement de l'AKP à travers toute l'Europe, permettraient, en Autriche comme ailleurs, d'« utiliser le pays pour des provocations et pour y renforcer l'expansion de la Turquie », juge Peter Pilz. En juin 2020, quelque 300 militants nationalistes turcs s'en étaient pris à une manifestation kurde et de violents affrontements avaient éclaté dans les rues de la capitale autrichienne.

Peter Pilz a reçu les menaces des groupes radicaux turcs avec plus de circonspection. « Je n'ai jamais demandé aucune protection, je ne prends pas cela très au sérieux », fanfaronne-t-il. Ce sexagénaire, au visage indéchiffrable,

1. Article du 13 octobre 2020 : https://www.nytimes.com/2020/10/13/world/europe/turkey-austria-erdogan-assassin.html

est un franc-tireur. Fondateur des Verts autrichiens il y a trente-cinq ans, avant de s'en écarter et de créer son propre mouvement politique, député à plusieurs reprises, Pilz est aussi un journaliste d'investigation redouté, désormais à la tête d'un média indépendant en ligne, ZackZack. Dans son vaste bureau aux murs en béton ciré, il parcourt les documents qu'il a accumulés tout au long de ces années sur les activités du MIT en Autriche. Ses contacts au BVT autrichien lui ont permis d'avoir un accès privilégié au dossier. Si Peter Pilz s'est retrouvé dans le collimateur des Turcs, c'est, selon lui, pour des raisons éminemment politiques. Comme le député européen social-démocrate Andreas Schieder, il dénonçait sans relâche l'entrisme turc dans son pays. Soutien de longue date de la cause kurde, il s'enorgueillit d'être surveillé par les agents turcs tout en étant bien introduit auprès des services occidentaux et du Mossad israélien. « J'ai rencontré Öcalan, le leader du PKK, à Damas dans les années 1990. Je suis allé récemment dans le nord-est de la Syrie, sous administration kurde, j'ai soutenu le journal *Cumhuriyet* pourchassé par la justice et les élus emprisonnés à Silivri, près d'Istanbul… Le MIT sait parfaitement tout cela », lâche-t-il, avec un sourire satisfait.

Vienne, ajoute cet ancien député, est particulièrement sensible à l'influence étrangère. Située à la porte des Balkans, à deux pas de la frontière slovaque par où transitent les trafics d'armes et d'êtres humains, véritable nid d'espions depuis la guerre froide, la capitale autrichienne reste un repaire pour les agents de renseignement de tous horizons. Le siège de l'AIEA (Agence internationale de l'énergie atomique), au bord du Danube, attire les curieux du monde entier, Coréens, Iraniens, Israéliens, Pakistanais... L'Autriche est membre de l'Union européenne mais pas de l'OTAN et est officiellement neutre. Cela n'empêche pas la CIA d'y disposer de sa plus grosse « station » dans toute l'Europe. Début septembre 2020, le gouvernement de Sebastian Kurz a discrètement expulsé un diplomate russe accusé d'espionnage, deux ans après une autre affaire qui impliquait un colonel de l'armée autrichienne. En 2010, Moscou et Washington avaient procédé à un échange de prisonniers, à l'aéroport de Vienne. En 1989, c'est aussi à Vienne qu'un commando iranien avait assassiné le leader kurde Abdul Rahman Ghassemlou, se souvient Pilz, qui a longuement enquêté sur cette autre affaire. C'est lui qui, en 2005, a révélé la présence de Mahmoud Ahmadinejad, qui deviendra président de la République islamique d'Iran, parmi les tueurs. « Aujourd'hui le MIT est prêt à tout et nous sommes un petit pays vulnérable dont les services de renseignement sont défaillants », constate Pilz.

Peter Pilz était-il aussi une cible pour les tueurs du MIT ? Certains des documents qu'il ouvre sur son ordinateur et qui lui ont été transmis par l'un de ses contacts dans les services le laissent penser. Lui émet de sérieux doutes sur l'origine de ces extraits de procès-verbaux qui semblent avoir été ajoutés aux rapports d'audition d'Öztürk. Ces détails sèment le doute. Au cours d'un second interrogatoire, enregistré le 21 septembre, l'espion turc aurait fait des aveux plus détaillés. Le complot aurait eu pour nom de code « opération Djihad » et visait à assassiner Berivan Aslan mais aussi le député social-démocrate Andreas Schieder, le président de la fédération locale des Alévis – une minorité musulmane hétérodoxe présente en Turquie –, et donc Peter Pilz. Pour couronner le tout, l'agent repenti aurait mentionné le rôle d'Egemen Bağış, ambassadeur de Turquie à Prague qui fut aussi ministre des Affaires européennes du gouvernement de Recep Tayyip Erdoğan jusqu'en 2014. Rien, pourtant, dans les documents à en-tête du BVT qui ont fuité de cette affaire, ne corrobore tout cela. Quelqu'un aurait-il eu intérêt à grossir le trait ?

Quelques semaines plus tard, les failles des services de renseignement autrichiens apparaissent au grand jour. Le 2 novembre 2020, un attentat frappe le cœur de Vienne. À proximité de la Schwedenplatz et du canal du Danube, un terroriste mitraille au hasard à l'arme automatique et tue 4 personnes, en blesse 23 autres. L'assaillant, Kujtim Fejzulai, est abattu. Il avait 20 ans. Il avait grandi dans la banlieue de Vienne, dans une famille albanaise originaire de Macédoine du Nord. Il avait ensuite tenté de rejoindre la Syrie pour combattre avec les djihadistes de l'État islamique, mais, arrêté en chemin en Turquie, il avait été renvoyé à Vienne où la justice l'avait condamné à 22 mois de réclusion. Après sa libération en 2018, il avait été signalé à l'Autriche par la Slovaquie, suspecté d'avoir acheté de grandes quantités de munitions. Il n'a jamais été intercepté. Le BVT n'a rien vu venir, ce qui a entraîné une cascade de démissions et de rapports d'enquête. Dans l'urgence, la priorité des services de renseignement autrichiens se reporte aussitôt sur les terroristes de Daech. Les réseaux turcs et les activités du MIT passent au second plan.

Et puis ce 2 novembre, les « Loups » d'Erdoğan sont pour une fois du bon côté. Le lendemain de l'attentat, encore sonnée, l'Autriche salue ses héros : deux jeunes boxeurs qui se trouvaient dans le quartier, après leur entraînement, et qui sont venus en aide à des victimes de la fusillade. Les deux amis, deux jeunes Turcs de Vienne qui pratiquent le MMA (arts martiaux mixtes), avaient décidé d'aller boire un dernier thé dans le quartier de la Schwedenplatz. Ils sont attablés à la terrasse d'un café quand le tireur se met à canarder, abat un restaurateur chinois et une serveuse. La police riposte. Des blessés gisent sur la place. Les deux boxeurs parviennent, au péril de leur vie, à mettre à l'abri deux personnes touchées par les tirs, dont un policier qui sera finalement sauvé grâce à ce geste. Mikail Özen, 25 ans, et Recep Tayyip Gültekin, 21 ans, reçoivent les honneurs nationaux et sont décorés pour leur acte de bravoure. Ils font aussi la fierté de la Turquie. Tous deux s'affichent à Vienne et sur les rings, comme des militants nationalistes, sympathisants des Loups gris et admirateurs du président Erdoğan. L'un d'eux porte le même prénom. Au lendemain de l'attentat, ils reçoivent l'appel de leur leader qui les félicite. À travers eux, le président turc fait passer un message : la Turquie se tient au côté de l'Autriche face au terrorisme, Ankara aimerait donc autant de solidarité dans sa lutte contre les « terroristes » kurdes. « Je sais que vous avez souffert de très graves problèmes en Autriche. Et vous continuez à avoir des ennuis. On vous reproche d'être des musulmans, mais c'est aussi votre fierté. C'est nous qui avons mené le plus grand combat contre le terrorisme et continuons à lutter », les encourage Recep Tayyip Erdoğan. Le mois suivant, ils sont reçus au palais présidentiel, à Ankara.

Juste avant Noël, l'affaire Feyyaz Öztürk connaît un nouveau rebondissement. Après deux mois et demi de détention, le suspect est libéré de prison. Remis en liberté provisoire avant son procès, il est immédiatement expulsé d'Autriche vers l'Italie, son pays de résidence, officiellement pour des raisons de sécurité. Vienne a-t-elle négocié secrètement avec Ankara ? Le suspect disparaît dans la nature et le procès, en son absence, est ajourné. En juin 2021, un non-lieu sera prononcé et le dossier refermé. De nombreuses zones d'ombre demeurent. « Cela aurait pu être le premier procès de cette ampleur. C'était l'occasion d'amener devant la justice les supporters de l'islam politique et les espions du gouvernement turc. Cette chance est maintenant perdue. Il ne reste que l'injustice et une carte blanche offerte à des agressions étrangères sur le sol européen », bouillonne Berivan Aslan.

Feyyaz Öztürk dénonce de son côté une machination du BVT et des services secrets allemands (BND) qui auraient été, affirme-t-il, présents au cours de ses interrogatoires. Ses aveux qui ont été couchés sur papier auraient été manipulés dans le but de provoquer un scandale. Il affirme également avoir été torturé au cours de sa détention dans la prison de Josefstadt, à Vienne, accusation balayée par le ministère de la Justice autrichien. Et puis « c'est comme s'ils avaient voulu se débarrasser du dossier », nous confie-t-il au cours d'un entretien téléphonique, en mars 2021. Le suspect de Vienne précise être allé se réfugier dans le nord du Tchad, via la Tunisie et la Libye, après son expulsion d'Autriche. « Pour y récupérer du cash et se reposer chez des amis », explique-t-il. À son retour de Tunisie, il prend le ferry pour la Sicile où il pose ses bagages.

Öztürk brouille les pistes. Il se présente comme un agent globe-trotter, formé au MIT. Au début des années 2000, il dit avoir œuvré au service de la DEA (administration antidrogue américaine), comme spécialiste de la lutte contre le narcotrafic et la traite d'êtres humains. En plus de trente ans de carrière, claironne-t-il, il a collaboré avec les services de plusieurs pays et accumulé suffisamment de secrets compromettants pour ne plus avoir peur pour sa vie. Mais cette fois, il ne veut plus replonger. Les services turcs l'entraînent dans un engrenage infernal. « Depuis 2017, j'ai eu des problèmes avec un groupe criminel qui se présente comme lié au MIT et qui inclut des policiers et des magistrats », accuse-t-il. Il a été menacé. On lui a confié des missions clandestines. « C'est allé crescendo. » Ce sont les membres de ce groupe qui l'auraient envoyé sur la piste de Berivan Aslan, celle qui passe par le café Mesopotamia, à Belgrade. « Tout cela ne correspond pas vraiment aux méthodes des services de renseignement, veut-il croire. Cela ressemble plutôt à un mauvais film d'espionnage. »

Un agent planqué à Palerme

Le rendez-vous est donné au bas des marches du Musée archéologique de Palerme, sur une placette ombragée de la cité sicilienne. Le palais à colonnades renferme une jolie collection d'art hellénique et phénicien, disposée autour de trois cours intérieures. Quelques touristes, reconnaissables à leurs sac à dos, lunettes de soleil et gourdes métalliques, attendent l'ouverture des portes. Les cafetiers mal réveillés sortent leurs tables et balayent nonchalamment leur terrasse. À quoi peut ressembler Feyyaz Öztürk ? Aucune image de lui n'a filtré depuis qu'il a révélé, il y a six mois, avoir été envoyé à Vienne pour assassiner Berivan Aslan. Ce n'est certainement pas cet homme qui gare son scooter, trop jeune. Ni celui-là qui promène son chien. Les cloches sonnent neuf heures. D'un coup, les touristes s'agitent et s'engouffrent derrière leur guide dans le musée. Le silence et la torpeur de l'été sicilien retombent sur la place. Les chats retournent s'étendre sur le flanc, au pied des arbres.

« Bonjour ! » Il est à moins de cinq mètres, sans qu'on l'ait vu arriver. Le timbre de sa voix est bien celui de l'homme avec lequel nous étions en communication depuis plusieurs mois. Le voici en chair et en os. Öztürk porte une chemise en lin bleu clair, un pantalon de toile et des chaussures ouvertes, il boite encore un peu à cause de sa cheville mal réparée. Détendu, il est visiblement familier des ruelles de Palerme. Il s'est tout de même assuré que nous étions venus seul. Après son expulsion par l'Autriche, en décembre 2020, Öztürk est revenu poser ses valises en Italie. Citoyen italien depuis près de trente ans – son ex-femme est italienne –, il s'y sent chez lui. Mais les carabiniers sont mal à l'aise avec cet hôte encombrant. Ses comptes en banque ont été clos, ses allées et venues sont surveillées. En Sicile, il est en sécurité car, note-t-il, le visage fendu d'un large sourire, « ici quand je suis suivi par la police, ce sont les habitants qui me préviennent ». Et puis, parce qu'il sait parfaitement que personne ne se hasarderait à venir régler ses comptes sur le territoire de la puissante mafia sicilienne.

Le suspect de Vienne a accepté cette rencontre, dit-il, pour livrer sa vérité sur l'affaire de Vienne. « Ai-je travaillé comme agent ? La réponse est oui. Ai-je été recruté pour tuer Berivan Aslan en Autriche ? La réponse est oui. Mais suis-je venu dire tout ce que je savais aux autorités autrichiennes pour l'empêcher ? Oui ! » s'exclame l'espion turc repenti. Jamais, assure-t-il, il n'a été question pour lui d'abattre sa cible. « Je voulais sauver mes fesses, c'était allé assez loin. J'avais obtenu des informations, je venais les livrer aux autorités concernées... Ce que je faisais là était pour moi quelque chose de banal. Ils veulent la tuer, voici les connexions, protégez-la ! raconte Öztürk. Il aurait suffi que les services autrichiens appellent leurs contacts à Ankara et l'opération aurait été immédiatement stoppée. Le MIT aurait dit qu'il ne me connaissait pas et il n'y aurait pas eu besoin de tout ce cinéma. On ne revient jamais deux fois sur une cible. » Au lieu de cela, accuse-t-il, les services autrichiens ont manipulé le dossier et voulu s'offrir « un coup de pub en inventant une histoire de James Bond ». « Je ne suis pas un putain de Rambo ! »

Les agents du BVT auxquels il a eu affaire ne l'ont pas pris au sérieux, rumine-t-il. Il y avait « le type qui venait chaque jour avec un T-shirt de marque Prada, c'était écrit en gros sur son torse ». Et « une fille qui portait ostensiblement son pistolet, un Glock, à la ceinture ». « Je leur ai montré un téléphone. Je devais être appelé dans les quatre jours pour déclencher l'opération. Qu'ont-ils fait ? Ils l'ont éteint ! » Pour Feyyaz Öztürk, les autorités n'ont jamais cherché à élucider cette affaire mais plutôt à provoquer un scandale. Izzet Özavcı, le Loup gris de Linz, a été interrogé puis relâché. Entre-temps, il avait réussi à alerter le réseau grâce à un message codé sur Facebook. « Certaines de mes conversations, à partir d'autres téléphones, n'ont même pas été portées au dossier », souligne Öztürk. Un autre détail montre, selon lui, la légèreté des services autrichiens dans cette affaire. « Le dénommé Uğur, mon contact à

Belgrade, m'a dit une chose que je leur ai répétée. "Nous avons les soldats nécessaires à l'intérieur pour accomplir la tâche." Pourtant ce n'est pas dans la déposition », constate Öztürk. Aucune enquête n'a été diligentée non plus avec la Serbie pour tenter de démasquer Uğur et ses complices à Belgrade. Affaire classée.

Le complot de Vienne, au centre duquel Öztürk s'est retrouvé fin 2020, a révélé de manière criante l'activisme auquel se livre le MIT sur le sol européen. Mais aussi la faiblesse des États de l'Union face à cette vaste entreprise d'influence et de déstabilisation. Les services turcs, fait-il remarquer, ont une puissance de frappe qui peut être dissuasive. Erdoğan le sait et en joue. L'épisode autrichien le lui aura confirmé. « Le MIT est une organisation dangereuse. Quand ils veulent tuer quelqu'un, ils le tuent et personne n'est au courant. » Leur capacité d'action est réelle. La menace est, dans bien des cas, suffisante pour faire reculer les pays de l'UE. Et puis, « les lieux où se déroulent les attaques ou les enlèvements ne sont pas pris au hasard », fait remarquer celui qui devait assassiner Berivan Aslan. « En Allemagne, il n'y a eu aucune exaction alors qu'il y a trois millions de Turcs et des milliers d'opposants. C'est sans doute grâce à une entente tacite entre les deux pays. En revanche, l'Autriche, ce n'est pas seulement les sports d'hiver. Vienne est aussi la capitale du crime en Europe ! C'est un refuge pour tous les criminels. On y assassine facilement. Regardez le terroriste macédonien [l'auteur de l'attentat de novembre 2020, nda]. Ce n'est pas un hasard, les Autrichiens sont des amateurs et je ne dis pas cela parce que je suis en colère ! » Les services secrets turcs et leurs hommes de main savent parfaitement exploiter les failles de leurs adversaires et profiter de leurs ambiguïtés. « Il existe un proverbe en turc qui dit que "les loups aiment la brume" », lâche Öztürk.

En passant aux aveux, le repenti cherchait-il aussi à se protéger ? C'est ce qu'il déclare le 15 septembre, dans ses dépositions en Autriche. Il a été menacé, mis sous pression par ses commanditaires. Près d'un an plus tard, il le répète, devant des *spaghetti alla vongole*, dans une ruelle de Palerme. Il lui fallait quitter cet engrenage en passant aux aveux. Se « griller » pour sortir du jeu à temps. « Je sais que le MIT est derrière tout cela. Et qu'à la fin, la Turquie m'aurait laissé tomber. Comme tout service qui utilise des informateurs. » S'il parle, c'est pour être identifié et donc devenir « non opérationnel ». Tout est parti d'un coup de fil début 2017. Une ancienne relation, un Kurde prénommé Yılmaz, le contacte. « Je ne faisais rien depuis de longues années. Je vivais en Turquie, je résidais à Istanbul et je venais de temps en temps en Italie », déroule Öztürk. Il reprend du service.

Dans les mois qui suivent la tentative de coup d'État du 15 juillet 2016, l'appareil sécuritaire turc est en pleine recomposition. Erdoğan fait la chasse aux « traîtres » dans les rangs de l'armée, de la police, du renseignement. Des services entiers sont décapités, des promotions d'officiers radiées. Cette purge de l'administration vise à éliminer les adeptes de la puissante confrérie que dirige Fethullah Gülen[1] depuis les États-Unis et qui est accusée d'avoir orchestré le putsch. Pour les remplacer, le pouvoir puise dans le vivier des forces nationalistes, il réhabilite d'anciennes figures controversées de la contre-guérilla turque qui faisait la chasse aux Kurdes dans les années 1990, il remet en selle d'anciens kémalistes qu'il avait mis sur la touche dix ans plus tôt. Dans le désordre, des groupes plus ou moins autonomes se recréent jusqu'au sein du MIT.

Öztürk, selon le récit qu'il fait, remplit alors quelques missions. L'une d'entre elles aurait consisté à produire de faux témoignages, sous le statut de témoin anonyme, contre des cibles du régime. En octobre 2017, il se rend au palais de justice d'Istanbul, dans le bureau du procureur Osman Bağlar, qui supervise de nombreux dossiers politiques. « Là, ils m'ont fait signer une feuille blanche. C'était pour charger Metin Topuz », clame-t-il. L'affaire n'est pas passée inaperçue. L'arrestation de Metin Topuz, traducteur pour la DEA, au sein du consulat américain d'Istanbul, est rapidement devenue un enjeu diplomatique entre Ankara et Washington. L'ambassadeur américain l'a qualifiée d'« acte motivé par la vengeance plus que par la justice » et les services de visas pour les Turcs avaient été suspendus

1. Fethullah Gülen est un imam turc, exilé aux États-Unis depuis 1999, un chef spirituel à la tête d'une puissante confrérie musulmane influente dans les milieux politiques, économiques et dans la bureaucratie d'État. Allié crucial de l'AKP d'Erdoğan, qu'il soutient activement contre les militaires dans sa conquête du pouvoir, Gülen et ses adeptes s'en éloignent après 2012. Tenus pour responsables de la tentative de coup d'État en 2016, ils sont alors considérés comme une organisation terroriste et pourchassés par les autorités.

pendant plus de deux mois en mesure de rétorsion. La faiblesse des preuves, qui reposaient principalement sur le faux témoignage d'Öztürk, « aurait dû conduire à sa remise en liberté », a jugé la diplomatie américaine le jour du procès. Tout cela n'a pas empêché qu'en juillet 2020, Topuz soit finalement condamné à huit ans et neuf mois de prison pour collusion avec une organisation terroriste.

Après cette affaire, Öztürk retourne en Italie, traverse l'Europe en voiture, se rend en Grèce, en Macédoine du Nord, puis de là, prend un avion pour la Thaïlande. Ses commanditaires liés aux services secrets turcs lui réclament toujours plus. « Ils m'appelaient tout le temps pour me dire : "Fais ceci, fais cela." Ce groupe au sein du MIT exigeait d'autres missions sensibles dont j'ai informé des services en Europe. Il y a un pays où j'ai apporté une arme, avec laquelle j'étais censé passer à l'action. Ils ont écouté, vérifié et m'ont remercié… » affirme-t-il sans s'épancher sur cette affaire. Peu de temps après, en décembre 2017, il est de nouveau convoqué chez le procureur Bağlar à Istanbul. On lui aurait demandé, cette fois, de produire un faux témoignage dans le procès contre l'homme d'affaires et philanthrope Osman Kavala, l'une des bêtes noires de Recep Tayyip Erdoğan, qui vient d'être arrêté. Le leader turc veut faire payer cette figure de la société civile turque pour son soutien aux manifestations pro-démocratie du parc Gezi, à Istanbul, au printemps 2013. Öztürk doit charger Kavala pour espionnage. Dans sa déposition, il devrait déclarer avoir reçu de sa main 200 000 dollars au cours d'une réunion dans le restaurant stambouliote de l'homme d'affaires, le Cezayir. Un complot parfait pour envoyer Kavala derrière les barreaux. « Je ne voulais pas faire ça, jure Öztürk. Je leur ai dit d'accord, mais je dois d'abord aller chercher ma voiture à Skopje, en Macédoine, ce qui était vrai. Je suis parti le 9 janvier 2018. J'ai quitté la Turquie pour de bon. » Il prend la tangente mais les services turcs ont tôt fait de le retrouver en Italie et ne relâchent pas leur pression, jusqu'à ce que le projet d'assassinat de Berivan Aslan échoue à Vienne. Kavala, lui, sera acquitté et remis en liberté en février 2020. Avant d'être réincarcéré le même jour, sous le coup d'une autre inculpation, cette fois pour de prétendus liens avec les putschistes de 2016.

Öztürk chercherait à échapper à l'emprise des hommes de main du MIT et, à 54 ans, il raccroche. C'est en tout cas le visage qu'il a voulu montrer en sortant du silence, à Vienne puis à Palerme, où il se livre longuement. Mais joue-t-il le rôle du repenti pour attirer l'attention sur les services secrets turcs ? Et dans quel but ? Qui est-il vraiment ? Un agent double ou triple ? Ses raisonnements, ses esquives, sa mémorisation des noms et des dates, ses précisions, tout démontre *a minima* une fine connaissance des méthodes et du milieu du renseignement. Feyyaz Öztürk aurait grenouillé pendant plus de trente ans dans le monde obscur de l'espionnage et des opérations clandestines. Son nom de code « *evsiz* », le SDF, en turc, lui a été attribué après une mission d'observation au cours de laquelle il avait vécu comme un clochard pendant plusieurs mois, au plus près de sa cible. Selon le récit détaillé qu'il fait pendant plus de quinze heures, dans un petit hôtel palermitain, il a d'abord été formé à la fin des années 1980 par Hiram Abas, légendaire patron du MIT. « J'étais un jeune nationaliste de 20 ans, comme tous ceux dont on a bien lavé le cerveau, sourit-il. Après une longue période de formation et d'entraînement, j'ai intégré l'un de ces groupes "hors système" qui étaient créés à l'époque. » Des structures parallèles, largement autonomes, sur lesquelles s'appuie l'État pour « le sale boulot » mais qui font régner leur propre loi. Abas mène notamment la guerre contre les Arméniens de l'ASALA qui au début des années 1980 assassinaient des diplomates turcs à travers l'Europe. Puis il est tué à son tour, en 1990, officiellement par un militant d'extrême gauche, mais officieusement, selon son disciple, à la suite d'un conflit interne. Öztürk se souvient avoir été aussitôt exfiltré vers l'Europe, destination Paris. Depuis San Sebastian, où il a débarqué, il raconte avoir traversé le Pays basque avec un passeport de service turc – de couleur grise –, puis rejoint la région parisienne. « J'étais en plein quartier chinois, à Choisy, dans une planque du MIT. » L'ambassade de Turquie, sur la très chic avenue de Lamballe, dans le XVIe arrondissement de Paris, est remplie d'agents du MIT, sourit l'ancien espion, qui traite alors avec un certain Bülent. Mais son séjour sera bref, à peine quelques mois. Il retourne à Istanbul.

En octobre 2000, Öztürk aurait rencontré des correspondants de la DEA, l'agence antidrogue américaine, et travaillé avec eux comme informateur. Il se serait spécialisé dans la traque des réseaux criminels liés aux trafics de drogue et d'êtres humains. Pour renseigner Washington, il affirme avoir sillonné le globe dans le but d'infiltrer et de démanteler des gangs de narcotrafiquants sud-américains ou pakistanais.

« J'ai travaillé à New York, à Istanbul, dans les pays européens, en Afghanistan... Partout. J'étais une "source confidentielle". Il faut de fortes capacités d'adaptation : un jour en Afghanistan, le lendemain au Cameroun... On passe de Miami à Peshawar. Des soirées jet-set à la hutte de village. Si on fait du renseignement, on doit pouvoir tout faire », fanfaronne Öztürk. Avant de reprendre un ton désabusé. « Je suis comme les éclaireurs indiens qu'on envoyait devant les lignes. Malheureusement, la plupart du temps, la cavalerie ne vient pas à votre rescousse et vous laisse mourir. C'est tout l'intérêt d'utiliser des éléments non officiels, hors système. » Il sait trop bien, après trente ans d'opérations aux quatre coins du monde, qu'à la moindre anicroche, il serait sacrifié. « Ces agences de renseignement utilisent de sales méthodes. Cela ne peut pas être autrement. Un jour, un intermédiaire afghan avec lequel je travaillais, Abdelkader, m'a aidé à acheter 100 kilos d'héroïne et à les transporter jusqu'à Karachi, en corrompant tous les services de sécurité en chemin. La police frontalière de Peshawar a reçu 5 000 dollars. La cargaison devait partir aux États-Unis, être payée à New York. Mais elle a été interceptée, donc ils ont tué Abdelkader, criblé de balles de AK-47. Mais qui s'en soucie ? » Une autre fois, il infiltre un clan mafieux iranien et kurde à Brême, en Allemagne. « Ils avaient une voiture coincée en Bosnie avec 100 kilos d'héroïne dissimulés dans des compartiments secrets. Une BMW. » Il cite de tête le numéro de la plaque. « Je suis allé la chercher et j'ai conduit jusqu'à Istanbul. "Voici la voiture !" Mais il ne s'est rien passé. La police antidrogue turque a dit qu'elle ne pouvait pas intervenir : le mafieux renseignait les Turcs et les Allemands sur ce qui se passait en Iran », précise-t-il en faisant la moue.

La même année, raconte-t-il encore, il débusque un réseau de trafiquants au sein même de l'état-major de la Marine turque. « Un officier proposait de transférer des cargaisons de drogue de la mer Noire vers la Méditerranée. Ce groupe avait accès à tous les terminaux portuaires turcs, du nord au sud. Ils m'ont amené une voiture bordeaux et m'ont dit : "On la garera devant chez vous. Ce sera le signal." Ils savaient où j'habitais. L'armée a son propre service de renseignement. J'ai prévenu la DEA mais tout cela a été mis sous le tapis », rapporte Öztürk. En 2004, il est de nouveau contacté pour travailler pour le MIT. Il reprend du service par intermittence. Il monnaye ses renseignements, informe d'autres agences au passage. L'ancien agent assure avoir ensuite pris ses distances. « Cela fait pas mal d'années que je ne suis plus dans ces trucs-là, jure-t-il. Et je me retrouve aujourd'hui sous la pression d'un groupe incontrôlable qui agit pour les services turcs. »

Le récit que livre Feyyaz Öztürk illustre l'existence de multiples groupes autonomes et de stratégies parfois concurrentes, à l'intérieur même de l'appareil sécuritaire turc, ce qui a installé une certaine confusion. Il en aurait fait les frais. La police et certains services parallèles sont passés sous le contrôle direct du ministre de l'Intérieur, le très nationaliste Süleyman Soylu, un ancien assureur devenu en quelques années l'un des hommes les plus populaires du régime, au point de faire de l'ombre à Erdoğan. Après le putsch manqué du 15 juillet 2016, des milliers d'agents de renseignement soupçonnés de trahison ont été purgés. Pour combler le vide, l'État s'est appuyé sur des cellules nationalistes ou sur des organisations paramilitaires qui lui étaient acquises. Les recrutements ont été accélérés, l'allégeance au régime et à son « guide » a remplacé la formation, ce qui a ouvert la voie à une radicalisation des méthodes.

De ce chaos a notamment émergé la société de sécurité privée SADAT, une armée informelle de plusieurs milliers de mercenaires, principalement syriens et libyens, que la Turquie déploie sur les terrains de conflit, comme ce fut le cas en 2020 dans le Caucase, contre l'Arménie. Fondée en 2012 par Adnan Tanrıverdi, un ex-commandant des forces spéciales, cette compagnie est constituée comme une garde prétorienne pour Erdoğan, avec comme ambition de devenir le fer de lance du monde musulman. Une sorte de « Wagner[1] islamique ». Ses miliciens sans foi ni loi ont semé la terreur dans les villes kurdes de Turquie

1. Wagner est une société militaire privée russe fondée en 2014 par Evgeni Prigojin, un homme d'affaires proche de Vladimir Poutine. Ses mercenaires sont déployés sur de nombreux fronts pour défendre les intérêts russes, en Ukraine, en Syrie, en Centrafrique et plus récemment, au Mali.

à l'été 2015, avant de se disperser sur d'autres fronts. SADAT est aujourd'hui l'un des principaux sous-traitants du MIT dans ses opérations à l'étranger, présente en Syrie, en Libye, en Somalie… Mais peut-être aussi en Europe ? Selon Feyyaz Öztürk, les groupes paramilitaires turcs se sont considérablement aguerris en Syrie, ont réussi à s'emparer d'arsenaux gigantesques et sont devenus un État dans l'État. Ils ont formé des milliers de mercenaires islamistes à des techniques modernes de combat ou au maniement des explosifs. « Désormais, ces mercenaires ont d'excellents experts grâce au MIT, note-t-il. Beaucoup d'armes ont disparu des stocks de la police et de l'armée turques, pour être données à ces gens-là. Des fusils mitrailleurs HK MP5, des Uzi 61 et même des véhicules blindés », détaille-t-il. Fin 2021, l'opposition au président Erdoğan a réclamé l'ouverture d'une commission d'enquête parlementaire sur les stocks d'armes évaporés. L'ancien espion turc persiste à défendre l'agence de renseignement turque, l'institution crainte et respectée qu'il a épousée lorsqu'il avait 20 ans. Mais il déplore son évolution ces dernières années. « C'était une agence de renseignement, pas une organisation criminelle. Le MIT a été discrédité. Maintenant, ce qu'on voit, ce sont des types qui posent sur les réseaux sociaux avec des voitures de luxe et des armes automatiques. Ce sont juste des bandits. »

Un État dans l'État

« Seigneur, viens en aide à ceux qui reçoivent et dissèquent les informations pour qu'ils les analysent de la meilleure façon. Aide-les à déjouer toutes les conspirations orchestrées par les traîtres extérieurs et intérieurs, tous les ennemis de notre nation et en particulier les organisations terroristes. » Les paumes tournées vers le ciel, Ali Erbaş prie pour la Turquie et ses « héros anonymes, qui travaillent avec dévouement jour et nuit à travers le monde ». Le dirigeant de la Diyanet, la direction turque des affaires religieuses qui est placée sous le contrôle du gouvernement et représente l'islam sunnite officiel, apporte sa bénédiction aux services de renseignement. Au côté du président de la République, Recep Tayyip Erdoğan, et de toutes les huiles de son parti, unis dans la prière, il inaugure, ce 6 janvier 2020, le nouveau siège du MIT, l'organisation nationale qui préside à cette tâche. Dans un grand hall de marbre blanc et de verre, au cœur du Kale, « la Forteresse », la cérémonie consacre la toute-puissance de l'agence dans le dispositif sécuritaire turc et sur la scène internationale.

Le complexe de style « néo-seldjoukide », bâti à la périphérie d'Ankara, dans le quartier de Bağlıca, s'étend sur plus de 2 000 hectares. Sa construction a été confiée par Erdoğan au groupe de BTP Rönesans, un mastodonte du secteur. Le PDG de Rönesans, Erman Ilıcak, est un milliardaire turc très proche du pouvoir, qui possédait fin 2020 la deuxième fortune turque avec un capital estimé à plus de 3,2 milliards de dollars. Son entreprise prospère dans le sillage des grands projets d'infrastructures du « sultan », une douzaine d'hôpitaux en Turquie, des marchés en Libye et en Asie centrale... Le gigantisme ne l'effraie pas. C'est lui qui a déjà érigé le palais monumental aux 1 200 pièces, sur la colline de Beştepe, à Ankara, dans lequel Erdoğan a déménagé la présidence en 2014. Lui encore qui a été chargé en 2021 de faire sortir de terre un « Pentagone turc » en forme de croissant et d'étoile, symboles du drapeau national, où seront regroupés les états-majors des forces armées.

Dans sa nouvelle forteresse, le MIT dispose d'un sanctuaire imprenable. Dans la nuit du 15 juillet 2016, l'ancien siège avait été pris sous les tirs des putschistes, ce qui avait mis en évidence une certaine vulnérabilité. Le nouveau QG sera le point de départ de la riposte. Plus que jamais, l'agence de renseignement est un élément central du pouvoir, un pilier du régime sur lequel Erdoğan se repose. Beaucoup la considèrent comme sa garde prétorienne, mais aussi comme « le bras armé » de la diplomatie belliqueuse du Reis. « À une époque critique pour notre pays et le monde, nous avons plus que jamais besoin du soutien de notre Organisation nationale du renseignement », déclare Recep Tayyip Erdoğan au cours de l'inauguration. La « survie de l'État turc » et de son chef en dépendraient. Les priorités affichées restent immuables : la lutte contre les organisations terroristes, au premier rang desquelles figurent les Kurdes du PKK et les partisans de Fethullah Gülen. Et la capacité de réaction face aux crises régionales et mondiales. « Grâce au travail fructueux du MIT, qui est allé au-delà de la simple collecte et de la communication d'informations, nous avons désormais la capacité d'agir pour notre propre intérêt, sans avoir besoin de la permission ou de l'aide d'un autre pays, où que ce soit dans le monde », se félicite le président turc.

À ses côtés, Hakan Fidan acquiesce, la mine grave. Cet homme de 53 ans, un Kurde originaire de la région de Van (Est), est l'homme lige d'Erdoğan, l'ombre du chef, chargé des missions les plus sensibles. Ancien sous-officier et diplomate brillant, au cursus très international, il a rejoint le cabinet d'Erdoğan, alors Premier ministre, dès 2007. Trois ans plus tard, la direction du MIT lui est confiée bien qu'il n'ait que 42 ans et qu'il soit jugé par le sérail comme peu expérimenté. Sous l'action de Fidan depuis 2010, l'agence s'est considérablement transformée pour se mettre, tout entière, au service du maître de la Turquie et de sa stratégie politique. Dans les cercles de pouvoir, il est l'un des rares auxquels Erdoğan accorde une confiance aveugle. Ce qui suscite des jalousies. Fidan est « ma boîte noire », dit de lui le chef de l'AKP. « Il est le gardien de mes secrets », a-t-il déclaré en 2012.

Le poste de sous-secrétaire des services secrets est hautement prestigieux. En Turquie, le MIT est une légende, intrinsèquement liée à l'histoire du pays, y compris à ses pages les plus sombres. Sur leur site Internet, les services assument leur filiation avec l'Organisation spéciale, fondée au crépuscule de l'Empire ottoman. Cette structure secrète fut créée en 1913 par le ministre de la Guerre, Enver Pacha, pour soutenir l'action des Jeunes-Turcs, alors au pouvoir dans cet empire déliquescent, et elle fut l'un des rouages du génocide de plus d'un million de sujets arméniens entre 1915 et 1916. En 1926, la République kémaliste fonde son agence de renseignement nationale, le MAH, qui prendra en 1965 son nom actuel, le MIT. Il chapeaute à la fois le renseignement intérieur et le renseignement extérieur. D'abord influencé par son homologue allemand, il évolue vers un modèle plus américain à partir des années 1950, avec l'engagement de la Turquie au sein de l'OTAN. Mais c'est dans les années 1980 et 1990 qu'il va connaître ses heures de gloire, grâce à des opérations spectaculaires, menées dans un contexte international hostile. Le MIT multiplie les actions contre des opposants à l'étranger, se mobilise contre les terroristes arméniens de l'ASALA, puis contre les groupes révolutionnaires turcs et kurdes…

Il se projette sur tous les terrains pour prolonger la lutte contre les « ennemis intérieurs ». Ses agents espionnent, influencent, infiltrent, déstabilisent, plastiquent et, parfois, torturent et assassinent. L'ancien responsable du bureau du contre-terrorisme dans les années 1990, Mehmet Eymür, l'a reconnu, en novembre 2021, dans une sortie médiatique remarquée. « La torture était pratiquée s'il n'y avait pas d'autre moyen de faire parler les gens, car il y avait effectivement des gens obstinés qu'il était difficile de faire parler autrement[1] ! » s'est-il défendu.

L'opération la plus célèbre est celle qui a conduit à l'arrestation du chef du PKK, Abdullah Öcalan, capturé au Kenya, ligoté et ramené en Turquie tel un trophée de guerre, à l'issue d'une traque digne d'un roman d'espionnage. La légende du MIT est écrite. Mais rarement il n'a joui d'un tel pouvoir que sous la présidence actuelle. « Certes le MIT n'a jamais vraiment été un service "démocratique", comme ceux du monde occidental. Mais sous la pression d'Erdoğan, il revêt aujourd'hui de plus en plus le caractère d'un service moyen-oriental, véritable bras armé d'un président mégalomane et dangereux[2] », écrit Éric Denécé, directeur du Centre français de

1. Mehmet Eymür, interview avec le site T24. https://t24.com.tr/haber/eski-mit-yoneticisi-eymur-baska-turlu-konusma-imkani-yoksa-iskence-olabilir-cunku-cok-inatci-tipler-var
2. Cf. la préface de l'ouvrage *MIT, le service secret turc, guerre sur tous les fronts*, de Constantin Pikramenos et Savvas Kalenteridis (VA Éditions, 2021).

recherche sur le renseignement (CF2R). L'organisation est à la fois en charge du renseignement intérieur et du renseignement extérieur. Il n'y a pas de frontière pour le MIT et les questions nationales se règlent aussi à l'étranger.

Le service de renseignement regroupe aujourd'hui près de 8 000 fonctionnaires, répartis entre Ankara et les antennes de la diplomatie turque dans le monde entier dont le réseau s'est considérablement développé ces dernières années. À ce nombre, il faut ajouter des milliers de sources confidentielles, sur tous les terrains. Ses moyens humains sont bien supérieurs à ceux dont disposent nombre d'agences occidentales, comme la DGSE par exemple, et son budget est en constante augmentation. Sur le sol européen seulement, le MIT disposerait, selon un rapport de l'Office allemand pour la protection de la Constitution et pour la lutte antiterroriste (BfV), de centaines d'agents et de 6 000 informateurs... À Strasbourg, à deux pas du Conseil de l'Europe, la Turquie a inauguré en 2019 un complexe consulaire sécurisé de 9 000 mètres carrés, ce qui en fait son plus vaste bâtiment diplomatique au monde. Les observateurs avisés jugent qu'une telle installation cache plus qu'un simple consulat pour les 140 000 Turcs du Grand Est de la France. « L'Allemagne et la France font partie des cibles préférées du MIT. C'est à Strasbourg qu'il y a un centre de coordination des activités des services secrets turcs[1] », affirme pour sa part

1. *Idem.*

Constantin Pikramenos, expert en intelligence économique et auteur d'un ouvrage sur le service secret turc.

De manière moins visible, l'organisation du renseignement s'appuie déjà sur une toile efficace, qui utilise toutes les ressources à sa disposition. Selon plusieurs sources, les agences gouvernementales chargées de diffuser le « soft power » turc sont fréquemment utilisées comme couverture pour des opérations moins officielles. Les structures religieuses, mais aussi l'agence de développement turque (TIKA), qu'a dirigée Hakan Fidan pendant trois ans avant de passer au MIT, et la direction des Turcs de l'étranger (YTB), ont tissé des réseaux redoutables au sein de la diaspora et dans les communautés musulmanes non turques, à travers tout le continent européen.

Dès ses premiers pas à la tête du MIT, Hakan Fidan se heurte à des résistances internes. Lorsqu'il est nommé en 2010, les services ont entamé des négociations secrètes avec la guérilla kurde du PKK, à Oslo en Norvège, pour mettre fin à la guerre civile qui a tué plus de 40 000 personnes depuis 1984. La tentative est historique et suscite de légitimes espoirs. Mais elle ne fait pas l'unanimité, loin s'en faut, y compris au sein d'un service qui a passé des années à traquer les « terroristes » et les soutiens de la guérilla kurde. Jusqu'en 2011, le secret de ces pourparlers est bien gardé. Mais à l'automne, les fuites se multiplient dans la presse. Le 3 octobre, au retour d'un voyage en Macédoine, le Premier ministre Erdoğan met fin aux spéculations et reconnaît des contacts entre une délégation du MIT, conduite par Hakan Fidan, et des émissaires du PKK. « Ils n'ont fait que leur devoir », se défend le leader turc. La suspicion généralisée s'installe d'autant plus que des micros sont découverts au même moment dans la résidence du Premier ministre.

Quelques mois plus tard, le 7 février 2012, un procureur de la République d'Istanbul, Sadrettin Sarıkaya, fait savoir qu'il a l'intention de faire comparaître cinq fonctionnaires ou anciens agents du MIT, dont son sous-secrétaire, Hakan Fidan, pour haute trahison. Il va même jusqu'à demander le placement en garde à vue de quatre d'entre eux, dont Emre Taner, ancien chef du service. Ils sont interdits de sortie du territoire. La réaction ne se fait pas attendre. Deux jours plus tard, le procureur est suspendu. Il s'avère être proche de la confrérie de Fethullah Gülen, qui manœuvre alors contre les négociations de paix avec le PKK. Le ministère de la Justice dépose immédiatement un projet de loi afin de protéger les agents des services secrets de toute poursuite judiciaire. Le 17 février, le texte est voté en urgence à l'Assemblée nationale et il consacre l'impunité judiciaire des fonctionnaires du MIT dans l'exercice de leurs fonctions. Pour les poursuivre, il faudra désormais l'aval du chef du gouvernement. Cette crise institutionnelle est la première anicroche entre Erdoğan et les partisans de Gülen qui, à l'époque, gouvernent encore de concert. Elle montre les divergences stratégiques qui se dessinent au sommet du pouvoir, les conflits internes qui couvent – Erdoğan craint la police, noyautée par les gülénistes, et renforce les services secrets pour faire contrepoids –, qui aboutiront quatre ans plus tard à une tentative de coup d'État. À compter de cette date, les agents du MIT deviennent intouchables.

Avec Hakan Fidan, le MIT adopte une nouvelle organisation. Il récupère une compétence retirée à l'état-major des Armées, celle de la gestion des transmissions, et crée un département dédié (Sinyal İstihbaratı Başkanlığı). Fidan est également chargé de coiffer tous les services de renseignement (MIT, police, armée, gendarmerie) au sein d'un centre de coordination du renseignement (MIKM). En 2014, la restructuration du MIT entraîne la création de six sous-directions, disposant d'une forte autonomie : information sur la sécurité nationale, recherche, contre-espionnage, affaires étrangères, collecte d'informations numériques et interception des signaux[1]. Le MIT se modernise, investit dans la « guerre numérique », se dote de drones et de capacités technologiques renforcées. En 2014, Recep Tayyip Erdoğan est élu président au suffrage universel. Ce que l'on nomme pudiquement la « dérive autoritaire » s'accélère, les pouvoirs se concentrent autour d'un seul homme. Le dévoué patron du renseignement joue le rôle de rempart contre les menaces internes.

Plus personne ou presque ne se hasarde à questionner les agissements des agents turcs. L'affaire dite « des

1. *Idem*, p. 94-95.

camions du MIT » se charge de le rappeler aux réfractaires. Le 1er janvier 2014, un camion bourré d'armes, affrété par l'organisation humanitaire islamiste IHH, est intercepté près de la bourgade de Kirikhan, dans le Sud, alors qu'il approchait de la frontière syrienne. Il s'apprêtait à livrer sa cargaison à des rebelles islamistes anti-Assad. Cela fait deux semaines que l'Armée syrienne libre (ASL) a perdu le contrôle du poste-frontière de Bab-el-Hawa, point de contact stratégique entre la Turquie et la Syrie, par lequel doit passer le camion. Ce sont désormais les militants radicaux du Front islamique qui tiennent le passage conjointement avec l'armée turque. Dès lors, les groupes djihadistes vont prendre leurs aises le long de cette frontière.

L'ordre d'intercepter le convoi en Turquie est donné par deux procureurs de la République, les gendarmes sont mobilisés. Mais deux agents du MIT sortent d'une Fiat qui suivait le camion, et s'interposent. La préfecture intervient pour empêcher le contrôle. Le livreur reprend sa route. Selon le gouvernement, le chargement ne contient que « de l'aide humanitaire ». Les autorités affirment qu'elle est destinée « aux Turkmènes syriens », plus légitimes à recevoir de l'aide, aux yeux du public turc, que les djihadistes arabes du Front Al-Nosra, et d'autres succursales d'Al-Qaïda. Mais trois semaines plus tard, le 19 janvier, un autre convoi – sept camions, escortés par une Audi – est arrêté dans la région d'Adana à 7 h 15 du matin. Cette fois, plus d'une centaine de gendarmes l'attendent. Les camions et leur escorte sont mis en joue. Le gouverneur confirme que les véhicules appartiennent au MIT et tente d'empêcher la fouille. Les magistrats insistent. Dans les six conteneurs sont découverts des centaines d'obus de mortier et de roquettes, des munitions de différents types, des lance-grenades de fabrication russe… Mais le procureur en chef d'Adana, Süleyman Bağrıyanık, reçoit des coups de fil menaçants d'Ankara. Au bout de la ligne, le ministre de la Justice Bekir Bozdağ lui intime l'ordre d'abandonner toute procédure contre les camions. Le sous-secrétaire du MIT Hakan Fidan est assis à ses côtés, lui fait même comprendre le ministre. À la fin de la journée, le bureau du gouverneur publie un communiqué pour expliquer que les agents du MIT ont pu poursuivre leur « mission de routine ». Ce qui laisse penser que cette livraison n'était pas un cas isolé.

L'affaire des camions du MIT est aussitôt étouffée. Les magistrats sont limogés puis mis aux arrêts. Les avocats qui les défendent subissent le même sort. La justice impose un black-out aux médias. Le journaliste Can Dündar, alors rédacteur en chef du quotidien kémaliste *Cumhuriyet*, décide de braver l'interdit et en mai 2015, il publie dans son journal les images et les vidéos des camions arraisonnés et de leurs cargaisons. Erdoğan est furieux. Il saisit les tribunaux et réclame contre l'impudent deux peines à perpétuité et quarante-deux ans de prison pour « haute trahison », « espionnage » et « collusion avec une organisation terroriste ». « Je ne le lâcherai pas. Je le poursuivrai et il devra rendre des comptes », jure-t-il publiquement. En novembre, Dündar est incarcéré. Il restera trois mois derrière les barreaux. Le journaliste subit aussi, en mai 2016, une tentative d'assassinat lorsqu'un homme lui tire dessus devant le palais de justice, l'un des lieux les plus surveillés de la ville. Deux heures plus tard, il est condamné à cinq ans de prison. En 2020, sa peine sera même portée à vingt-sept ans. Entre-temps, il est parvenu à fuir à l'étranger. Mais Can Dündar reste dans le collimateur du Reis.

Les règlements de comptes internes et les fuites entraînent d'autres révélations sur les méthodes du MIT. En 2014, des enregistrements de conversations téléphoniques ou d'écoutes clandestines sont mis en ligne pour déstabiliser Hakan Fidan et l'entourage d'Erdoğan. Dans l'un de ces documents, on peut entendre le patron du MIT déclarer au cours d'une réunion avec le ministre des Affaires étrangères Ahmet Davutoğlu, et le chef adjoint de l'état-major des Armées : « Nous avons envoyé 2 000 camions. » Ankara cherche alors un prétexte pour justifier une intervention militaire contre les Kurdes en Syrie. « Si besoin, j'enverrai quatre hommes en Syrie pour tirer huit roquettes sur la Turquie. (...) Ou nous pouvons les envoyer attaquer la tombe de Süleyman Shah [le père du fondateur de l'Empire ottoman dont la sépulture, en territoire syrien, est un morceau de territoire turc en vertu d'un accord bilatéral, nda] », souffle-t-il à ses interlocuteurs.

Pendant l'été qui suit, Fidan négocie avec Daech qui vient de prononcer la fondation de son califat. Il supervise un échange de prisonniers, libère quelque 200 djihadistes étrangers contre les 49 diplomates et membres du personnel du consulat turc de Mossoul qui ont été pris en otages. La Syrie en guerre devient le champ de nouvelles expérimentations. Une bonne partie de la rébellion syrienne est reformée en 2015 autour d'une alliance baptisée Armée nationale syrienne (ANS), rétribuée par la Turquie, au service de la Turquie et de ses ambitions. En sous-main, le MIT est à la manœuvre.

Après le putsch manqué de 2016, le régime islamo-nationaliste de Recep Tayyip Erdoğan procède à des purges massives dans l'appareil bureaucratique turc. Les prisons se remplissent de dizaines de milliers d'opposants, les tribunaux débordent. La chasse aux « traîtres » emporte tous ceux qui sont soupçonnés de soutenir de près ou de loin les « organisations terroristes ». Pour opérer ce grand « nettoyage », les services secrets turcs s'appuient sur des structures parallèles, comme ils l'ont toujours fait. Au risque d'en perdre le contrôle, comme ce fut aussi le cas par le passé. Les organisations criminelles, les réseaux de militants nationalistes, les groupes paramilitaires, toutes les ressources sont mobilisées pour protéger l'État et son chef. Le MIT mène une traque mondiale, par tous les moyens. « Ils sont jusqu'en Nouvelle-Zélande », acquiesce Feyyaz Öztürk, le « repenti de Vienne ». Sur le sol européen, les réseaux de soutien sont solides au sein de la diaspora turque où les organisations politiques et religieuses sont ancrées depuis les années 1970. D'autres apparaissent soudainement comme les Osmanen Germania, un gang de motards turcs nationalistes implanté en Allemagne. La justice allemande a mis en évidence leurs liens directs avec un député turc proche d'Erdoğan, mais aussi avec un célèbre parrain de la mafia turque, Sedat Peker… « Il n'y a plus de limite à leur pouvoir, juge le journaliste turc Fehim Taştekin. Après 2016, ils ont renforcé leurs activités, avec plus de moyens. Et aujourd'hui, ils n'ont plus peur de faire du bruit[1] ! » fait-il remarquer. Bien au contraire.

1. Entretien avec l'auteur.

Assassinats au 147, rue La Fayette

C'est un avis de connaisseur. « Paris, c'est l'opération la plus réussie », commente Feyyaz Öztürk, dans la chaleur de l'été, à Palerme. L'ancien agent du MIT fait référence à un événement qui s'est produit au cœur de la capitale française, à deux pas de la gare du Nord. Le 9 janvier 2013, en pleine journée, trois femmes sont tuées au premier étage du 147, rue La Fayette, dans un deux pièces qui héberge le Centre d'information du Kurdistan. Les victimes sont des militantes du PKK, le Parti des travailleurs du Kurdistan, mouvement autonomiste kurde en conflit avec Ankara depuis quatre décennies. Sakine Cansız, 54 ans, en est une figure historique : en 1978, elle était assise à côté d'Abdullah Öcalan, le chef révolutionnaire, lors de la réunion qui s'est tenue dans une maisonnette isolée de la province kurde de Lice, au cours de laquelle le PKK a été fondé. Pour le peuple kurde, le nom de Sakine Cansız se confond avec la résistance à l'oppression turque. Dans les années 1980, elle a subi violences sexuelles et torture dans la prison de Diyarbakır, symbole de la répression de la dictature militaire, dans le sud-est kurde. À sa libération, elle a fondé la branche armée des femmes du PKK.

Sakine Cansız avait obtenu l'asile politique en France en 1998. Le 9 janvier 2013, dans le salon de l'appartement rue La Fayette, ses boucles rousses et rebelles baignent dans le sang coagulé. Elle a reçu trois balles dans la tête. À ses côtés, contre le canapé, Leyla Saylemez, 25 ans, a également été abattue de trois balles dans le crâne. Cette jeune Kurde, qui avait effectué une scolarité brillante en Allemagne, avait des responsabilités au sein de la branche de la jeunesse du PKK en Europe. La troisième victime, Fidan Doğan, 30 ans, avait grandi à Strasbourg. Elle était chargée du lobbying du PKK auprès des institutions européennes et en France. Surnommée « la diplomate », cette jeune femme lumineuse était douée pour défendre sa cause auprès de ses interlocuteurs. Réagissant à sa mort, François Hollande a dit qu'il l'avait déjà rencontrée. Elle aussi a été exécutée de trois balles dans la tête ; une quatrième a été tirée dans sa bouche.

Dix balles ont été tirées, aucune n'a raté sa cible. Les analyses balistiques ont montré qu'elles provenaient de la même arme, un pistolet semi-automatique d'un calibre de 7,65 mm, qui n'a jamais été répertorié. La police scientifique a retenu comme scénario le plus probable celui d'un tireur unique, « relativement entraîné », qui aurait pu agir en une trentaine de secondes. Dans l'immeuble, personne n'a rien entendu. L'arme était donc très certainement équipée d'un silencieux. Une boîte de chocolats et une bouteille d'eau étaient posées sur la table basse, trois tasses à thé en forme de tulipe et un verre se trouvaient dans l'évier de la cuisine. Aucune trace de résistance n'a été relevée sur la scène de crime, signe que les victimes ont sans doute été surprises et qu'elles connaissaient le tueur. « Il est évident que c'est du travail de professionnel, ça c'est indiscutable[1] », commentait sobrement Cevat Öneş, ancien numéro deux du MIT, rencontré à Ankara peu après.

« Trois femmes kurdes tuées d'une balle dans la tête à Paris. » « Trois activistes kurdes assassinées en plein Paris. » Le 10 janvier au matin, les radios et les chaînes d'information en continu ouvrent leurs bulletins sur le triple meurtre découvert dans la nuit. Manuel Valls, alors ministre de l'Intérieur, se rend sur place. Entouré par une foule de Kurdes, devant les caméras, il assure de « la détermination des autorités françaises à faire la lumière sur cet acte ». Au premier étage de l'immeuble, juste au-dessus de l'épicerie tamoule, la police scientifique est en train de passer la scène de crime au crible. À des milliers de kilomètres du 147, rue La Fayette, en Turquie, la nouvelle provoque une déflagration. Tout le monde comprend immédiatement qu'un tournant politique turc vient de se jouer sur le sol français. L'année 2013 a démarré avec un espoir

1. Entretien avec Cevat Öneş. *Triple assassinat au 147, rue La Fayette*, Laure Marchand, Actes Sud, 2017.

de paix : à cause des fuites dans les médias, le gouvernement a été mis au pied du mur et a dû reconnaître que des discussions étaient en cours avec le PKK. Alors que quelques semaines auparavant, Recep Tayyip Erdoğan, alors Premier ministre, vitupérait encore contre le chef du PKK, en proposant de le pendre. Désormais, Abdullah Öcalan est présenté comme un « acteur clé de la paix ».

C'est Hakan Fidan, le sous-secrétaire du MIT, qui est chargé de le rencontrer pour voir comment les deux parties peuvent trouver un terrain d'entente. À plusieurs reprises depuis l'automne, le chef du service de renseignement s'est rendu en secret à Imralı, l'île-prison sur laquelle est enfermé à vie Öcalan, dans la mer de Marmara. Depuis quelques jours, l'opinion publique est mise en condition : le 3 janvier, dans une opération médiatique soigneusement préparée, deux députés pro-kurdes ont été autorisés à monter dans un petit bateau et à rendre visite au « terroriste en chef ». Le contexte politique en Turquie a changé. Le gouvernement semble en position de force pour parvenir à un règlement politique du conflit. L'armée turque qui dirigeait le pays a été contrainte de quitter la scène politique et a été renvoyée dans ses casernes. Les 15 millions de Kurdes sont meurtris, le pays tout entier est épuisé par cette « sale guerre ». La fin du conflit qui paralyse le pays depuis quatre décennies paraît enfin à portée de main. C'est dans cette atmosphère suspendue entre guerre et paix que la mort de Sakine Cansız, Fidan Doğan et Leya Saylemez intervient.

Le 17 janvier, à Diyarbakır, la capitale des Kurdes de Turquie, des milliers de personnes endeuillées se pressent autour des cercueils de leurs trois « martyres ». Les corps de Sakine Cansız, Leyla Saylemez et Fidan Doğan ont été rapatriés sur leur terre ancestrale. Leur mort se confond avec le destin de leur peuple, qui se forge dans le sang et les trahisons depuis des siècles. Depuis toujours au Kurdistan, les révoltes et les périodes de répression se succèdent, sous l'Empire ottoman comme à l'époque de la République de Turquie. « Maudite soit la guerre ! » scande la foule massée pour les funérailles. Des mères pleurent des enfants tués dans les montagnes où ils combattaient contre l'armée turque. Les Kurdes, grands perdants des découpages territoriaux historiques lors du traité de Lausanne en 1923 entre les puissances victorieuses de la Première Guerre mondiale et la Turquie, vivront-ils un jour en paix ? Le jour des funérailles, l'espoir se mêle aux larmes. Personne ne sait qu'une longue nuit sans fin est en train de descendre sur les libertés en Turquie.

Ce même jour, alors que les Kurdes pleurent leurs martyres, un homme est mis en garde à vue au 36, quai des Orfèvres, à Paris. Les enquêteurs se sont aperçus qu'Ömer Güney était le dernier à avoir vu les victimes vivantes, le mercredi 9 janvier, et qu'il n'en avait rien dit. Ce Turc de 30 ans, qui a rejoint son père en France lorsqu'il était enfant, fréquente les associations kurdes d'Île-de-France depuis peu. Il s'y est présenté à l'automne 2011 en expliquant venir d'une famille turque nationaliste et être à la recherche de ses origines kurdes reniées. Son discours est plausible : l'assimilation de Kurdes en Turquie est fréquente. Et comme le PKK ne recrute pas sur des critères ethniques mais politiques, le nouveau venu est accueilli sans méfiance. À moins qu'il n'ait bénéficié de la complicité d'agents infiltrés.

Cet homme, atteint d'une tumeur au cerveau inopérable, dupe ses nouveaux amis avec adresse. Il prend part à toutes les actions. Avec des jeunes Kurdes, il participe à l'occupation de la tour Eiffel en mars 2012 pour réclamer la libération d'Öcalan. Il se charge de la « *Kampaniya* », la collecte de l'impôt révolutionnaire au sein de la communauté pour financer la guérilla. Toujours disponible, il gagne la confiance des cadres du PKK exilés en région parisienne. Il leur sert de chauffeur. Lorsque Sakine Cansız, établie en Allemagne, vient à Paris début 2013, Ömer Güney est mis à sa disposition. Il parle bien le français, il peut assister efficacement la cheffe du PKK dans ses démarches administratives. Deux jours avant sa mort, il l'accompagne à la préfecture de Cergy-Pontoise où elle a rendez-vous pour renouveler ses papiers. Le mercredi 9, il la conduit au 147, rue La Fayette. Les caméras de surveillance filment leur entrée dans l'immeuble à 11 h 29. Leyla Saylemez y attend Sakine. Les deux femmes doivent repartir ensemble en Allemagne en covoiturage en début d'après-midi. Mais ni elles, ni Fidan Doğan ne quitteront l'immeuble vivantes. La caméra de la supérette Carrefour City en face permet de voir les allers-retours de Güney.

Il sort une première fois à 11 h 49, retourne à la voiture garée dans un parking souterrain rue du Faubourg-Saint-Denis, ouvre le coffre puis repart au 147. À 12 h 11, il franchit à nouveau la porte de l'immeuble. À 12 h 56, il en ressort définitivement, capuche sur la tête, un sac plastique à la main dans lequel on devine un objet sombre. Il est toujours seul. Il a dit que le sac contenait les friandises que Sakine Cansız lui avait données et qu'il avait oubliées. Aucune autre sortie ou entrée suspecte n'a été filmée ce jour-là.

Dès les premiers jours, l'enquête se resserre donc autour de Güney, qui était agent d'entretien à l'aéroport de Roissy avant que sa tumeur ne l'empêche de travailler. Son emploi du temps à l'heure des meurtres, qu'il détaille aux policiers, ne tient pas. Deux jours après, le 11 janvier, il fait nettoyer sa parka dans un pressing, à Villiers-le-Bel. Son vêtement a été passé au révélateur chimique luminol : des traces de sang appartenant à Leyla Saylemez sont apparues. Des résidus de poudre ont également été détectés sur la sacoche en cuir dont il ne se séparait jamais. Une marque entre le pouce et l'index de sa main gauche a été relevée lors de l'examen médical à l'Hôtel-Dieu au cours de sa première garde à vue. Il a dit qu'il s'était brûlé avec une brochette. Son emplacement correspond en tout cas à celui du recul d'une arme à feu. Confronté à ses justifications farfelues, le suspect botte en touche, esquive, s'en sort toujours par une pirouette.

Au fil des mois, des liens de plus en plus serrés entre Güney et le MIT apparaissent. Mais dès le début de l'enquête, des individus visiblement bien informés cherchent à mettre la police sur cette piste au plus vite. Le 20 janvier, la préfecture de police de Paris reçoit un mail anonyme : « Messieurs, je souhaite vous donner des renseignements sur le meurtre de Sakine Cansız et de ses amies, le 9 janvier en France. Le meurtrier est Ömer Ziya Güney qui vit en France et je le connais bien. Il travaille pour les services de renseignements turcs, le MIT (...). Le 18 décembre (un mardi), il arrive en Turquie pour 3 jours. Je pense que lorsqu'il s'y trouvait, il a reçu des ordres pour les tuer. Parce qu'il avait dit qu'il tuerait des responsables haut placés du PKK. Il a dit aussi qu'après l'opération tous les membres du PKK, en Turquie et en Europe, seraient sous le choc. » L'auteur du mail n'a pas pu être identifié et sa trace se perd sur un serveur Internet hébergé à Téhéran. Il semble détenir des informations qui n'ont pas encore été rendues publiques. Elles ne sont pas parues dans la presse et la Sous-direction antiterroriste de la Police judiciaire (SDAT), chargée de l'enquête, n'en a pas non plus connaissance. Il faut dire que l'antiterrorisme se concentre sur la thèse d'un règlement de comptes interne au PKK et néglige la piste turque. Ainsi, la première perquisition de la Peugeot 308 conduite par Güney, réalisée à la va-vite, fait chou blanc. La juge d'instruction en demande une seconde en mars : le passeport d'Ömer Güney est découvert caché derrière l'autoradio. Des tampons d'entrées et de sorties du territoire montrent trois voyages en Turquie entre août et décembre 2012. Le dernier correspond à celui mentionné dans le mail anonyme. L'enquête ouverte par la justice turque montrera qu'il s'est à chaque fois rendu à Ankara. Au moins un de ses billets a été payé en liquide, à l'aéroport d'Ankara, par un inconnu. Interrogé sur la raison de ses voyages par la juge, l'intéressé fanfaronne : il avait envie de prendre l'air, de faire du shopping, du ski, avait une histoire avec une fille... Ses amis kurdes ignoraient également tout de ses déplacements. Pour le dernier aller-retour en décembre, il leur avait dit qu'il serait injoignable quelques jours car il était hospitalisé à cause de sa tumeur. Un alibi parfait.

L'analyse de ses téléphones recèle également des activités clandestines. Il échange avec un numéro turc non identifié à ce jour. Dans le jargon du renseignement, cela s'appelle une ligne « dédiée ». Celle-ci sert uniquement à donner des informations à un agent. Dans le répertoire de son portable, on trouve le numéro de téléphone du MIT à Erzurum. Cette ville a une sombre réputation. La cité d'Anatolie orientale est un fief de l'extrême droite nationaliste turque. Les Loups gris y sont chez eux. L'antenne du MIT à Erzurum est chargée de l'espionnage et de la répression contre les Kurdes. Enfin, la police scientifique est parvenue à récupérer des fichiers qui avaient été effacés de son téléphone. Dans la nuit du 8 au 9 janvier, la veille du triple assassinat, Ömer Güney a photographié les fiches nominatives des 329 adhérents de l'association kurde de Villiers-le-Bel. Elles y étaient rangées dans trois épais classeurs gris sur des étagères. Une fois transmises, les photos des 329 fiches ont été effacées. Güney s'est donc introduit par effraction dans le local pour s'y livrer à de l'espionnage. Qui, si ce n'est la Turquie, pourrait s'intéresser à l'identité et aux coordonnées des membres de l'association ? Évidemment, aucun de ses camarades kurdes n'était au courant de son escapade nocturne.

En janvier 2014, alors qu'il est en détention provisoire depuis un an à la maison d'arrêt de Fresnes, Ömer Güney commence visiblement à trouver que son incarcération dure un peu trop longtemps. Il demande à Ruhi Semen, qui était son responsable d'atelier lorsqu'il travaillait dans une usine de métallurgie en Allemagne, de lui rendre visite. Celui-ci accepte donc de parcourir 900 kilomètres jusqu'à la prison du Val-de-Marne pour rencontrer son ancien employé soupçonné d'un triple assassinat. Le parloir a été sonorisé pour les besoins de l'enquête. Il en ressort que Ruhi Semen n'était sans doute pas seulement son chef d'atelier. Les deux hommes discutent en langage codé. Ils parlent beaucoup de la « *mutti* » (« maman » en allemand) du prisonnier. Dans leur échange codé, « *mutti* » désigne en fait le MIT. Güney a fait venir Semen pour lui transmettre un plan d'évasion et lui demande de le remettre en mains propres à « maman » à Ankara, c'est-à-dire au quartier général du MIT. La liste d'armes qu'il réclame (dix grenades, deux mitrailleurs Uzi, 150 kilos d'explosifs, deux pistolets) est farfelue mais il a profité de ses hospitalisations à la Pitié-Salpêtrière pour mettre sur pied son projet. Il a repéré que les couloirs n'étaient pas surveillés par des caméras. Sur un croquis minutieux, il a représenté avec les lettres A, B, C les trois policiers en faction autour de sa chambre d'hôpital. Une fois à Ankara, au siège du MIT, Ruhi Semen doit demander à parler à un certain « *bey* », « monsieur », qui connaît Güney. Si ses plans ne prouvent pas que le MIT est le commanditaire, ils confirment que le suspect a des relations directes avec l'agence de renseignement.

Ce même mois de janvier 2014, des documents mis en ligne sur Internet, anonymement une fois de plus, révèlent des commanditaires turcs tapis dans l'ombre. Le 12 janvier, une conversation entre trois individus apparaît sur YouTube. Celui à qui appartient la voix numéro 3 et qui dit s'appeler Ömer détaille des préparatifs d'assassinats à deux interlocuteurs. Il s'adresse à eux avec déférence. Il s'agit très certainement de ses supérieurs hiérarchiques.

« Ömer : Il n'y a des caméras qu'aux entrées, de toute façon, ça sera une voiture volée, il y aura des vêtements de rechange dans la voiture et donc les caméras à la sortie ne pourront pas voir que je suis Ömer.

(...)

Voix 2 : Tu penses utiliser des gants ?

Ömer : Oui, il n'y aura pas de traces sur l'arme et sur les munitions engagées dans le chargeur...

Voix 2 : D'accord mais là-bas, il y aura des examens balistiques, une autopsie, et tout…

(…)

Voix 1 : On reverra tout, on se coordonnera, attends un signe de notre part. Si l'occasion se présente, téléphone, en utilisant le langage codé sur lequel on s'est mis d'accord. Mais d'abord il faut que tu vérifies encore une fois les plans. »

La conversation se poursuit sur les cibles visées. Quatre sont désignées. Il s'agit de personnalités haut placées dans la hiérarchie militaire ou politique du PKK et qui sont réfugiées en France ou en Belgique.

« Voix 1 : Remzi va venir ?

Ömer : Remzi va parfois là-bas mais très rarement.

Voix 1 : Quand Remzi viendra, il ne faudra pas le louper.

Ömer : Oui. Il vient dans un véhicule protégé, il en sort, dès que j'ai l'occasion… »

Pour la police scientifique de Lyon qui a analysé l'enregistrement, la voix numéro 3 du dénommé Ömer et celle de Güney sont très similaires. Cette conclusion signifie qu'il s'agit de la même voix mais une expertise vocale ne le dit jamais aussi affirmativement. Son père et sa mère et les Kurdes qui le côtoyaient l'ont également reconnue. Interrogé par la juge d'instruction, l'intéressé a nié être le Ömer de l'enregistrement, comme à son habitude. Dans cette conversation, Sakine Cansız n'est pas citée comme une des cibles à éliminer. Serait-elle une victime de circonstance parce que les autres n'étaient pas à sa portée ? La question reste sans réponse. L'individu qui a publié l'enregistrement l'a accompagné d'un petit texte explicatif dans lequel il charge Ömer Güney : « Son objectif principal était de tuer Sakine Cansız. Il a été obligé de tuer les deux autres parce qu'elles se trouvaient à l'endroit où cela s'est passé. Avant, il s'était rendu plusieurs fois en Turquie pour rencontrer les gens du MIT et pour planifier cette action. Ce sont les gens du MIT qui ont payé ses billets d'avion pour ses allers-retours en Turquie. »

Un second document, qui implique cette fois-ci directement le MIT, est envoyé quelques jours plus tard à des journaux turcs. Il s'agit d'une « note d'information » attribuée aux services de renseignement et qui est datée du 18 novembre 2012. Classé « secret », le document détaille la préparation de l'assassinat de Sakine Cansız. Deux agents apparaissent sous le nom de code « la Source » et « le Légionnaire ». « Lors de sa dernière venue dans notre pays pour nous rencontrer, "la Source" a reçu l'instruction de procéder à des préparatifs pour une attaque/sabotage/assassinat contre les cibles de l'organisation en Europe et contre des individus désignés, (...) de se procurer l'équipement nécessaire pour la tâche, d'être extrêmement prudent lors de toute communication avec nous. Un paiement de 6 000 euros lui a été versé pour ses frais éventuels. » Ömer Güney peut être l'individu qui se cache derrière « la Source » : le document précise que « la Source », « missionnée par l'organisation », a accompagné Sakine Cansız pour l'aider dans ses « démarches administratives, telles que l'obtention d'un titre de séjour et le renouvellement de son passeport ». En octobre, un mois avant la note, Güney s'était effectivement rendu à la préfecture avec la cheffe du PKK. « La Source qui a la possibilité de se tenir au courant des activités futures de Sakine Cansız alias Sara, en Europe, de ses canaux de communication, des adresses de ses domiciles et de la réception de son courrier, sera également considéré dans le cadre d'un projet de neutralisation de ladite membre de l'organisation. »

Suite à la publication de ces documents, le MIT a dérogé à sa traditionnelle règle de silence en publiant un communiqué. Le texte ne dément pas leur authenticité mais réfute tout « rapport avec les meurtres » et dénonce « une opération qui vise à porter atteinte à notre institution, qui joue un rôle actif dans le cadre du processus de paix et visant à dévoiler l'identité de nos personnels engagés dans ce processus pour les empêcher d'accomplir leur rôle ». L'ordre de mission d'éliminer Sakine Cansız est adressé à quatre destinataires dont les noms apparaissent en bas du document. Il s'agit de responsables du MIT. Selon le magazine *Der Spiegel*, les services de renseignement allemands ont reconnu parmi eux l'agent turc avec lequel ils échangeaient des informations sur le PKK. Des précisions sur leur identité sont également venues de façon inattendue des montagnes du Kurdistan irakien, repaire de la guérilla. Dans une opération digne d'un film d'action, le PKK a capturé deux officiers du MIT, en Irak en 2017. Dans des confessions filmées et diffusées en 2018, les deux prisonniers donnent des éclaircissements sur le triple assassinat.

« Quand je l'ai écouté [l'enregistrement sonore, nda], j'ai compris que les assassinats avaient été planifiés et mis en œuvre par trois de nos agents ; Uğur Kaan Ayık, le chef du département des activités séparatistes ethniques, Oğuz Yüret, le directeur de la section chargé des opérations de ce département, ainsi que par l'agent Ayhan Oran. Je les ai reconnus sur l'enregistrement. Ils ont rencontré Ömer Güney dans un hôtel à Ankara. L'enregistrement a été réalisé dans cet hôtel. Ce genre d'assassinat est très critique. Il exige des officiels de haut rang et peu de cadres sont au courant », déclare l'un d'eux. « Le rapport doit aller sur le bureau du directeur. Il ne décide pas seul et doit demander au président, parce que ses actions peuvent engendrer des problèmes internationaux. C'était durant une période de négociations de paix. L'ordre de mission avait probablement été préparé par le directeur de section, pas par Ayhan Oran. Puis il avait été validé par Uğur Kaan Ayık dont le responsable supérieur est Sabahattin Asal, qui était vice-directeur de l'agence. Ce dernier participait aux négociations de paix (...) Ensuite, la note a dû arriver sur le bureau de Haluk Oskan, vice-directeur du département des affaires générales. Pour finir, elle a dû atterrir sur le bureau du directeur. Il s'agit de la manière dont un ordre de mission circule au sein de notre agence. » Ces déclarations doivent bien sûr être prises avec précaution car les deux hommes sont retenus en otage. Ayık, Yuret, Oskan et Asal sont les quatre personnes à qui l'ordre de mission était adressé.

Interrogé sur le processus de décisions au sein du MIT, Feyyaz Öztürk, l'ex-agent du MIT, complète : « La chaîne de commandement c'est Hakan Fidan, l'antenne à Erzurum et Sabahattin Asal, qui maintenant s'occupe de ce sale boulot. » Après les assassinats, Asal, l'un des destinataires de l'ordre de mission, aurait été promu, selon la presse turque. Güney avait le numéro de téléphone du bureau du MIT à Erzurum dans le répertoire de son portable.

Dans le triple assassinat du 147, rue La Fayette, les chemins, d'où qu'ils partent, mènent tous au MIT. À la Grande Assemblée nationale de Turquie, des députés ont demandé des éclaircissements sur l'implication du service de renseignement et de possibles responsabilités politiques. Ils n'ont jamais obtenu de réponse et la question principale reste entière : l'attentat de Paris a-t-il pu être réalisé sans feu vert du plus haut sommet de l'État ? En 2014, le MIT était sous la responsabilité du Premier ministre, qui était Recep Tayyip Erdoğan. Depuis, la législation a été modifiée, ni les magistrats, ni les journalistes ne peuvent enquêter sur les activités du MIT. Quand bien même la loi ne l'interdirait pas, qui serait assez inconscient pour s'y risquer en Turquie aujourd'hui ?

En France aussi, l'enquête a buté sur des intérêts divergents. Dès le lendemain du triple assassinat, Hakan Fidan effectuait un voyage en toute discrétion en France. On sait qu'il s'est rendu à l'ambassade de Turquie. Quelques jours plus tard, le 21 janvier, Manuel Valls était reçu à son tour avenue de Lamballe, dans le XVIe arrondissement, pour s'entretenir avec l'ambassadeur de l'époque, Tahsin Burcuoğlu. Devant les caméras, le 9 janvier, le ministre de l'Intérieur martelait « la détermination des autorités françaises à faire la lumière sur cet acte ». Selon le compte rendu de l'entretien que le diplomate a envoyé à son ministère de tutelle, à Ankara, et qui a été versé à l'instruction turque, Manuel Valls a, cette fois, assuré à son interlocuteur que la France continuerait « à lutter avec détermination contre le PKK ». C'est à croire que rien ne venait de se produire au 147, rue La Fayette ! Mais que se sont dit les deux hommes lors de ce tête-à-tête confidentiel ?

Ce qui a filtré de l'entretien montre que les autorités françaises en ce début d'année 2013 ont d'autres préoccupations. Manuel Valls en profite pour dire son souhait d'« améliorer les relations avec la Turquie, comme le lui a demandé le président Hollande qui souhaitait visiter la Turquie ». Depuis plusieurs années, les relations entre les deux pays sont houleuses. Elles ont fait les frais des débats sur l'adhésion de la Turquie à l'Union européenne, sur la pénalisation de la négation du génocide des Arméniens de l'Empire ottoman… Paris cherche à se rapprocher d'Ankara. Il n'est donc pas question que l'assassinat de trois militantes du PKK sur le territoire national fasse échouer la manœuvre de rapprochement en cours. On n'en entendra plus guère parler lors des rencontres bilatérales officielles. Les familles des victimes n'ont même jamais été reçues par le gouvernement. La sénatrice Éliane Assassi avait interpellé Christiane Taubira, en 2014, lors d'une séance de questions orales au palais du Luxembourg : « Ne pas les recevoir introduit un doute sur la détermination des autorités. [Le faire, nda] permettrait d'envoyer un message clair aux commanditaires de ce triple crime, la France ne le laissera pas impuni. » Ce à quoi la ministre de la Justice avait répondu qu'elle ne voulait pas « prendre le risque de fragiliser la procédure ». On l'a connue plus offensive... Début 2022, les familles réclament toujours une entrevue.

L'enquête se heurte également au secret défense. La juge de l'époque a demandé la déclassification de toutes les notes des services de renseignement intérieur et extérieur concernant les protagonistes impliqués. Bernard Cazeneuve, alors ministre de l'Intérieur, assure que « les éléments sollicités » seront fournis « dans les plus brefs délais ». Les mois passent, les réponses n'arrivent pas. La juge renouvelle ses demandes. Le temps presse : la santé du suspect se dégrade. Trente-neuf notes de la DCRI (Direction centrale du renseignement intérieur, rebaptisée DGSI) sont partiellement communiquées en 2015. Elles sont largement caviardées. Les renseignements déclassifiés n'apportent aucune information intéressante pour l'enquête. Ceux qui ne l'ont pas été contiennent-ils des révélations ? Que cachent les paragraphes illisibles ? Que contient la note consacrée à Sakine Cansız et rédigée le 7 janvier, soit deux jours avant sa mort ? S'agit-il de protéger l'identité d'« indics » ou de dissimuler des informations cruciales pour l'enquête mais embarrassantes pour la France ou la Turquie ? De son côté, la DGSE (Direction générale du renseignement extérieur) fait parvenir des documents sans intérêt. Les services ne savaient-ils donc rien de ce qui se tramait ?

En 2015, Ömer Güney est renvoyé devant la cour d'assises de Paris pour assassinats commis « en relation avec une entreprise individuelle ou collective ayant pour but de troubler gravement l'ordre public par l'intimidation ou la terreur » et pour avoir participé à la préparation d'une action terroriste « à la demande d'individus se trouvant en Turquie et possiblement liés aux services de renseignement turcs ». Il est l'unique accusé. L'enquête n'est pas parvenue à remonter jusqu'aux commanditaires et à de possibles complices. L'individu mentionné avec le nom de code « le Légionnaire » dans l'ordre de mission et qui doit passer à l'action contre Sakine Cansız n'a toujours pas pu être identifié. Mais la juge d'instruction a vite compris qu'elle ne parviendrait pas à faire surgir l'entière vérité dans ce qui ressemble de plus en plus à une affaire d'État. La justice turque ne s'est même pas donné la peine de répondre à sa commission rogatoire internationale. Alors Jeanne Duyé veut au moins que le meurtrier présumé soit jugé. Le temps est compté. En 2016, sa santé se dégrade rapidement, des séances de radiothérapie sont tentées. En décembre, Ömer Güney est admis en urgence à l'hôpital de la Pitié-Salpêtrière, où il meurt le 17. Son procès devait s'ouvrir au mois de janvier 2017.

Pendant quatre ans, même lorsqu'il était confronté à ses mensonges les plus absurdes, il n'a jamais rien avoué, jamais flanché. Le célèbre psychiatre Daniel Zagury, qui a expertisé Guy Georges et Michel Fourniret, a dressé de lui un portrait complexe : « Il s'est avéré impossible de se faire une représentation précise de son fonctionnement mental. Cette impossibilité d'apprécier finement sa personnalité, en dépit de plusieurs examens longs et approfondis, est en définitive paradoxalement l'élément essentiel de cet examen. (...) Chaque fois que l'on pense tenir une caractéristique, elle se dérobe. (...) Ömer Güney n'est jamais pris en défaut. Il semble avoir réponse à tout mais pour autant il n'est jamais convaincant sur le plan psychologique. On n'a jamais l'impression de saisir la vérité de son fonctionnement mental. De ce fait, l'impression générale est celle d'un sujet qui contrôle en permanence ses réponses, qui masque certaines informations, qui en donne ultérieurement une explication qui puisse rendre compte de sa première réponse, qui ne se laisse jamais aller. » Güney est resté insaisissable. Mort, il demeure présumé innocent. Ses talents de dissimulateur lui ont-il valu d'être sélectionné par le MIT ? Sa tumeur a-t-elle compté dans son recrutement ? Sachant que sa maladie le condamnait à moyenne échéance, les commanditaires ont-ils usé de l'argument du sacrifice patriotique pour le convaincre de commettre des meurtres : « Quitte à mourir, autant mourir en héros pour la mère patrie » ? Sa mort a entraîné l'extinction de l'action publique à son encontre. Mais l'affaire va ressurgir via la Belgique.

Le dossier belge

En mars 2021, Ismail Hakkı Musa, ambassadeur de la République de Turquie en France, a laissé sa place à son successeur, Ali Önaner, camarade de promotion à l'ENA d'Emmanuel Macron. Sans prendre la peine de répondre au juge d'instruction chargé de l'enquête sur les trois assassinats et qui lui avait fait savoir vouloir l'entendre, il est rentré à Ankara en emportant dans les valises diplomatiques les secrets des activités illégales des services secrets turcs en Europe. En poste pendant quatre ans et demi, protégé par son immunité diplomatique, il n'aura jamais été importuné par les justices européennes. Une affaire en Belgique dans laquelle son nom apparaît a pourtant relancé les forts soupçons sur les activités criminelles de cellules turques sur le sol européen.

Le député Jean-Paul Lecoq avait profité d'une audition de l'ambassadeur par la commission des Affaires étrangères de l'Assemblée en 2017 pour l'interpeller sur le sujet : « Vous avez procédé à des milliers d'arrestations d'intellectuels, de journalistes, d'opposants, et vous les poursuivez avec vos services secrets jusqu'en Europe, parfois même jusqu'en France, où des amies kurdes ont été assassinées. » Dans un français quasi parfait, l'intéressé, qui a fait une thèse de droit public à l'Université Nancy-II, contre-attaquait : « Sur votre question comme quoi nous suivons des gens en Europe, je crois que, là, il y a un aspect inadmissible dans cette question. » Pourtant, la question était pertinente.

À des milliers de kilomètres du Kurdistan, un petit bout de monde kurde est implanté en plein cœur de Bruxelles, en Belgique. Il faut être dûment annoncé pour que les portes sécurisées et équipées de caméras de l'immeuble de la rue Jean-Stas se déverrouillent. Derrière la façade en pierre grise, on discute des heures autour d'un thé, en turc, en kurde, en français parfois. Le midi, on mange des aubergines farcies et des *köfte*, des boulettes de viande hachée. Des réunions en petit comité se déroulent derrière de lourdes portes en bois. Le bâtiment héberge le Congrès du peuple du Kurdistan (Kongra-Gel), organisation politique reliée au Parti des travailleurs du Kurdistan (PKK). Son président, Zübeyir Aydar, n'en sort que précautionneusement. Il se sait en danger, tout comme son bras droit, Remzi Kartal. « Les Turcs n'arrêtent pas de chercher une occasion de nous tuer, soupire Aydar, calé dans un gros fauteuil en cuir dans un salon. En 2013, quand nos trois amies ont été assassinées à Paris, nous étions déjà sur leur liste, mais ils n'avaient pas réussi à nous atteindre. »

Réfugiés politiques, Kartal, député en Turquie dans les années 1990, et Aydar, avocat âgé de 60 ans, sont sur la liste rouge du ministère de l'Intérieur turc, celle des « terroristes » les plus recherchés. Une récompense de 10 millions de livres turques est promise à quiconque permettra leur capture. L'intensité des menaces contre les deux hommes varie en fonction des phases politiques, répression ou détente d'Ankara à l'égard du mouvement kurde. En 2009, Aydar et Kartal semblaient fréquentables, du moins en coulisses : ils ont participé aux discussions secrètes qui ont démarré à Oslo entre le PKK et une délégation turque, chapeautée par Hakan Fidan, pour tenter de lancer des négociations. La Turquie négocie-t-elle la paix d'une main pour l'assassiner de l'autre ? En tout cas, le nom de Remzi Kartal apparaît dans l'enregistrement, publié sur Internet en 2014, dans lequel Ömer Güney passe en revue les personnalités kurdes à éliminer en Europe. Remzi Kartal est sa cible numéro 4, celle qu'il ne faut pas louper si l'occasion se présente, insistait l'un des protagonistes.

Les avertissements proviennent de l'ensemble du territoire européen. Kartal, qui était dentiste en Turquie, a ainsi reçu trois messages de menaces de mort envoyés depuis un numéro de téléphone ukrainien via WhatsApp fin 2016. « Nous avons tué ceux qui devaient être éliminés. Mais lorsque ton tour est venu, tu nous as échappé par hasard. Un hasard que Sakine ait été supprimée et que tu aies pu t'échapper » ; « Nous allons faire en sorte que les gens qui t'entourent t'abattent ». Effectivement, quelques mois plus tard, les menaces se resserrent autour de l'immeuble de la rue Jean-Stas à Bruxelles. En juin 2017, une voiture suspecte qui semble surveiller la bâtisse est repérée. Les policiers belges contrôlent l'identité des individus à bord de la Mercedes Classe E, immatriculée en France. Elle appartient à l'un des trois occupants, Zekeriya Çelikbilek, un Franco-Turc qui réside en France. L'un des passagers, Yakup Koç, exhibe une ancienne carte de police turque du département antiterroriste, c'est-à-dire chargé de la lutte contre le PKK. Le troisième homme, Hacı Akkulak, est un ouvrier kurde, hébergé à Gand.

Selon les informations recueillies par la police belge, Akkulak aurait été approché par les deux premiers pour savoir s'il était en mesure de collecter des informations sur Zübeyir Aydar et Remzi Kartal et de les assassiner. Des scénarios, parfois farfelus, ont été rapportés aux deux responsables kurdes par des informateurs : on aurait envisagé d'empoisonner l'eau du samovar qui se trouve dans la cuisine du Kongra-Gel, de mener une attaque à la kalachnikov dans le bâtiment ou d'y placer une bombe ; le tueur devait ensuite être exfiltré en Turquie par bateau.

Le juge d'instruction belge Patrick De Coster ne prend pas la menace à la légère et envoie une demande d'entraide à la justice française car il craint « un attentat potentiellement imminent contre des politiciens kurdes de premier plan en Belgique » : deux jours après le contrôle de la

Mercedes, « quatre individus d'origine turque seraient venus en Belgique où ils auraient loué un appartement » et l'un d'eux « serait un tireur d'élite ». La décision d'enquête européenne précise que l'un des suspects et propriétaire de la Mercedes, Zekeriya Çelikbilek, aurait dit « à l'occasion d'un entretien privé qu'il avait joué un rôle dans l'assassinat » du 147, rue La Fayette. Le Franco-Turc « aurait un lien avec Ismail Hakkı Musa [alors ambassadeur en France, nda]. Ce dernier serait responsable de la coordination des faits dans ce dossier », est-il également indiqué. Quel est le fondement de ces déclarations ? Les deux hommes se sont en tout cas rencontrés au moins une fois : une photo publiée sur le compte Facebook de Çelikbilek les montre côte à côte. Ismail Hakkı Musa, qui a été consul général à Lyon et ambassadeur en Belgique, a un CV tout à fait particulier. Au moment des assassinats des trois militantes kurdes à Paris, en janvier 2013, il était le directeur adjoint du MIT. Ce natif de la région de la mer Noire, fief ultranationaliste, en a même occupé la direction par intérim quelques mois en 2015. Pour Antoine Comte, avocat des familles des militantes assassinées, « après une accusation pareille, il semble pour le moins que l'ambassadeur de la Turquie en France aurait dû être convoqué au Quai d'Orsay (...). Cela montre bien la pusillanimité des autorités françaises dans cette affaire ». Si officiellement, les informations en provenance de Belgique n'ont pas fait de remous diplomatiques, « des policiers de la DGSI ont filé en Belgique, c'était la panique », déclare une source proche du dossier.

L'enquête de la police fédérale belge n'apporte pas d'information supplémentaire sur une potentielle implication d'Ismail Hakkı Musa dans le projet criminel échafaudé en Belgique. Pas plus qu'elle n'a pu confirmer la venue sur le sol belge d'un tireur d'élite. Elle offre en revanche une plongée inédite au sein des activités illégales que le régime turc mène en Europe. Des cellules clandestines déclinent et adaptent au terrain européen la guerre totale menée contre le PKK en Turquie, dans le nord de la Syrie et dans les montagnes irakiennes. En octobre 2021, le procès des trois occupants de la Mercedes et d'un quatrième comparse, Necati Demiroğulları, employeur d'Hacı Hakkulak, s'est ouvert devant le tribunal correctionnel de Bruxelles. Les prévenus sont accusés de faire partie d'une association de malfaiteurs et d'avoir rejoint ou dirigé une organisation terroriste et risquent des peines allant jusqu'à quinze ans de prison. Le procès a été reporté à la demande du procureur.

Au tribunal, à côté d'Hacı Akkulak, l'ouvrier kurde qui avait approché les deux politiciens kurdes, était donc censé comparaître Necati Demiroğulları. Cet entrepreneur dans le bâtiment de Gand, arrivé en Belgique à l'âge de 3 ans et sympathisant du mouvement islamiste Millî Görüş (Vision nationale), dépannait Akkulak en lui fournissant des travaux de démolition, de terrassement... Il lui a également prêté un appartement. L'ouvrier est « accro » aux jeux d'argent et se trouve dans une situation financière difficile. C'est Demiroğulları qui a mis en relation

Akkulak avec son beau-frère, Yakup Koç, nom de code « Albay », « le Colonel ». De son frère, qui avait montré une carte de police lors du contrôle routier, l'épouse de Demiroğulları dit qu'il « chasse les Kurdes ». Yakup Koç semble résider en Turquie et faire des allers-retours fréquents en Belgique. Il a vécu longtemps en France et parle bien le français. De 2002 à 2007, il était chargé de la sécurité au consulat de Turquie, à Boulogne-Billancourt, et disposait d'une autorisation de port d'arme. Il aurait ensuite été en poste dans l'armée dans les régions kurdes de la Turquie. Après le coup d'État raté en juillet 2016, des purges gigantesques ont décimé les services de sécurité turcs. Des inconditionnels d'Erdoğan ont été recrutés. À cette époque, Yakup Koç aurait été appelé pour « travailler au Palais ». Il semble qu'il revienne néanmoins en France régulièrement. En 2017, pour ses séjours, il loge à l'hôtel Première Classe à Sarcelles.

Au cours d'une audition menée par la police fédérale belge, Demiroğulları a déclaré que Yakup Koç avait promis jusqu'à 50 000 euros à Akkulak pour des « informations sur le PKK ». Ce dernier avait visiblement déjà entamé sa mission : des photos des écrans des caméras de surveillance qui filment les abords du Congrès du peuple du Kurdistan et l'intérieur du bâtiment bruxellois ont été retrouvées dans son téléphone. Ce type de renseignements est extrêmement précieux pour connaître les failles de sécurité, repérer les angles morts. C'est également « le Colonel » qui aurait demandé à Akkulak s'il était capable de « travailler avec des armes pour liquider » les deux responsables kurdes, selon la demande d'enquête belge. « Le Colonel » apparaît comme le chef de cette cellule qui circule entre la France et la Belgique. Au quotidien, c'est Zekeriya Çelikbilek, le propriétaire de la Mercedes, qui supervise Hacı Akkulak, comme le montrent des conversations téléphoniques entre les deux hommes qui ont été mis sur écoute en octobre 2017. Dans l'une d'elles, Akkulak fait le compte rendu détaillé d'une manifestation kurde à Bruxelles qui a été organisée pour réclamer la libération du leader Öcalan. Çelikbilek lui demande de vérifier si Kartal et Aydar sont sur place, d'identifier et de prendre leur voiture en photo. En fin de journée, les deux hommes se retrouvent dans un bar bruxellois. À 1 heure du matin, ils poursuivent leur discussion au téléphone. Ils parlent de façon elliptique, font attention à ne pas donner de renseignements précis ou compromettants. Il est question du « travail » à faire, pour lequel « une équipe » pourrait être envoyée. Hacı Akkulak semble préoccupé : comment vont-ils le sortir de là une fois qu'il aura fait ce qu'il a à faire ? Çelikbilek lui assure qu'il sera tout d'abord arrêté par la police mais qu'ils le feront libérer. L'intéressé ne semble pas convaincu, il ne voit pas bien comment il serait libéré après « un bain de sang ».

« Si l'exécutant chargé de la sale besogne se trouvait en Belgique, l'enquête a très vite montré que l'initiative du complot venait de France », estime Jan Fermon, avocat d'Aydar et Kartal. À l'époque des faits, Zekeriya Çelikbilek, 48 ans, habitait en effet à Reims. Placé en garde à vue en 2018 par la SDAT, il est incapable de donner des explications crédibles sur ses déplacements fréquents en Belgique. Pour quelle raison s'y est-il rendu en novembre 2017 avec Yakup Koç ? « Les femmes », « le poker »... il ne sait plus. Et au mois de juin, lorsque la police belge les a contrôlés à bord de sa Mercedes après qu'elle a été repérée aux abords de l'immeuble de l'organisation kurde ? Ils s'étaient perdus en cherchant « le quartier des putes ».

Cet électricien désœuvré qui dépense son RSA dans les bars PMU de Reims et de la région parisienne élude toutes les questions avec désinvolture. Sa recherche d'une moto deux places avec un gars sûr pour la conduire, ainsi que l'indique une écoute téléphonique ? « Avouez que c'est troublant, on pourrait facilement deviner que vous cherchez quelqu'un à moto pour exécuter un contrat, non ? » demande le policier. Réponse de l'intéressé : « Peut-être que j'avais envie de buter Yakup. Des fois, quand on est énervé on dit n'importe quoi. » Zekeriya Çelikbilek fait très attention à ce qu'il dit pendant ces appels téléphoniques. Il bascule sur WhatsApp dès qu'il souhaite discuter loin d'oreilles indiscrètes. À un interlocuteur, il dit se savoir écouté « des deux côtés », c'est-à-dire français et turc, et suivi par les policiers français. Des filatures et des écoutes, les enquêteurs ont conclu que Çelikbilek et ses comparses mijotaient quelque chose d'illégal, sans parvenir à déterminer la nature du projet.

Mais l'enquête conduite par la SDAT dans le cadre de la

demande d'entraide de la justice belge met également au jour les faits et gestes d'autres Turcs qui gravitent autour de Çelikbilek et travaillent en sous-main pour Ankara. Cette plongée dans leurs activités parallèles confirme que l'État turc exerce une surveillance étroite de la diaspora. Zekeriya Çelikbilek espionne ainsi des membres de la communauté. Il dresse par exemple une liste de noms, vraisemblablement des partisans de la confrérie de Fethullah Gülen. « On sait tout sur les mecs, là où ils vont pisser le matin, là où ils se lavent les mains », détaille-t-il à un interlocuteur qui utilise un numéro turc. L'individu auquel il rend des comptes le rassure, il n'a pas à s'inquiéter d'être écouté par un service turc : « Tu peux être en contact avec moi, il n'y aura pas de souci par rapport à ici. Ici, que veux-tu qu'il arrive à une personne qui travaille pour son pays ? Par contre, fais attention par rapport à l'autre côté, les Français sont un peu... Tu as compris ? » Dans les photos prises avec son téléphone, parmi celles où il se met en scène avec une arme, une déclaration manuscrite d'un attaché militaire de l'ambassade de Turquie à Paris a également été retrouvée. Ce dernier avait listé des noms de maires en Turquie pouvant certifier qu'il avait été loyal à l'AKP et avait fait campagne pour le parti d'Erdoğan. Ayant reçu l'ordre de rentrer en Turquie, le diplomate, probablement sympathisant de la confrérie Gülen, craignait d'être expédié derrière les barreaux. Il espérait que Çelikbilek interviendrait en haut lieu en sa faveur. « Il a rédigé ce document en me disant que si je n'avais pas de nouvelles de lui, il fallait que j'envoie ce document au Premier ministre, ce que j'ai fait. Il a fait trois mois de prison et a été libéré », explique l'intermédiaire dans une audition.

I.Y., un ami de Çelikbilek, qui a également été videur d'une boîte échangiste, prospecte pour acheter un terrain à Franconville, dans le Val-d'Oise. Le lieu sera destiné à devenir un centre culturel franco-turc. À première vue, ses activités, surveillées pendant deux mois, sont insignifiantes. Mises bout à bout, elles dressent le profil d'une personne au service d'Ankara. Surnommé « Petit oiseau », cet homme de 2,03 mètres et 130 kilos, envoie par exemple par Chronopost un carnet contenant des adresses et des numéros de téléphone en Turquie. Cela ressemble fort, là aussi, à une activité de renseignements. Lors de son audition, à la question du contenu du colis, il a déclaré qu'il s'agissait d'informations sur des morts, enterrés dans le carré musulman du cimetière de Bobigny. I.Y. a également convoyé une voiture diplomatique en Turquie pour y rapporter « des trucs ». S.K., gérant de parcelles forestières en Île-de-France, se rend, lui aussi, fréquemment en Belgique. C'est « pour l'État », fait-il comprendre à un interlocuteur. S.K. est un cousin de Yakup Koç, le « chasseur de Kurdes ». Ce groupe informel est en contact téléphonique avec un numéro turc « susceptible d'être utilisé par Yakup Koç, selon des renseignements fournis par la DGSI », précise une synthèse de la SDAT. « Cette information me fait dire que les services français avaient un œil sur Koç », commente l'avocat Jan Fermon.

Ces Turcs, qui vivent en France depuis leur enfance pour certains et agissent pour le compte de leur pays natal, ne se contentent pas d'exécuter de basses besognes. Leurs contacts remontent jusqu'à la garde rapprochée de Recep Tayyip Erdoğan. Le 5 janvier 2018, le président turc est en France pour une visite officielle qui tombe à point nommé pour lui. Les honneurs de la République française permettent au dirigeant turc de rompre l'isolement international dans lequel il s'est enfermé : les relations avec l'Union européenne et les États-Unis sont alors au plus bas. Celles avec l'OTAN sont minées par la défiance. La présence d'Erdoğan dans la capitale française, quelques jours avant la date anniversaire des assassinats de la gare du Nord, est vécue par la communauté kurde comme une manifestation de l'impunité turque. Lors de la conférence de presse commune, à l'Élysée, avec son homologue turc, Emmanuel Macron ne prononce pas un seul mot sur cette affaire, toujours non élucidée et à laquelle le nom du MIT est associé. Son patron, Hakan Fidan, est assis au premier rang. À ses côtés Ismail Hakkı Musa, l'ambassadeur, son ancien bras droit. Devant eux, le chef de l'État français se félicite de la collaboration antiterroriste « exemplaire » entre les deux pays et assure prendre « les mesures nécessaires sur notre sol pour lutter contre le PKK, que nous considérons comme une organisation terroriste, en particulier pour démanteler ses réseaux de financement ». Pourtant, lorsque la branche syrienne du PKK combat Daech en Syrie pour le compte de la coalition internationale – et donc la France –, il n'est pas question de la traiter de terroriste…

Le lendemain, des milliers de Kurdes venus de toute l'Europe défilent à Paris, entre la gare du Nord et la place de la République, pour réclamer justice pour Sakine Cansız, Fidan Doğan, Leyla Saylemez et scandent « Erdoğan, assassin ». Le dirigeant turc fustige la présence de « terroristes » dans les rues de la capitale. En coulisses de sa visite, le Reis a également averti l'Élysée du lancement imminent de son opération militaire « Rameau d'olivier » à Afrin. L'enclave kurde dans le nord-ouest de la Syrie était alors administrée par les alliés kurdes de la France. En quelques heures, à Paris, Erdoğan a délivré un coup de maître en s'affirmant, pour l'opinion publique turque, comme un chef incontestable. Il a fait la démonstration que sa guerre contre les Kurdes était totale et s'affranchissait de toute autorisation. Le 21 janvier 2018, l'armée turque rentre dans la province d'Afrin avec ses supplétifs islamistes syriens. En 2022, elle l'occupe toujours ; la région est devenue un protectorat turc.

Pour la venue de leur « chef », Çelikbilek et ses amis étaient sur le pont ; certains sont allés l'accueillir à l'aéroport du Bourget avec des drapeaux turcs ou étaient invités à l'ambassade de Turquie. Les photos extraites du téléphone de Çelikbilek montrent des contacts avec le premier cercle de Recep Tayyip Erdoğan. Sur l'une d'elles, « Petit oiseau » se tient à côté d'un homme de petite taille à la barbe blanche finement taillée devant l'Arc de Triomphe. Durant sa garde à vue, Çelikbilek ne tient visiblement pas à ce que les policiers découvrent son identité. Il répond qu'il ne le connaît pas. Le vieil homme n'est autre qu'Adnan Tanrıverdi, conseiller militaire d'Erdoğan entre 2016 et 2020, fondateur de SADAT, la société militaire privée à qui le MIT sous-traite ses activités.

Çelikbilek dit également ne pas savoir vraiment qui est le grand gaillard en manteau gris à côté de qui il pose avec un de ses amis sur les Champs-Élysées. Là aussi, il cherche à brouiller les pistes. C'est « un monsieur » à qui il a fait visiter Paris. Quand il ne s'adonne pas aux joies du tourisme dans la capitale française, « monsieur » Seyit Sertçelik, ancien député de l'AKP proche des ultranationalistes Loups gris, est conseiller en chef d'Erdoğan, chargé de la sécurité et de la politique étrangère. Sur son compte Facebook, il parade à Afrin, désormais sous la coupe de SADAT et de ses milices islamistes pro-turques. Mais à ses heures perdues, ce professeur d'histoire se consacre à sa mission initiale, « la question arménienne », en écrivant des livres qui nient le génocide des Arméniens commis par les Turcs pendant la Première Guerre mondiale.

Seyit Serçelik est-il l'invité de marque que S.K., le cousin de Yakup Koç et exploitant forestier, a hébergé chez lui plusieurs nuits après la visite d'Erdoğan ? « Le Professeur », c'est ainsi qu'il le désigne respectueusement quand il parle de lui au téléphone, a prolongé son séjour parisien. S.K. le veille comme un enfant qui lui aurait été confié. Il le promène sur les Champs-Élysées, à la tour Eiffel, à l'ambassade de Turquie, l'emmène dans une mosquée à Pantin mais aussi à Compiègne. Lors d'un appel, leur hôte compiégnois propose de réunir les jeunes à la mosquée ou de se retrouver au kebab car tout sera fermé le dimanche soir. S.K. lui répète que leur visiteur de marque est « premier conseiller du président de la République » et député. Ce déplacement semble s'inscrire dans une stratégie de maillage de la diaspora. S.K. explique vouloir créer une section de jeunesse de l'AKP ; le siège du parti sera installé à Paris. En tout cas, S.K. est ravi des bons et loyaux services qu'il a rendus pendant la visite d'Erdoğan et en attend personnellement un retour sur investissement rapide. Quand il se rendra en Turquie « l'été pour les vacances », il promet à ses proches qu'ils iront « se promener au palais présidentiel ».

Parmi les photos extraites du téléphone de Çelikbilek, on en trouve une de lui avec M.K., son ancien patron, à la tête d'une entreprise de blanchisserie à Sarcelles. Sur un cliché, les deux hommes sont dans les montagnes de la région de la mer Noire, les pieds dans les fleurs, en train de tirer en l'air. « On a tiré au moins mille balles ce jour-là. Mustafa est de la même ville que moi. C'est naturel chez moi de tirer comme ça dans la nature », précise-t-il au policier. Sur une autre photo, M.K. se tient à côté de Seyit Sertçelik, dans un bureau officiel en Turquie. Yakup Koç est aussi avec eux. Pendant sa garde à vue, il est demandé à Çelikbilek si Sertçelik travaille pour le MIT. « Dans un ministère ou un truc comme ça, botte-t-il en touche. Après s'il travaille au MIT, j'en ai rien à foutre, mais je suis sûr que non. Je lui avais fait découvrir la ville et il m'avait promis de m'accueillir à Ankara pour me la faire visiter à son tour. » L'électricien sans emploi a été autorisé à pénétrer dans l'enceinte du palais du Sultan : sur un cliché, il pose fièrement devant le complexe présidentiel aux 1 200 pièces, « la prunelle de nos yeux », a-t-il écrit.

Le procès de Çelikbilek, Koç, Demiroğullari et Akkulak s'est finalement tenu en leur absence au printemps 2022 à Bruxelles. Le tribunal les a acquittés et a spécifié que le MIT, agence étatique, ne pouvait être considéré comme une organisation terroriste. « C'est un jugement trés étonnant, qui énumère les charges à l'encontre des quatre prévenus pour dire à la fin que ce n'est pas suffisant, déclare l'avocat des parties civiles. Les écoutes ne laissent place à aucun doute, ils n'étaient pas en train de se préparer pour un carnaval. Dans n'importe quelle autre affaire, cela aurait conduit à une condamnation. Pour moi, la référence au MIT est un message à l'État turc, une façon de dire qu'il s'agit d'un domaine dans lequel on n'interviendra pas. » Jan Fermon a fait appel.

Opération réussie

La mort d'Ömer Güney a mécaniquement entraîné l'extinction de l'action publique le concernant. Mais les familles de Sakine Cansız, Leyla Saylemez et Fidan Doğan n'ont pas renoncé à connaître la vérité. Leurs avocats sont donc revenus à la charge en déposant plainte contre « X » afin d'identifier de potentiels complices et commanditaires. Le parquet a donné le feu vert à une nouvelle instruction en 2019 pour « complicité d'assassinats en relation avec une entreprise terroriste » et « association de malfaiteurs terroriste en vue de la préparation de crimes d'atteintes aux personnes ». Le nouveau juge d'instruction, Régis Pierre, cherche depuis trois ans à savoir ce qu'il s'est passé dans le petit appartement au premier étage du 147, rue La Fayette. Une plaque à la mémoire des trois victimes, apposée devant l'immeuble, rappelle aux passants ces assassinats politiques que Paris et Ankara s'efforcent de reléguer loin de l'agenda diplomatique et médiatique.

Comme sa prédécesseure chargée de la première instruction, Régis Pierre, le nouveau magistrat, est bien seul pour faire émerger la vérité. Ainsi, le parquet antiterroriste ne lui avait pas transmis les auditions effectuées par la SDAT pour le compte de la justice belge et qu'il avait pourtant en sa possession. Réalisées en 2017 et début 2018, elles sont arrivées sur son bureau… au cours de l'été 2021. Le juge a dû les réclamer à deux reprises. « Ces éléments permettent de comprendre l'étendue de ce réseau criminel en France et en Europe, réseau qui a peut-être des liens avec les services français, fulmine Antoine Comte, l'avocat des familles des victimes. Et il a fallu tout ce temps pour que le juge reçoive les auditions ? Une fois de plus, on peut se demander si, au nom de la raison d'État, les gouvernements français successifs ne mettent pas la main sur le frein dès qu'il s'agit de l'élucidation de l'assassinat de ces trois femmes. »

Le magistrat français a donc découvert tardivement les propos tenus par « Petit oiseau ». Interrogé sur « des affaires illicites » auxquelles aurait pu se livrer Çelikbilek, son comparse répliquait du tac au tac aux policiers : « Vous devez le savoir mieux que moi ! Il travaillait pour vous, avant. » En plus des services turcs, Çelikbilek, qui se savait surveillé, renseignait-il la police française ?

Le juge d'instruction aurait également certainement apprécié ne pas attendre trois ans pour prendre connaissance d'un commentaire de Çelikbilek lors de sa garde à vue en mars 2018. Il y déclare avoir fait « une demande pour être légionnaire mais ils ne m'ont pas pris car à l'époque je n'avais pas de passeport, c'était il y a vingt-cinq ans ». La particularité de la Légion étrangère est justement d'incorporer des étrangers... La SDAT a-t-elle vérifié si Çelikbilek s'était engagé dans la Légion ou avait tenté de le faire ? La mention, au détour d'une réponse, de ce corps de l'armée de terre taillé sur mesure pour les étrangers, mérite de pousser un peu plus l'interrogatoire. Pour rappel, l'ordre de mission attribué au MIT de préparer l'assassinat de Sakine Cansız mentionne deux agents infiltrés. Le premier est désigné par le nom de code « la Source » et pourrait bien être Ömer Güney. Le second est appelé « le Légionnaire » et apparaît à deux reprises dans le document classé « *gizli* », « secret ». « Conformément à l'objectif de déchiffrer les activités du Kongra-Gel/PKK (KCK) à Paris, en France, et en même temps de neutraliser les cadres de haut niveau de cette organisation, le Légionnaire, avec lequel nous avons des contacts, nous a fait savoir par courriel qu'une des cadres les plus importants en activité en Europe est arrivée à Villiers-le-Bel. » « Dans ce contexte, il est planifié de donner l'instruction au "Légionnaire" d'une manière codée déterminée au préalable, d'entreprendre une action visant Sakine Cansız alias Sara. » Huit ans après la publication sur Internet de cette note, l'identité du « Légionnaire » reste mystérieuse. Début 2021, le juge d'instruction fait savoir à la SDAT qu'il souhaite auditionner Çelikbilek et demande « de ne pas tarder à localiser » l'intéressé, qui, précise-t-il, « réside en France et ne doit pas être bien difficile à trouver ». La SDAT ne répond pas au magistrat et ne l'informe pas non plus qu'elle a mis le Turc en garde à vue trois ans avant pour l'enquête belge… « Je ne crois pas une seule seconde qu'il s'agisse d'une négligence », commente une source proche du dossier.

« Güney, c'est une opération réussie. Vous apprendrez peut-être quelque chose dans trente ans mais d'ici là il est impossible de prouver quoi que ce soit et le MIT niera toujours. Et si la DGSE dit qu'elle ne sait rien, c'est aussi un succès », commente Feyyaz Öztürk. Pour l'ancien espion, « si les services de renseignement français travaillent correctement, ils doivent savoir ce qu'il s'est passé. Güney a été mis à l'isolement en prison, il est resté tout seul avec sa tumeur, je suis sûr qu'il a parlé ». Comme l'avait fait la première juge d'instruction, son successeur a procédé à une demande de déclassification des notes des renseignements. Régis Pierre les a réclamées à l'été 2020. Comme sa prédécesseure, il n'a pas eu de réponse et a dû réitérer sa demande au printemps 2021. Enfin, en juin de la même année, la Commission du secret de la défense nationale a fait connaître sa décision concernant la requête adressée au ministère de l'Intérieur. Quelques notes insignifiantes, postérieures à la mort de Güney, sont versées au dossier. Mais le mystère reste complet sur la note de la DGSI écrite deux jours avant le triple assassinat ! La Commission a tout bonnement refusé de réexaminer la demande portant sur les notes pour lesquelles la déclassification avait été demandée en 2014. Son refus a été motivé par l'absence d'« élément nouveau ».

Concrètement, cela signifie que le secret défense persiste. « Presque neuf ans après les faits, j'y vois la preuve que les autorités ont vraiment quelque chose à cacher, affirme Antoine Comte. Comment peut-on dire qu'il n'y a rien de nouveau alors qu'il y a une nouvelle instruction ? Dans cette affaire, tout le monde comprend que le rôle des services secrets turcs est central : les parties civiles, les policiers, les deux juges d'instruction, le parquet qui accepte d'ouvrir une seconde information judiciaire. Mais le pouvoir politique reste coi. C'est inadmissible, d'autant plus que dans la seconde plainte nous montrons que des agents sont actifs dans toute l'Europe. Cette impunité du MIT est uniquement due aux autorités politiques. C'est là qu'est le scandale. »

Les morts de Sakine Cansız, Fidan Doğan et Leyla Saylemez viennent s'ajouter à tous les assassinats politiques commis sur le sol français qui n'ont jamais été résolus. Mehdi Ben Barka, opposant marocain au roi Hassan II, enlevé à la brasserie Lipp, à Saint-Germain-des-Prés en 1965 et dont le corps n'a pas été retrouvé ; Henri Curiel, communiste anti-colonialiste, tué dans son ascenseur dans le Ve arrondissement de Paris de quatre balles en 1978 ; Dulcie September, militante sud-africaine anti-apartheid, abattue de cinq balles tirées à bout portant rue des Petites-Écuries, dans le Xe arrondissement en 1988… Pour ne citer que les plus célèbres. Les décennies passent et leurs descendants continuent de se heurter aux silences des États.

Depuis le 9 janvier 2013, de crise diplomatique en échange tendu, les relations entre la Turquie et la France se sont largement dégradées, comme celles avec ses autres partenaires européens et occidentaux. Mais parallèlement, Ankara n'a jamais été autant incontournable. Un accord de coopération policière bilatérale permet l'interception des djihadistes français à leur arrivée sur le territoire ; l'Union européenne sous-traite aux Turcs sa question migratoire à coups de milliards d'euros depuis 2016... Le sénateur Rémi Féraud a adressé, en 2021, deux questions aux ministères des Affaires étrangères et de l'Intérieur, sur la progression de l'enquête. « Même si la France est le pays d'Europe le plus ferme avec la Turquie, elle ne l'est pas assez, estime-t-il. Erdoğan nous teste en permanence, à Afrin, en Libye, au Karabagh ou dans cette affaire. Le pouvoir turc teste nos faiblesses. Accepter du terrorisme d'un État étranger sur son territoire, c'est prendre le risque que cela recommence. » Agit Polat, porte-parole du Conseil démocratique kurde en France – CDKF, chargé des relations publiques du PKK –, ne se fait guère d'illusions : « Si la France n'avait pas un intérêt politique dans cette affaire, il y a bien longtemps que le secret défense serait levé. Tant qu'il n'est pas levé, l'enquête ne pourra pas avancer sereinement, tout bloque là-dessus. »

Le nouveau juge d'instruction tente de contourner le barrage en ouvrant d'autres voies. Il a lancé en 2021 des demandes d'entraide européenne à la Belgique et à l'Allemagne, bien conscient que des pièces manquantes du puzzle peuvent se trouver dans les procédures judiciaires d'autres pays. En Allemagne, le magistrat souhaite prendre connaissance de la condamnation d'un dénommé Mehmet Fatih Sayan. La compagne de ce Turc était allée le dénoncer à la police allemande en disant qu'il projetait d'assassiner des Kurdes. Une des menaces de mort envoyées à Remzi Kartal depuis un numéro ukrainien fait référence à l'arrestation de Sayan à Brême. Dans son acte d'accusation, le parquet fédéral allemand indiquait que « Mehmet Fatih S. travaille pour un service de renseignement turc depuis 2013. Au cours de la deuxième moitié de septembre 2015, au plus tard, il a été chargé d'enquêter sur la scène kurde en Allemagne (...). Le prévenu aurait perçu une rémunération d'environ 30 000 euros pour son travail de renseignement ». L'individu qui se servait d'une couverture de journaliste pour infiltrer la communauté kurde outre-Rhin a été condamné pour espionnage à deux ans de prison avec sursis. Lorsqu'il était en détention provisoire, il a déclaré au juge : « J'aimerais collaborer avec les autorités allemandes et les informer que l'État turc a dans les cercles du PKK, concrètement au sein de l'organisation représentative pour l'Europe, un agent qui a joué un rôle dans les assassinats de Paris. Cet agent est toujours actif et n'a pas fui. Je ne connais pas l'identité de cet agent. » Il semble décidé à partager les informations en sa possession. Au cours d'une autre audition, il réitère sa proposition : « À Paris, trois femmes membres du PKK ont été assassinées. Parmi les auteurs du meurtre se trouvait un agent des services de renseignement turcs infiltré au sein du PKK. L'individu qui a directement tué ces trois femmes se trouve actuellement en prison mais l'agent qui a participé est toujours en liberté. Si ma sécurité est assurée en Allemagne, je suis prêt à communiquer les identités des passeurs qui font entrer les agents turcs en Allemagne. »

Le centre de la toile d'araignée que les services turcs ont tissée en Europe se trouve-t-il dans ce pays, qui compte la plus importante diaspora de Turquie en Europe ? Toujours est-il que de nombreux fils en partent. Quand Ömer Güney frappe à la porte de l'association kurde de Villiers-le-Bel, dans le Val-d'Oise, il vient de passer plusieurs années en Allemagne, près de Munich. Après avoir été scolarisé en CAP de mécanique automobile au lycée de Garges-lès-Gonesse, en région parisienne, il était parti en Bavière pour épouser une cousine. Là-bas, il travaillait comme soudeur dans une usine Kinshofer. C'est à son ancien chef venu le voir à la maison d'arrêt de Fresnes qu'il avait remis son plan d'évasion pour le MIT. En Allemagne, le jeune homme a laissé le souvenir d'un gars gentil, serviable, un peu effacé. Ses copains ont évoqué des relations timides avec les filles et un mariage malheureux. Le couple n'a pas eu d'enfant. D'ailleurs une dépression avait été soupçonnée pour expliquer ses problèmes de santé avant que le diagnostic d'une tumeur au cerveau ne soit posé. En France, pour gagner la confiance de ses nouveaux amis kurdes, il a raconté que des Kurdes étaient venus à sa rescousse pendant une bagarre. Cette entraide avait suscité sa prise de conscience sur les origines familiales passées sous silence. Pourtant, en Allemagne, personne ne semble se souvenir de cette rixe. En revanche, ceux qui l'ont côtoyé ont décrit un sympathisant du mouvement d'extrême droite des Loups gris. Il était rasé de près lorsqu'il s'est présenté pour proposer ses services aux Kurdes de la région parisienne. Mais sur la photo de son précédent passeport, il arbore une moustache qui descend de part et d'autre de la bouche. La forme qui évoque les crocs du loup est un signe d'appartenance des ultranationalistes turcs.

Selon Feyyaz Öztürk, le repenti du MIT, le triple meurtre de la rue La Fayette a été préparé depuis l'Allemagne. C'est un principe de base des services de renseignement, affirme-t-il, un attentat n'est jamais monté dans le pays dans lequel il est commis. Une équipe d'Allemagne serait donc venue en France pour remettre le silencieux qui a été utilisé le 9 janvier. Güney, ou un complice, l'aurait récupéré dans un café à Mulhouse. « Je pourrais en dire beaucoup plus si je voulais mais je n'ai aucune envie de finir mes jours à écrire des lettres en prison », coupe-t-il. Il en dit tout de même un peu plus en désignant Muhammed Taha Gergerlioğlu comme le recruteur d'Ömer Güney pour le MIT quand il habitait encore en Bavière. Mais « Gergerlioğlu n'était pas favorable aux assassinats à Paris, il a été choqué par ce qui s'est passé. Pendant sa détention, il a tout raconté au Service fédéral de renseignement », dit-il. Gergerlioğlu n'a pas répondu à nos questions.

Le nom de Gergerlioğlu est apparu dans les médias allemands lors d'une des nombreuses affaires d'espionnage de la diaspora turque. Ce Turc, qui a travaillé pour le compte d'une agence liée au Premier ministre lorsque Recep Tayyip Erdoğan occupait cette fonction et qui a été membre du conseil de surveillance du Fonds de garantie des dépôts d'épargne (TMSF), a été accusé par le procureur fédéral d'espionnage au profit d'une puissance étrangère. Il aurait dirigé un groupe d'informateurs qui collectaient des renseignements sur les opposants au régime d'Ankara. Selon l'acte d'accusation, que Muhammed Taha Gergerlioğlu, moustache grise coupée ras à la mode islamiste, soit un espion à la solde de la Turquie ne faisait guère de doute. Il était fort probablement « un agent itinérant du MIT ». Mais l'hypothèse d'une appartenance à une autre officine, à « un groupe de renseignements officieux qui agit directement pour le compte du gouvernement turc ou pour un des membres du gouvernement », n'est pas non plus écartée.

Les journaux allemands ont détaillé les faits qui lui étaient reprochés. Dans son téléphone, les techniciens de la police criminelle ont mis la main sur un document d'un service de sécurité turc alertant d'un attentat imminent au sein de la diaspora tchétchène à Istanbul. Dans une conversation enregistrée, Gergerlioğlu expliquait le fonctionnement du MIT, « un système à trois niveaux, un officiel, un non officiel, un autre non officiel, qui ne se connaissent pas entre eux ». L'homme n'était pas un quidam : le consul général de Turquie en Allemagne en personne lui a rendu visite lorsqu'il a été arrêté.

Son procès, pour lequel il encourait une peine de cinq ans de prison, s'est ouvert devant le tribunal de Coblence en septembre 2015. Il s'est terminé de façon très inattendue deux mois plus tard. Sans verdict. Le procès a été interrompu suite à un accord entre le procureur et les accusés. Gergerlioğlu a accepté de payer une amende de 70 000 € et il a été remis en liberté. Le deuxième accusé qui comparaissait à ses côtés et qui avait déjà été condamné par le passé pour trafic de drogue et de fausse monnaie s'est acquitté de 5 000 € ; le troisième s'en est tiré avec 100 heures de travaux d'intérêt général. L'accusation était-elle bancale ? L'affaire s'est-elle réglée entre Ankara et Berlin ? La justice n'a en tout cas pas tranché : il n'y a eu ni condamnation ni acquittement. Selon le communiqué du tribunal, les agissements incriminés « ne saurai(en)t être qualifié(s) d'espionnage à l'encontre de la République fédérale d'Allemagne » au motif principal que les personnes visées « ne vivent pas » dans le pays et « n'ont pas la citoyenneté allemande ».

À sa sortie de prison, Gergerlioğlu a filé en Turquie et fondé le Centre national de recherches politiques et stratégiques (USPUM). Cet homme âgé de 65 ans qui se présente comme un spécialiste en renseignement est un habitué des émissions télé pro-régime les plus radicales. Sur son compte Twitter, il rappelle son allégeance à Necmettin Erbakan, ancien Premier ministre et père de l'islam politique turc. Il se fait l'écho des opérations du MIT contre une cellule de quinze agents du Mossad en Turquie, en Libye... À l'automne 2021, Gergerlioğlu débarquait à Tripoli, en Libye, avec le costume de VRP des intérêts turcs : avec une délégation de l'USPUM, il a été reçu par le ministre de l'Industrie, celui du Logement, le président de la Société libyenne des partenariats public-privé...

En place depuis 2003, Recep Tayyip Erdoğan est désormais un autocrate isolé. Sa gouvernance est marquée par une répression de plus en plus kafkaïenne et par le naufrage de l'économie. Les luttes entre les clans pour le contrôle de l'appareil d'État redoublent. Cette atmosphère de fin de règne est propice aux fuites et aux révélations. Régulièrement, depuis quasiment dix ans, les trois assassinats de Paris refont surface. Les agents du MIT capturés par le PKK en Irak ont déclaré reconnaître plusieurs agents impliqués dans cette opération, dont un dénommé Ayhan Oran. Cet homme n'a pas donné signe de vie depuis le 1er novembre 2016. Sorti de son domicile ankariote, à midi, sans argent, il n'est pas réapparu. Son téléphone a cessé d'être actif un peu avant 16 heures. Dans une longue interview donnée à l'automne dernier, Mehmet Eymür, un ancien responsable du département de l'antiterrorisme du MIT, a détaillé la longue tradition de torture de son agence. À la question de savoir si ces pratiques étaient toujours d'actualité, il a répondu : « Il y a plus grave. Il y a des morts. Un agent du MIT porté disparu a été interrogé. » Il n'a pas donné de nom mais le lien a été fait avec Ayhan Oran, dont le sort reste inconnu.

Selon Feyyaz Öztürk, le « groupe des Tcherkesses[1] », qui constituerait une sous-division au sein du MIT, serait impliqué dans les trois assassinats. À la tête de cette cellule, se trouveraient notamment les frères O., deux figures de la mouvancc nationaliste turque, originaires de Samsun, sur les rives de la mer Noire. Öztürk, qui a grandi dans la même région, affirme les connaître depuis plus de trente ans. Avec ce duo, on plonge entièrement dans l'univers sombre des ultranationalistes turcs, les Loups gris. Cette organisation raciste et militariste, vivier militant pour l'extrême droite turque, occupe une place centrale dans l'appareil d'État, depuis que le président Erdoğan en a fait son principal allié, en 2016. Idéologiquement, les Loups gris rêvent d'un empire qui s'étendrait des Balkans jusqu'à la Sibérie et réunirait sous son étendard tous les peuples turcophones disséminés. Ils se retrouveraient dans une identité fondée sur le sang, la race et la langue. Cette idéologie se trouvait déjà au cœur du projet nationaliste des Jeunes-Turcs à la fin de l'Empire ottoman. Elle cultive la mythologie des origines qui raconte comment les tribus nomades turques auraient été guidées à travers les steppes

1. Les Tcherkesses, ou Circassiens, sont un peuple originaire du Nord-Caucase. Au XIXe siècle, un grand nombre d'entre eux ont été déplacés et se sont réfugiés dans l'Empire ottoman. On estime qu'environ deux millions de citoyens turcs actuels ont des origines circassiennes.

et les vallées d'Asie centrale par des loups. Cet animal est devenu leur symbole.

Les frères O. ont été les gardes du corps du colonel Alparslan Türkeş, ancien leader putschiste, admirateur de Mussolini, fondateur et leader historique du parti d'extrême droite turc, le MHP (Parti d'action nationaliste). Ils formaient, avec quelques autres, l'avant-garde du mouvement nationaliste. Ils étaient désignés comme les « loups de tête » de la meute et ont combattu dans les bataillons Loups gris aux côtés de l'armée azerbaïdjanaise pendant la première guerre du Karabagh (1988-1994), qui a opposé l'Azerbaïdjan aux Arméniens pour le contrôle de cette petite enclave historiquement arménienne mais rattachée par l'URSS à Bakou. L'un des frères, désigné par Öztürk comme le responsable du groupe des Tcherkesses, a ensuite pris du galon. L'homme est l'un des plus hauts cadres Loups gris. Il a été président des Foyers idéalistes, les milices du MHP.

L'autre frère était le propriétaire du café Teriyaki, près de la grande mosquée de Kocatepe, en plein centre d'Ankara. Il est mort le 31 octobre 2021. Les médias ont rapporté qu'il avait succombé à une crise cardiaque dans son lit. Le Teriyaki est un repaire bien connu des Loups gris dans la capitale. « J'ai croisé Ömer Güney dans ce café, affirme Feyyaz Öztürk. J'ai assisté à un entretien entre lui et des agents du MIT. Je savais qu'il était sur une grosse opération en Europe mais je ne savais pas laquelle. » De mémoire, Öztürk date ce rendez-vous au mois d'octobre 2012. Il affirme également que Güney aurait été entraîné au tir par un agent surnommé « le lutteur » à Gölbaşı, dans la banlieue d'Ankara, où se trouve un centre du MIT.

Cette même année, Ömer Güney a passé au moins une semaine dans la capitale turque du 23 au 30 août. Il avait expliqué à la juge d'instruction s'y être rendu pour le mariage de la fille de Ruhi Semen, son ancien chef d'atelier, à qui il avait confié son plan d'évasion, à remettre au MIT, au parloir de la maison d'arrêt. On sait aussi qu'il s'y est rendu en décembre, quelques jours avant le triple assassinat, et qu'il y a fait un séjour très bref du 2 au 3 octobre. Güney avait caché ces allers-retours jusqu'à la découverte de son passeport dissimulé derrière l'autoradio de la Peugeot 308 qu'il conduisait pour la communauté kurde : les tampons d'entrée et de sortie des territoires l'ont obligé à admettre ces voyages secrets.

Empaquetages sans frontières

Au terminus d'une ligne de RER, une zone commerciale sans âme de la grande banlieue parisienne n'est pas, a priori, le lieu où l'on s'attendrait à entendre parler de réseaux d'espionnage turcs. « Bonjour, je vous attendais, dit Richard Ayan, en s'avançant, sourire affable et poignée de main chaleureuse. Venez, venez, allons derrière, nous pourrons parler tranquillement. » Ce jeudi, à l'heure du déjeuner, les quelques clients qui flânent entre les placards rutilants et les plaques à induction seraient pourtant bien surpris s'ils entendaient ce que le responsable de ce magasin de cuisines, en costume gris anthracite impeccable et chemise à carreaux rose, s'apprête à raconter. Dans une petite pièce aveugle aux murs enduits et éclairée par un néon, le quinquagénaire déroule méthodiquement la manière dont il a été pris dans la nasse.

Le 15 juillet 2016, la Turquie est secouée par une tentative de coup d'État. Le président de la République accuse Fethullah Gülen, qui vit en Pennsylvanie, d'être derrière ce putsch manqué. Le prédicateur, exilé depuis 1999, dirige un vaste mouvement socio-religieux qui fut l'allié indispensable d'Erdoğan dans sa conquête du pouvoir. De l'éviction de l'armée de la scène politique aux négociations d'adhésion à l'Union européenne, la « *cemaat* » – la « communauté » – est indissociable des grandes orientations politiques de la Turquie au début des années 2000. Et en fournissant des cadres instruits à l'AKP qui en manquait cruellement, la confrérie a accéléré l'installation du parti d'Erdoğan dans toutes les strates de l'État et a été le fer de lance de son expansion internationale.

Mais depuis la nuit du 15 au 16 juillet qui vit son pouvoir vaciller, le Reis mène une répression féroce contre la *cemaat* et contre tout opposant. Officiellement, la torture qui avait largement diminué ces dernières années n'est pas tolérée par le gouvernement. Mais les organisations de défense des droits de l'homme dénoncent son retour et son usage « répandu » dans les postes de police et les prisons. Des disparitions forcées sont recensées ainsi que des morts suspectes en détention. Cent cinquante mille fonctionnaires ont été purgés de l'administration, des dizaines de milliers de personnes arrêtées. Un chiffre vertigineux permet de se représenter l'ampleur des représailles : en cinq ans, la justice a ouvert plus d'1,2 million d'enquêtes pour terrorisme contre des citoyens turcs. Les frontières de la Turquie n'arrêtent pas la fureur d'Erdoğan. La chasse aux fidèles de Fethullah Gülen, aux « FETÖ » (acronyme pour « Organisation terroriste de Fethullah »), ainsi qu'ils sont désignés en Turquie, se déploie dans le monde entier. « Où qu'ils aillent, nous les ficellerons et nous les ramènerons ici ! » a vociféré Erdoğan en 2018, juste après l'enlèvement spectaculaire, par les services secrets turcs, de cinq enseignants et d'un cardiologue turcs au Kosovo. Hors de la Turquie, c'est le MIT qui est chargé de ces rapatriements forcés. Parmi les milliers de membres de la confrérie installés à l'étranger, le service de renseignement en a répertorié, localisé et ciblé plus de 4 600, selon une source gouvernementale. Pour le pouvoir turc, ces « traîtres » – des professeurs, des hommes d'affaires, des journalistes… – doivent être ramenés en Turquie, pieds et poings liés s'il le faut, avec ou sans la coopération du pays où ils résident, pour y être jugés pour « appartenance à une organisation terroriste ».

Avant de se reconvertir – par la force des événements – dans la vente de cuisines, Richard Ayan a dédié sa vie à la confrérie. Issu d'une famille immigrée modeste, le quinquagénaire a grandi et a été scolarisé dans l'Eure-et-Loir. En 1987, alors qu'il devait faire sa rentrée au lycée, comme prévu, ses parents l'expédient à Tokat, ville de la mer Noire d'où ils sont originaires. « Ils voulaient me replonger dans le bain turc. L'adaptation culturelle a été très douloureuse. » L'adolescent est très bon élève et se retrouve interne dans un lycée de la confrérie. Il ne quittera plus le mouvement. Comme les Jésuites, la confrérie musulmane dispose d'un vaste réseau scolaire d'excellence. Après des études de littérature à l'Université d'Istanbul, Richard Ayan se destine donc à l'enseignement de l'anglais dans l'une des écoles de la confrérie à l'étranger. Aujourd'hui encore, le mouvement en administre plusieurs centaines, dont la moitié aux États-Unis. Dans les pays où le système scolaire est médiocre, elles sont très appréciées des élites locales. Durant la coalition entre Recep Tayyip Erdoğan et le prédicateur musulman, ces écoles constituaient un poste avancé du *soft power* turc sur tous les continents. Pour sa première affectation, Richard Ayan, alors âgé de 23 ans, avait été envoyé en Mongolie... « On ne choisit pas le pays, c'est un tirage au sort. » Il est ensuite muté en France. Sa mission consiste à convaincre les familles turques de pousser leurs enfants à faire des études, à orienter les élèves les plus prometteurs... Puis, il devient enseignant à Tunis.

Depuis le putsch avorté, le pouvoir turc fait pression sur les capitales pour récupérer les écoles de la confrérie installées à l'étranger et arrêter les ressortissants turcs qui y enseignent. Le cas du Gabon est représentatif. Le 15 mars 2018, le directeur, son adjoint et un professeur de l'école La Lumière, à Libreville, sont arrêtés par la gendarmerie gabonaise. Leur avocat français, Richard Sédillot, s'est rendu sur place « en catastrophe[1] » mais il n'est jamais parvenu à rencontrer ses clients, tous ressortissants turcs. Ces derniers ont été transférés au ministère de la Défense pour y être interrogés. En vingt-trois jours

1. Entretien avec l'auteur.

de garde à vue, ils n'ont jamais été présentés à un juge ou à un procureur.

Pour tenter de résoudre la crise, la confrérie dépêche à Libreville un cadre expérimenté, familier du terrain en Afrique. Il s'agit de Richard Ayan, qui a été responsable de la section Afrique de l'ONG Kimse Yok Mu ?, « Y a-t-il quelqu'un ? ». Avec l'éducation, l'humanitaire était un autre pilier de la confrérie pour propager son influence hors de la Turquie. « J'ai hésité car je savais pertinemment que la mission était dangereuse », se souvient-il. Néanmoins le Franco-Turc débarque dans la capitale gabonaise la nuit du vendredi 6 avril. Il n'a même pas le temps de rencontrer les épouses des enseignants : le samedi, elles sont à leur tour arrêtées avec leurs enfants. Et dans la soirée, tout le monde est rapatrié de force en Turquie à bord d'un avion du MIT. À l'aéroport, le représentant du HCR (Haut Commissariat des Nations unies pour les réfugiés) a essayé d'empêcher leur enlèvement, sans y parvenir. Richard Ayan, qui ignore que ses compatriotes ne se trouvent déjà plus au Gabon, se rend à l'école La Lumière. « Le gardien est venu me voir, en panique », raconte-t-il. Les gendarmes étaient revenus. Et cette fois-ci, c'est lui qu'ils venaient cueillir. « Il leur a dit que je n'étais pas là. Ils étaient maintenant à mes trousses, il fallait que je quitte les lieux sur-le-champ. »

Coincé à son hôtel, Richard Ayan alerte la consule générale de France. « Il y a eu une concertation au plus haut niveau. Elle m'a dit de partir sur-le-champ et de quitter immédiatement le pays car ma sécurité ne pouvait plus être assurée. » Le vol Air France Libreville-Paris décolle à 22 h 20. Il est aux alentours de 16 heures, il a encore le temps de l'attraper. « Elle s'est même chargée de la réservation. J'ai refait mes valises », se souvient-il. Comme la diplomate le lui a demandé, il l'informe par texto de l'endroit où il est en temps réel. « Je viens de quitter l'hôtel, je suis dans le taxi, en route pour l'aéroport... » Une fois le contrôle des passeports franchi, il lui envoie un autre message. « Elle en voulait également un dernier, une fois que j'avais embarqué et que j'étais assis dans l'avion. À mon avis, elle était fort embarrassée, elle n'avait aucune envie de se retrouver à gérer une crise entre la Turquie, la France et le Gabon. »

Depuis, La Lumière est passée sous la bannière de Maarif, la fondation turque créée après le coup d'État pour mettre la main sur ces écoles à l'étranger. Richard Ayan est rentré sain et sauf en France. Dans l'arrière-boutique du magasin de cuisines, un classeur bleu est posé sur la table basse. La réservation à l'hôtel Onomo, le billet d'avion et les autres documents de son escapade gabonaise y sont soigneusement rangés. Celle-ci s'est bien terminée mais peu s'en est fallu qu'il croupisse dans une geôle turque : « Ma nationalité française n'aurait pas arrêté les Turcs, j'aurais été embarqué, comme les autres. » Depuis, il n'a pas remis un pied en Turquie. La capture des « terroristes » reste tout en haut de l'agenda de Recep Tayyip Erdoğan.

C'est un thème porteur pour galvaniser le nationalisme de son électorat. « Nous lutterons contre FETÖ jusqu'à ce que son dernier élément soit neutralisé », a-t-il encore martelé, au cours de l'été 2021, devant les députés de l'AKP, à la Grande Assemblée nationale de Turquie.

En 2020, le Reis a inauguré à Ankara le Kale (« la Forteresse »). C'est le nom du nouveau siège du MIT, un complexe dont le gigantisme est à la mesure de la place prépondérante qu'occupent désormais les services secrets turcs sur la scène politique et diplomatique. « Grâce au travail fructueux de notre organisation dans tous les domaines, la Turquie est capable de mener des actions conformément à ses propres intérêts dans toutes les régions du monde, sans avoir besoin de demander ni l'autorisation ni l'aide à aucun pays », s'est félicité le président lors de la cérémonie d'ouverture. Pour mettre la main sur les « terroristes », le pouvoir turc commence par formuler des demandes d'extradition auprès des pays dans lesquels ils sont réfugiés. Huit cents ont été déposées auprès de cent cinq pays, selon les données du ministère de l'Intérieur. Si le pays n'obtempère pas, les équipes clandestines passent à l'action. Elles disposent d'avions spéciaux, parfois des jets privés pour plus de discrétion. Le *modus operandi* est désormais bien rodé. Et Ankara a recours à toute une palette d'arguments pour convaincre les récalcitrants.

Une des dernières opérations spectaculaires a été menée au Kenya, à 5 000 kilomètres d'Istanbul. Comme pour les autres « terroristes » traqués, Ankara avait délivré un mandat d'arrêt à l'encontre de Selahaddin Gülen, neveu du chef de la confrérie. Celui-ci faisait l'objet d'une notice rouge Interpol. Ce résident aux États-Unis a été interpellé à son arrivée à l'aéroport de Nairobi. Le Kenya et la Turquie entretiennent de solides relations économiques mais la justice kényane a refusé son extradition et ordonné sa remise en liberté. Néanmoins, le 3 mai 2021, Selahaddin Gülen s'est volatilisé. Ses proches pensent qu'il a été détenu illégalement et « cuisiné » dans les locaux de l'ambassade de Turquie, à Nairobi. « Au Kenya, le discours est que Gülen a été enlevé à la sortie du poste de police [où il pointait chaque semaine depuis qu'il avait été placé sous contrôle judiciaire, nda] », observe le correspondant de l'organisation Human Rights Watch (HRW) pour l'Afrique de l'Est. Les autorités kényanes sont restées muettes. Quinze jours plus tard, les soupçons d'enlèvement se sont confirmés lorsque le président Erdoğan s'est félicité d'avoir attrapé un « gros poisson » : « Nous allons bientôt annoncer la capture d'un membre très important de FETÖ. Il est entre nos mains. » C'est finalement le 31 mai que la Turquie a officialisé l'information via un communiqué d'Anatolie, l'agence de presse officielle. « Selahaddin Gülen, parent du terroriste Fethullah Gülen, a été capturé à l'étranger et ramené, lundi, à Ankara par les Forces armées turques et les Services de renseignement (MIT). » À l'instar des autres prises de guerre, il est exhibé comme un trophée. La photo de Selahaddin Gülen, traits tirés, menotté, flanqué de deux drapeaux turcs, est publiée par Anatolie.

Human Rights Watch accuse les autorités kényanes « d'avoir une responsabilité » dans ce kidnapping qui s'est déroulé sur leur sol et leur a demandé « d'enquêter sur de possibles complicités » internes. Malgré les condamnations à chaque enlèvement des organisations internationales de défense des droits de l'homme, la Turquie passe à l'action en dehors de tout cadre légal, sans être vraiment inquiétée. Peu de pays lui tiennent tête. Deux jours après l'enlèvement du neveu de Gülen, le Kenya signait avec la compagnie turque Katmerciler un contrat pour l'achat de 118 véhicules blindés.

Orhan Inandı a subi un sort similaire. Ce cadre güléniste qui dirigeait les écoles du mouvement au Kirghizistan est réapparu devant les caméras turques en juillet 2021, visage amaigri, main droite boursouflée, signe au minimum de maltraitance sévère. Il avait disparu au mois de mai à Bichkek, la capitale kirghize, où il vivait depuis vingt-six ans. Sa voiture avait été retrouvée à deux rues de chez lui, fenêtres ouvertes, pneus crevés, avec ses effets personnels et ses téléphones dans l'habitacle. La petite communauté güléniste de ce pays d'Asie centrale avait manifesté sous les fenêtres de l'ambassade de Turquie pour réclamer sa remise en liberté. Si Inandı, qui avait également la nationalité kirghize, était renvoyé en Turquie, « il risquerait d'être maltraité ou torturé et de subir une détention arbitraire et un procès inéquitable », avait averti Human

Rights Watch. Les pressions n'eurent pas d'effet. En 2019, le Kirghizistan avait refusé d'extrader deux membres de la confrérie. Mais cette fois-ci, le pays d'Asie centrale n'a pas engagé de bras de fer avec les Turcs. Une semaine après la disparition d'Orhan Inandı, le président Sadyr Japarov a été reçu en grande pompe à Ankara pour une visite d'État de trois jours. « Nous allons intensifier nos efforts pour atteindre notre objectif d'un milliard de dollars de volume commercial », a promis Erdoğan. Les médias turcs ont annoncé « une nouvelle ère dans les relations bilatérales ». En détention provisoire depuis son rapatriement forcé, Inandı risque quinze ans de prison.

Son avocat a dit qu'il avait été torturé à son retour en Turquie, frappé pendant 37 jours, les yeux bandés, afin de le forcer à des aveux.

En juillet 2020, le ministre de la Justice, Abdulhamit Gül, annonçait 116 prisonniers « empaquetés », en provenance du monde entier. La liste est longue. Les « arrivages » proviennent de 24 pays selon les ONG sympathisantes de la confrérie qui tiennent les listes à jour. Émirats arabes unis, Arabie saoudite, Malaisie, Pakistan, Cambodge, Algérie, Soudan, Albanie, Ukraine… Et l'Europe n'est pas épargnée.

Complot dans un cimetière suisse

En Europe, comme dans le reste du monde, la Turquie adapte sa stratégie en fonction du rapport de force qu'elle parvient à imposer. Le degré de protection des personnes recherchées est proportionnel au respect de l'État de droit du pays où elles sont réfugiées. Sans surprise, en Bulgarie, membre de l'Union européenne régulièrement épinglé pour de sérieuses atteintes aux droits de l'homme, les opposants d'Erdoğan sont mal lotis. En octobre 2016, M.D., un journaliste de *Zaman*, le quotidien de la confrérie, a été arrêté à la frontière entre la Bulgarie et la Roumanie, alors qu'il tentait de gagner l'Allemagne clandestinement, caché dans un camion. Deux Syriens et six autres ressortissants turcs – majoritairement des policiers haut gradés et des professeurs affiliés à la confrérie –, qui fuyaient la répression, se trouvaient également sous la bâche de la remorque.

Aux policiers bulgares, M.D. a expliqué craindre d'être persécuté s'il était renvoyé dans son pays. Sa peur était fondée. Depuis le coup d'État manqué trois mois auparavant et l'instauration de l'État d'urgence, des milliers de personnes ont été jetées en prison en Turquie, dont de nombreux journalistes. La police turque s'était déjà présentée à son ancien domicile. Mais malgré sa requête formulée à plusieurs reprises, M.D. n'a pas pu déposer de demande d'asile en Bulgarie, et n'a eu accès ni à un avocat, ni à un interprète. Les policiers bulgares l'ont fait monter dans un véhicule en lui assurant qu'il allait être transféré dans un centre pour migrants, à Sofia, a relaté l'avocat de M.D. lors du recours déposé devant la Cour européenne des droits de l'homme (CEDH). En suivant le GPS de son téléphone, le journaliste a compris que le conducteur ne prenait pas la direction de la capitale bulgare mais filait vers la frontière. En pleine nuit, lui et ses compatriotes ont été remis, menottés, aux autorités turques. L'affaire a été rondement menée : 24 heures se sont écoulées entre sa découverte dans le camion et son expulsion. En juillet 2021, la CEDH a condamné la Bulgarie à verser 15 000 euros à M.D., victime d'un « renvoi précipité », pour ne pas avoir examiné sa demande de protection, violation flagrante des conventions internationales. Jugé en Turquie, le journaliste purge actuellement une peine de prison de sept ans et demi pour « appartenance à une organisation terroriste ».

En août 2016, Abdullah Büyük, un homme d'affaires güleniste, s'est vu refuser l'asile politique et a également été renvoyé de force. La justice bulgare avait pourtant rejeté la demande d'extradition de la Turquie à son encontre, estimant, à l'instar des justices européennes, que le droit à un procès équitable dans son pays n'était plus garanti. Mais le businessman a fait les frais des bonnes relations entre les deux pays. À l'époque, Recep Tayyip Erdoğan donnait du « cher ami » au très populiste Boïko Borissov, alors Premier ministre. Au cours de l'été 2016, des milliers de Bulgares manifestaient pour dénoncer la corruption qui ravageait leur économie – la Bulgarie est le pays le plus corrompu de l'UE selon l'ONG Transparency International. Pendant que ses concitoyens réclamaient sa démission, le chef du gouvernement bulgare s'occupait d'Abdullah Büyük. L'hebdomadaire allemand *Der Spiegel* a révélé, en s'appuyant sur des échanges diplomatiques turcs, que son sort avait été scellé en haut lieu lors d'une réunion secrète à Sofia entre Boïko Borissov, son chef des services de renseignement et l'ambassadeur de la Turquie. « M. Borissov comprend la gravité de l'affaire. Il serait bon à présent d'organiser une rencontre directe au plus haut niveau de l'État avec les instances judiciaires », selon le compte rendu de l'ambassade turque. Le Premier ministre bulgare s'efforcerait de trouver une « solution rapide à l'affaire », était-il précisé dans une autre correspondance à laquelle le journal a eu accès. L'ambassadeur aurait rencontré peu après le procureur général de l'époque et l'entrepreneur a été expulsé dans la foulée. Entre 2014 et 2019, à l'exception d'un chanceux, les ressortissants de Turquie se sont systématiquement vu refuser l'asile en Bulgarie. En 2020, un politicien kurde a été renvoyé alors que sa demande était en cours d'examen.

Les Balkans, démocraties fragiles, sont particulièrement perméables à l'ingérence d'Ankara. La Turquie considère ces pays du sud de l'Europe, qui étaient autrefois incorporés à l'Empire ottoman, comme des territoires d'expansion naturelle. Elle y renforce son « soft power » grâce à des investissements culturels, religieux, économiques. Le Kosovo, minuscule république en quête de reconnaissance internationale depuis sa déclaration d'indépendance en 2008, est une terre privilégiée pour les investissements turcs. Deux sociétés turques ont mis la main sur KEDS, la compagnie d'électricité nationale kosovare. L'une d'elles, Çalık Holding, était alors dirigée par Berat Albayrak, gendre d'Erdoğan et futur ministre des Finances. Des entreprises turques ont construit le réseau autoroutier, font tourner le secteur bancaire, gèrent l'aéroport international de Pristina...

Le 29 mars 2018, un avion appartenant officiellement à une compagnie turque privée stationne sur le tarmac depuis 7 h 15. Il a l'autorisation d'y rester jusqu'à 17 h 30. Mais les passagers se présentent rapidement. À 10 h 50, le jet décolle avec à son bord cinq enseignants et un cardiologue turcs. Ils ont été embarqués de force « avec un sac sur la tête et les pieds attachés », relate Saniye Özkan, l'épouse de l'un d'eux. Un peu plus tôt dans la matinée, cette professeure de langue turque se trouvait au collège Ahmet Akif, dans la petite ville de Gjakovë : « C'était une journée comme les autres. Il était 8 heures. J'étais en train de remplir des bulletins scolaires. Des collègues sont venus m'alerter que mon mari, qui est professeur de biologie, et d'autres enseignants avaient été emmenés par des policiers. » En moins de trois heures, ces six Turcs, dont le permis de résidence avait été annulé sans qu'ils en aient eu connaissance, ont été livrés au MIT. L'Agence de renseignement du Kosovo, KIA, a supervisé leur arrestation et les a remis à ses homologues turcs à l'aéroport. Parmi les six expulsés, le cas d'Hasan Günakan est encore plus emblématique de ces agissements totalement hors la loi. Ce professeur de chimie n'était même pas sur la liste des personnes à arrêter. Les services se sont aperçus de leur bévue à l'aéroport. Il a quand même été mis dans l'avion. Comme les autres, il croupit désormais dans la prison de haute sécurité de Silivri, dans la grande banlieue d'Istanbul.

Cette opération commando exécutée par les autorités kosovares pour le compte d'Ankara a montré l'extrême faiblesse du petit État vis-à-vis de la Turquie et a déclenché une crise politique. Le Premier ministre kosovar, Ramush Haradinaj, a déclaré que l'opération s'était déroulée dans son dos et a limogé le ministre de l'Intérieur et le directeur de l'Agence de renseignement. Ce qui lui a valu une volée de bois vert d'Erdoğan : « Qui vous a donné l'autorisation d'agir de la sorte ? » En 2013, au cours d'une visite, le dirigeant turc avait rappelé le passé ottoman commun des deux pays : « N'oubliez pas, la Turquie c'est le Kosovo, le Kosovo, c'est la Turquie ! » L'opposition kosovare qui reprochait au président de l'époque, Hashim Thaçi, de faire passer ses intérêts personnels auprès d'Erdoğan avant ceux du pays, l'a accusé d'avoir obéi au doigt et à l'œil au dirigeant turc.

Thaçi a justifié les enlèvements au motif que les six hommes représentaient « une menace pour la sécurité nationale ».

Dans les pays qui ne tolèrent pas l'ingérence politique d'Ankara et qui sont en capacité de lui résister, le MIT ne renonce pas pour autant à pourchasser les « fugitifs ». Les espions y agissent plus discrètement… Sauf s'ils se font prendre la main dans le sac. Une opération d'« empaquetage » a ainsi été montée au cœur de l'Europe, en Suisse. Comme tout citoyen suisse, Cengiz, appelons-le ainsi, peut composer 24 heures sur 24 le 112, le numéro de la police suisse, s'il se sent en danger. Mais il n'a pas besoin d'expliquer la situation à son interlocuteur, il lui suffit de prononcer le mot de passe convenu qui déclenche une intervention. En 2022, quatre ans après ses mésaventures, son code d'urgence est toujours opérationnel.

Lorsque nous avions rencontré cet homme d'affaires suisso-turc, en 2018, il ne se séparait jamais d'une sacoche marron. À l'intérieur se trouvait un petit boîtier noir qui enregistrait en temps réel les données GPS de l'endroit où il se trouvait. En cas de menace, il lui fallait presser à deux reprises sur le bouton. Cengiz nous avait montré ce garde du corps électronique lors d'une entrevue dans un hôtel. Le dispositif était posé à ses côtés sur le sofa en velours bleu du petit salon où nous discutions en toute discrétion. À l'époque, les contraintes générées par le boîtier l'ennuyaient : il fallait sans cesse veiller au chargement des batteries. Il avait voulu rendre l'attirail.

« Hors de question », lui avait répondu la police helvète. Il avait demandé s'il ignorait une information utile à sa sécurité. Sa question était restée sans réponse. Les policiers n'ont finalement récupéré le matériel de protection qu'au printemps 2021. « De toute façon, je ne me sentais pas tellement protégé. Si j'avais eu à l'actionner, que se serait-il passé ensuite ? Les secours auraient trouvé le boîtier par terre à leur arrivée, remarque-t-il aujourd'hui. Je ne suis pas certain d'être capable de me servir d'une arme mais j'aurais quand même préféré avoir un permis pour en porter une. » Le boîtier rassurait surtout son épouse et ses enfants. Il ne leur a pas dit qu'il ne l'avait plus.

Cengiz, 59 ans, est un fidèle de Fethullah Gülen. Cet entrepreneur établi en Suisse depuis quarante ans a suivi son enseignement quand il était enfant. Son père faisait partie du premier cercle de ses disciples. Aujourd'hui encore, dès que ses affaires le conduisent aux États-Unis, il rend visite au prédicateur octogénaire dans sa résidence en Pennsylvanie. Il y a six ans, après la tentative de coup d'État dans la nuit du 15 au 16 juillet 2016, les autorités turques ont lancé une répression d'envergure contre les sympathisants de la confrérie islamique accusée de l'avoir fomenté. Les adeptes de Gülen ont fui pour échapper à la chasse aux sorcières. Ceux dont le passeport n'avait pas encore été annulé ont pris l'avion. Les autres ont dû quitter le pays clandestinement, au risque de se noyer en traversant le fleuve Evros qui sépare la Turquie de la Grèce ou en mer Égée. En Suisse, Cengiz s'est mobilisé, aidant comme il pouvait, notamment les « cadres » du mouvement qui cherchaient à se réfugier en Europe. À son tour, il s'est retrouvé pris dans la nasse turque.

Au mois d'août, un ami est venu l'avertir de menaces qui pèsent sur lui : Fuat[1], un de ses employés turcs, a été contacté par le MIT pour l'enlever. Cengiz va aussitôt questionner l'intéressé qui avoue. Criblé de dettes, l'homme est peu regardant sur la nature du deal qui lui est proposé. En échange de 300 000 euros, il lui aurait été demandé de verser quelques gouttes de GHB, un puissant psychotrope anesthésiant plus connu sous le nom de « drogue du violeur », dans le verre de l'homme d'affaires dès que l'occasion se présenterait. Une fois son forfait accompli, il devait prévenir ses contacts. « Après qu'il m'a tout raconté, je lui ai demandé de poursuivre les rencontres comme si de rien n'était. Je préférais l'avoir identifié lui plutôt qu'il soit remplacé par une autre personne dans mon entourage sans que je sache de qui il s'agissait », explique Cengiz. Parallèlement, l'homme d'affaires se rend au commissariat. « Le policier qui m'a reçu connaissait les menaces qui visaient notre communauté. Il m'a dit que des messieurs allaient me contacter. » Les deux « messieurs » qui se sont présentés auprès de Cengiz étaient des agents du SRC, le Service de renseignement de la Confédération. Il se souvient avoir été fort surpris : « Ils étaient déjà au courant. » Son cas était consigné dans un épais dossier, étayé par des photos. Plusieurs rencontres avaient déjà eu lieu entre Fuat et les espions du MIT. Les rendez-vous

1. Le prénom a été modifié.

s'étaient déroulés dans des endroits discrets, au cimetière de Wetzikon, petite ville à 30 kilomètres de Zurich, ou dans les allées désertes d'un concessionnaire de voitures d'occasion. Les services suisses avaient identifié tous les protagonistes et placé leurs téléphones sur écoute. Il s'agissait de trois agents des services secrets turcs et de deux diplomates de l'ambassade de Turquie à Berne, Hakan Kamil Yerge, deuxième secrétaire, et Hacı Mehmet Gani, chargé des relations presse de la représentation diplomatique.

Le contre-espionnage suisse n'a pas pris le projet de kidnapping à la légère. L'appartement de Cengiz a été sécurisé, ses parcours tracés par GPS. « Les premiers temps, j'étais sous surveillance. Je m'en suis aperçu car je repérais des détails incongrus. Par exemple, une personne qui me suivait portait un costume mais ses chaussures n'étaient pas du tout raccord avec le style de vêtements. » S'agissait-il de filatures menées par des Turcs ou des Suisses ? se demande amusé Cengiz. Mais si la police helvétique a été diligente, ce n'est qu'au mois de mars 2017 que le ministère public de la Confédération a ouvert une enquête. Le gouvernement n'a confirmé son existence qu'un an et demi plus tard, contraint de s'exprimer publiquement après qu'un article du quotidien *Tages-Anzeiger* a révélé l'affaire.

Au printemps dernier, lorsque les policiers ont récupéré le traceur GPS, ils ont assuré à Cengiz qu'il n'avait plus besoin de ce garde du corps technologique. Le danger s'était éloigné. Mais les informations qui lui parviennent d'Europe le font rester sur ses gardes. Dans de nombreux pays, des opposants sont agressés, menacés de mort, mis sous protection. Cengiz applique donc dans sa vie quotidienne des principes de précaution. Il ne quitte jamais son domicile à heure fixe, évite les endroits déserts comme les parkings souterrains, ne voyage pas seul, dort dans des hôtels sécurisés... Pour les personnes qui ont dû fuir la Turquie, l'Europe n'est pas un refuge sûr. Agressions et menaces de mort distillent la peur partout, à Berlin, à Stockholm, en Écosse... « Paradoxalement, je suis bien plus actif contre le régime despotique turc aujourd'hui que lorsqu'ils ont voulu m'enlever, remarque Cengiz. Je fais tout ce qui est en mon pouvoir pour aider la communauté et faire valoir les droits des victimes auprès des institutions internationales. » Mais il mesure sa chance de résider en Suisse et d'en avoir la nationalité. « Quand je vois ce qu'ils étaient prêts à faire et les conséquences que cela aurait engendré au niveau diplomatique, si j'avais été dans un pays moins regardant, j'aurais été enlevé, c'est sûr. » Le kidnapping a été évité, le risque de crise entre les deux pays soigneusement déminé : les poursuites pénales ont été suspendues, indique le ministère public de la Confédération. Berne et Ankara ont réglé l'affaire le plus discrètement possible. Le mandat d'arrêt à l'encontre des deux diplomates est toujours valable mais il se limite à la Suisse. Concrètement, cela signifie que les accusés seront arrêtés s'ils remettent un pied sur le sol helvétique mais qu'ils ne craignent rien tant qu'ils évitent le faux pas. Après que Fuat les a avertis qu'il était convoqué par la justice suisse, les deux hommes ont eu tout loisir de quitter le pays sans être inquiétés.

Pas de refuge en Europe

L'hiver, la nuit plonge tôt Stockholm dans le noir, comme Ankara. La pluie froide qui cingle les ruelles pavées rappelle à Abdullah Bozkurt le climat anatolien glacial lorsqu'il était une vedette de *Today's Zaman*, un des quotidiens les plus influents du pays avant sa fermeture par le pouvoir. Les eaux obscures de la mer Baltique lui font-elles penser à la fin que lui a promise un conseiller pour la sécurité de Recep Tayyip Erdoğan sur un plateau de la chaîne CNN Türk ? « Je ne sais pas si le MIT le donnera à manger aux poissons ou aux requins, mais un jour ou l'autre les traîtres sont châtiés. » L'ancien journaliste du journal anglophone, porte-voix de la confrérie güléniste, se tient sur ses gardes lorsqu'il sort à Stockholm. Cela ne l'a pas empêché d'être agressé. Le 24 septembre 2020, en pleine journée, trois individus l'ont attaqué devant son domicile et l'ont roué de coups. « Ils n'ont pas prononcé un mot, raconte-t-il à la cafétéria de l'hôtel Radisson, à côté de la gare centrale de la capitale suédoise. Je les avais remarqués quelques jours avant.

L'un des types ressemblait à un Kurde et il y en a beaucoup ici qui soutiennent l'AKP. » Bozkurt a reconnu l'un des trois hommes sur « une photo montrée par la police. Un nom turc est sorti. Une plaque d'immatriculation a pu être relevée grâce à une caméra de surveillance ». En mars 2022, l'enquête était toujours en cours.

La justice turque a délivré quatre mandats d'arrêt contre Abdullah Bozkurt. Ce cadre du réseau Gülen figure tout en haut de la liste noire des opposants. Au temps de l'alliance au pouvoir entre la confrérie et le gouvernement, il se trouvait au cœur du réacteur politique turc. En tant que chef du bureau de *Today's Zaman* à Ankara, il jouait un rôle clé dans la communication d'Erdoğan. Il chroniquait la vie politique, accompagnait le Premier ministre dans tous ses déplacements, obtenait le premier des informations officielles, recueillait les confidences, traitait en direct avec les sources de la police et du MIT… Il occupait une place centrale dans la galaxie médiatique güléniste qui a mené campagne pour contraindre l'armée à quitter la scène politique. Ainsi, dans le procès « Masse du forgeron » (*Balyoz*), 236 militaires ont été poursuivis pour tentative de renversement du gouvernement. Après de très lourdes condamnations, la majorité d'entre eux a fini par être acquittée en 2015. Des documents à charge censés dater de 2002 étaient en fait postérieurs aux faits reprochés : ils avaient été écrits sur une version du logiciel Word de 2007… Les médias pro-Gülen avaient largement relayé ces pièces fabriquées.

Dans la foulée du coup d'État raté en 2016, 150 journalistes sont arrêtés. Bozkurt comprend qu'il est le prochain sur la liste. Très vite, il quitte le pays. Le lendemain de son départ, la police investit son bureau. Sa mère de 79 ans est arrêtée une journée. En Suède, de nombreux compatriotes l'ont précédé. Au fil des vagues migratoires, une petite Turquie y a fait souche et compte aujourd'hui environ 150 000 ressortissants. Ces dernières années, de nombreux exilés politiques ont trouvé refuge dans la Venise du Nord. On y croise de grands noms de la vie intellectuelle et militante turque. L'éditeur Ragip Zarakolu, 74 ans, qui a été emprisonné à plusieurs reprises au gré des coups d'État, bête noire des militaires et un des premiers à avoir publié des livres sur le génocide des Arméniens, s'est résolu à quitter la Turquie dès 2013 : ce grand défenseur des droits de l'homme avait de nouveau été arrêté et avait passé cinq mois derrière les barreaux, accusé, cette fois, d'appartenance à une organisation terroriste kurde. La justice suédoise a refusé de l'extrader ; Cengiz Çandar, ancien conseiller en politique étrangère du président Turgut Özal, journaliste spécialiste du Moyen-Orient et qui a proposé un plan de paix avec le PKK, s'est trouvé un point de chute à l'Institut suédois de politique étrangère ; Remziye Yaşar, l'ex-maire kurde de Yüksekova, à la frontière iranienne, condamnée à dix-huit ans de prison, s'est également mise au suédois... Chacun, en fonction de ses convictions, continue d'y vaquer à ses occupations librement.

À peine ses valises posées sur le sol suédois, Abdullah Bozkurt a réuni dans une petite structure médiatique les forces de la confrérie qui avaient échappé à la chasse aux sorcières. Avec quelques fidèles, il a créé le Nordic Monitor sur Internet. En Turquie, tous les médias de la galaxie Gülen ont été fermés et leurs biens saisis. À l'abri dans sa base arrière suédoise, le site militant en anglais révèle des documents compromettants pour le pouvoir et expose les activités du MIT. Des rapports d'activités d'espionnage sur le sol européen, un compte rendu confidentiel sur des agents infiltrés dans des centres pour migrants en Grèce, des renseignements à charge du consulat du Luxembourg pour des procès, une note de l'ambassade de Vilnius rédigée par un imam sur la surveillance de la petite communauté du pays balte. « La Lituanie n'est qu'un exemple parmi d'autres, commente-t-il. Après la tentative de coup d'État, la Diyanet a demandé aux imams en poste à l'étranger de faire du renseignement. » Il assure aussi que le MIT cible prioritairement les administrations des pays européens chargées d'examiner les demandes d'asile. Visage austère, moustache et cheveux bruns, nez busqué comme le bec d'un aigle, Bozkurt avance chaque mot avec précaution. Il reste toujours sur ses gardes, se tait lorsqu'on essaye d'en savoir un peu plus sur ses canaux d'information. Même réfugié en Europe, Bozkurt se retrouve, avec d'autres, au cœur d'un marchandage politique. Au printemps 2022, le président turc, opposé à l'entrée de la Suède et de la Finlande dans l'OTAN, engage un bras de fer avec ses alliés occidentaux.

Pour donner son aval, Erdoğan veut obtenir des gages. Il réclame le plein engagement de ces pays contre « les terroristes » kurdes et les proches de la confrérie de Gülen qui se livrent à une intense désinformation contre lui, accuse le potentat d'Ankara. Bozkurt est ciblé par plusieurs procès, dont l'un sur plainte d'Erdoğan, mais il n'a jamais été condamné.

En mai 2022, Abdullah Bozkurt pousse la porte d'un café de Stockholm. Avec sa casquette tendance et sa chemise à petits carreaux qui semble sortie du dressing d'un hipster suédois, il est méconnaissable. Caméléon, il se fond dans le décor de sa nouvelle vie. « Le prix de l'exil forcé est élevé, souligne-t-il. Tant que nous écrirons, ils continueront de nous pourchasser. » Ces temps-ci, il redouble de prudence. Parmi les conditions posées pour lever son blocage de la candidature suédoise à l'OTAN, Recep Tayyip Erdoğan a réclamé l'extradition de 73 « terroristes » réfugiés dans le pays scandinave, parmi lesquels Abdullah Bozkurt. « Bozkurt et les gülénistes sont les principales cibles de ces tractations », estiment des sources diplomatiques. Son nom et celui de son site Internet ont d'ailleurs été placardés dans le quotidien pro-régime *Sabah* pour expliquer les tensions. C'est ce qui l'inquiète le plus : « Comme j'ai le statut de réfugié politique, je ne redoute pas trop l'extradition même si on ne sait jamais ce qu'il peut se passer dans cette partie d'échecs. En revanche, mon nom exposé de cette manière me désigne ouvertement comme une cible en Suède. Cela pourrait inciter un groupe ou un individu à passer à l'acte. »

La confrérie a acquis une réputation sulfureuse à cause de la fabrication de fausses pièces judiciaires et la manipulation de l'information. Mais les documents publiés sur le Nordic Monitor montrent qu'elle dispose toujours de sources dans les administrations et les ministères turcs malgré les gigantesques purges. Après avoir été fortement déstabilisé, le mouvement est de nouveau capable de conduire des campagnes internationales contre Erdoğan. Le Nordic Monitor regorge de scoops sur la corruption de ses proches, de comptes rendus d'écoutes téléphoniques sur les activités clandestines de l'État, de notes administratives avec « GIZLI » (confidentiel) écrit en en-tête. On y trouve des articles sur les connections entre l'ONG islamiste turque IHH, connue pour être utilisée par le MIT à l'étranger, et des djihadistes en Syrie, l'envoi par l'armée en Syrie d'armes dont les numéros de série ont été effacés… Quasiment plus aucun journaliste ou spécialiste en Turquie ne se risque à enquêter sur les activités du MIT, à part Metin Gurcan qui écrivait des articles très pointus sur les questions militaires et de sécurité dans le journal en ligne Al-Monitor. Cet ancien officier de l'armée turque n'est pas un sympathisant de Gülen. Il est l'un des fondateurs de DEVA, parti d'opposition conservateur composé d'anciens membres de l'AKP. Arrêté et emprisonné en 2021, Mercan risque jusqu'à vingt ans de prison. Le procureur général d'Ankara l'accuse d'« espionnage politique et militaire » au profit de puissances étrangères et, aussi, d'avoir vendu des informations à l'Espagne et à l'Italie.

À Ankara, au sein de la Forteresse, le bureau qui traite le cas Bozkurt est voisin de celui qui s'occupe de l'activiste belgo-turc Bahar Kimyongür. Critique virulent d'Erdoğan, ce militant d'extrême gauche vit à Bruxelles, où il est né. Depuis plus de vingt ans, la Turquie le poursuit par tous les moyens. « Je reviens de très loin. En 2006, c'est menottes aux poignets que je quittais le tribunal. Aujourd'hui, je suis interprète assermenté auprès de la cour d'appel de Bruxelles. Mon cas est le résultat de la magie belge ! » Et est révélateur de la constance du harcèlement de l'État turc. Ses ennuis, qui ont débuté en 1999, ne sont pas terminés. À l'époque, il a 25 ans, une licence d'histoire de l'art de l'Université libre de Bruxelles en poche et il fait partie du comité de soutien de Fehriye Erdal. Cette militante d'extrême gauche, arrêtée en Belgique dans la planque d'une organisation révolutionnaire clandestine, est soupçonnée de complicité dans l'assassinat d'Özdemir Sabancı. L'homme d'affaires, issu de la deuxième famille la plus riche du pays, et deux de ses collaborateurs ont été abattus en 1996 au siège de la holding à Istanbul par le DHKP-C (Parti-Front révolutionnaire de libération du peuple). Il s'agit d'une organisation marxiste-léniniste qui prône la lutte armée. La justice belge a condamné par contumace Fehriye Erdal, membre du DHKP-C, à quinze ans de réclusion pour avoir fait entrer les meurtriers dans l'immeuble. « J'ai été happé par cette affaire de terrorisme, à l'époque, j'aidais des dizaines de réfugiés politiques turcs et kurdes… déclare Bahar Kimyongür. J'étais engagé contre son extradition et j'ai commencé à être perçu comme un danger par l'État turc. » Tout en niant être membre du DHKP-C, il se présente comme « un Mr Bean de la révolution ». Ankara n'est pas sensible à son humour british.

Il est interpellé une première fois aux Pays-Bas en 2006 dans le cadre d'un mandat d'arrêt de la Turquie diffusé par Interpol. Accusé d'appartenance au DHKP-C, dont il a traduit un communiqué en français, il est condamné en Belgique à cinq ans de prison en appel. La justice l'acquitte définitivement en 2009. Il aura tout de même passé presque six mois à Gand derrière les barreaux. Et la Turquie, grâce à un signalement à Interpol, continue de le poursuivre hors de Belgique. En 2013, il passe des vacances en famille en Espagne : « La garde civile nous a arrêtés alors que nous étions en train de visiter la cathédrale de Cordoue. Le plus jeune de mes enfants était sur mes épaules. Nous avons tous été emmenés au poste. Je suis ressorti de prison au bout de cinq jours, après le versement d'une caution de 10 000 euros. » Rebelote, quelques mois plus tard, cette fois en Italie, à Bergame, où il doit participer à une conférence. Il séjourne deux semaines dans la prison de la ville. « Depuis la cellule, la vue sur les Alpes était magnifique mais il n'y avait pas de vitre et c'était l'hiver. Dans le lit superposé, je dormais en haut ; en bas, il y avait un fou. » À l'instar de la justice espagnole, l'Italie a rejeté la demande d'extradition d'Ankara et a remis Kimyongür en liberté. Mais il lui a fallu huit ans pour obtenir sa radiation définitive du fichier d'Interpol.

Qu'à cela ne tienne, Kimyongür atterrit alors dans la liste du ministère turc de l'Intérieur « *Terör arananlar* ». Parmi les « Terroristes recherchés », il y a essentiellement des membres du PKK mais aussi des militants d'organisations d'extrême gauche, des adeptes de la confrérie Gülen et quelques djihadistes d'Al-Qaïda ou de Daech. L'inscription « neutralisé » barre la photo de ceux qui ont été tués. Les « terroristes » sont classés par couleur. Kimyongür est en vert, une catégorie de terroristes intermédiaire en quelque sorte, coincée entre ceux en rouge ou bleu – les « *most wanted* » – et les seconds couteaux en orange ou en gris. En 2020, le ministre de l'Intérieur Süleyman Soylu a doublé la récompense promise à qui permettra son arrestation. Le Bruxellois vaut à présent deux millions de livres turques.

À défaut de parvenir à l'arrêter, le ministère du Trésor a gelé ses avoirs en Turquie. « Cela ne m'affecte pas financièrement, je n'y possède rien, mais cela montre la volonté continue de m'écraser. L'acharnement est complètement disproportionné. » La confiscation de biens est une longue tradition turque depuis le génocide des Arméniens au début du XXe siècle. Au cours de la Première Guerre mondiale et dans les premières années de la République de Turquie, leurs biens ont été spoliés et transmis à des musulmans. Pendant la Seconde Guerre mondiale, les minorités grecque, arménienne et juive ont été soumises à un impôt sur la fortune[1]. Ceux qui ne pouvaient pas s'en acquitter ont vu leurs biens saisis. Certains ont même été déportés dans des camps de travail forcé, dans l'est du pays. *The Club*, l'excellente série turque diffusée sur Netflix, met en scène les difficultés de la communauté juive d'Istanbul dans les années 1950 et revient sur ces captations effacées de l'histoire officielle. Ces derniers temps, ce sont les gülénistes qui en ont été victimes. Leurs comptes bancaires et leurs biens ont été saisis. Voitures et appartements ont été liquidés dans des enchères publiques. Des entreprises ont été transférées à des fidèles du régime pour des sommes dérisoires. Après le coup d'État, le Fonds de garantie des dépôts d'épargne (TMSF), institution financière rattachée au gouvernement, saisit 850 entreprises pour une valeur estimée à 13 milliards d'euros, selon l'agence de presse Bloomberg.

Mais la menace a rattrapé Kimyongür en Europe. En 2021, un journaliste réfugié à Berlin lui a téléphoné « un peu en panique » suite à un échange téléphonique qu'il venait d'avoir avec un dénommé Emrah Çelik : « Il lui a dit de me transmettre ses salutations. » Çelik a un pedigree éloquent. Militant de l'AKP à Tekirdağ, capitale du raki, il est parti combattre en Syrie dès 2015. Il a intégré la brigade Sultan Murad composée principalement

1. Le Varlik Vergisi, instauré en 1942, est une mesure fiscale discriminatoire qui impose beaucoup plus lourdement les non-musulmans.

de Turkmènes et de Turcs. Sous contrôle du MIT, cette faction rebelle est déployée dans la région frontalière de Kessab où elle cohabite avec les djihadistes du front Al-Nosra, affiliés à Al-Qaïda. C'est une zone de transit entre les deux pays pour les armes, les combattants djihadistes, les trafics... Sur les réseaux sociaux, Emrah Çelik se livre à une propagande islamo-fasciste ouverte. Il fait le geste des Loups gris en tendant le bras ou le signe de l'unicité de Dieu dans l'islam en dressant l'index. Sur une photo, il pose à côté du ministre turc de l'Intérieur, Süleyman Soylu, à l'occasion d'un match de foot. Dans une vidéo, Emrah Çelik brandit d'une main la tête coupée d'un soldat syrien, de l'autre il fait le signe de la tête de loup. D'un ton déshumanisé, il prévient que quiconque « touche un cheveu » d'un soldat turc risque le même sort que le militaire d'Assad qu'il revendique avoir décapité. Cet acte est passible de crime de guerre devant un tribunal. Sur une autre, Çelik fait allégeance à l'État turc. Assis sur une couverture de la Diyanet, l'administration turque chargée du culte sunnite, il énumère doctement les symboles qui figurent sur le drapeau accroché derrière lui, trois croissants de lune (symbole de l'extrême droite) et la profession de foi islamique. Emrah Çelik est le produit ultime de la synthèse islamo-nationaliste turque. « Mes frères et moi sommes entièrement au service de notre État turc et de notre nation turque. Nous, les combattants de l'islam, donnons notre vie en Syrie. » Il nomme un à un les opposants réfugiés en Europe qui les critiquent, « s'ils ne cessent pas, nous répliquerons ». Kimyongür est d'autant plus dans le viseur que ses détracteurs l'accusent de soutenir le régime de Damas. Lui s'en défend.

L'activiste, né en Belgique, est issu d'une famille arabe alaouite de la région turque d'Antioche, près de la frontière syrienne. La famille Assad fait partie de cette même minorité chiite hétérodoxe. Ses origines expliquent en partie la haine qu'il suscite chez les islamistes turcs sunnites. Même à Bruxelles, Bahar Kimyongür craint que les menaces de Çelik depuis la Syrie « ne le désignent à d'autres comme une cible. Plus le régime s'enfonce et plus on peut craindre, avant qu'il ne disparaisse, une réaction de bête blessée ». En 2018, il a subi une agression au couteau devant le tribunal. « Mais était-ce moi qui était personnellement visé ou s'agissait-il d'un de ces petits fascistes qui a réagi au quart de tour, comme un taureau face à un foulard agité devant lui ? Je ne sais pas. » Bercé par le nationalisme de la mère patrie, les soldats autoproclamés d'Erdoğan sont légion en Belgique. Dans ce pays, la diaspora turque a la spécificité d'être originaire dans sa grande majorité d'une seule et même bourgade d'Anatolie, Emirdağ.

Dans les années 1960-1970, des milliers de Turcs sont venus travailler dans l'industrie belge. Plus qu'ailleurs, l'immigration s'est organisée autour d'un système de cooptation communautaire : un frère, un cousin, un neveu, un voisin sont à leur tour partis pour embaucher dans les usines belges. Sociologiquement, l'électorat d'Emirdağ est conservateur et nationaliste. Phénomène classique, ces caractéristiques se sont accentuées et enracinées chez les immigrés. Lors du référendum constitutionnel de 2017, plus des trois quarts des Turcs de Belgique ont voté « oui » – le score le plus élevé des pays d'Europe – à la présidentialisation du régime de Recep Tayyip Erdoğan. La fidélité aux traditions politiques d'origine détermine aussi l'engagement politique local. Né à Charleroi, Emir Kir, bourgmestre de la commune bruxelloise de Saint-Josse et député fédéral, a fini par être exclu du Parti socialiste belge en 2020 à cause de ses accointances trop évidentes avec l'extrême droite turque. Longtemps, par calcul électoral, sa formation politique s'en était accommodée. La trajectoire de Mahinur Özdemir est également révélatrice des paradoxes identitaires d'une partie de la génération née en Belgique et pétrie de nationalisme à la maison. Diplômée en administration publique à l'Université libre de Bruxelles, cette Belgo-Turque est élue conseillère communale de Schaerbeek en 2006 à 24 ans, entre au Parlement bruxellois à 27, devenant la plus jeune femme députée et la première à y porter le voile islamique. Mais en 2015, année du centenaire du génocide, elle refuse de le reconnaître, ce qui conduit à son exclusion du Centre démocrate humaniste. En reprenant la rhétorique officielle d'Ankara, la jeune femme met un coup d'arrêt à son ascension politique en Belgique… Sa carrière reprend des couleurs sous le drapeau turc. En 2010, la présence de Recep Tayyip Erdoğan à son mariage avec un attaché parlementaire de l'AKP avait scellé son intégration dans ce clan. Depuis 2020, Mahinur Özdemir est ambassadrice de la Turquie en Algérie.

La main vengeresse de l'État turc s'abat également sur ses citoyens les plus pacifistes. Tuna Altınel a vécu deux années kafkaïennes. Cet enseignant de mathématiques à l'Université Claude-Bernard Lyon-1 a été fort surpris lorsqu'il a pris connaissance de son dossier judiciaire après son arrestation en Turquie, en mai 2019. « Ils auraient pu insérer d'autres documents, faire un effort pour inventer quelque chose, mais même pas », remarque-t-il. L'accusation de participation à une organisation terroriste repose sur quelques photos glanées sur les réseaux sociaux et, pièce maîtresse du dossier, sur sa présence à une conférence qui s'est tenue à Villeurbanne le 21 février 2019. La soirée en question était consacrée aux massacres commis à Cizre, ville kurde près de la frontière syrienne, prise au piège des combats entre le PKK et l'armée turque et assiégée pendant plusieurs mois par les tanks turcs en 2015 et 2016. En février 2016, des dizaines d'habitants (entre 139 et 189 selon un décompte provisoire de l'association turque Mazlumder[1]), dont des enfants, ont été retrouvés calcinés dans les caves de plusieurs immeubles où ils étaient réfugiés. Il s'agit d'un sujet extrêmement sensible pour les autorités : ni l'ONU ni les organisations internationales des droits de l'homme n'ont été autorisées

1. https://www.mazlumder.org/fotograf/yayinresimleri/dokuman/MAZLUMDER_CIZRE_REPORT_20162.pdf

à pénétrer dans la zone pendant le couvre-feu. En rasant et remblayant le quartier, les autorités ont aussi détruit les preuves qui pourraient être produites devant un tribunal. Faysal Sarıyıldız, né à Cizre et ancien député du HDP (Parti démocratique des peuples, pro-kurde), était invité au débat qui était organisé à Villeurbanne par l'association des Amitiés kurdes de Lyon et de Rhône-Alpes. Tuna Altınel se chargeait de la traduction.

Entre cette soirée en février et son incarcération en Turquie en mai, ce militant des droits de l'homme très engagé s'est rendu à plusieurs reprises dans son pays natal. Il est aussi membre du collectif des Universitaires pour la paix qui a signé la pétition « Nous ne serons pas complices de ce crime ! » en 2016. Le texte réclamait la fin de la répression contre les populations civiles dans le sud-est de la Turquie et un règlement négocié du conflit. Alors que le pays subissait un nouveau cycle de violence, Ankara a réprimé durement cet engagement pacifique de la société civile. Altınel fait partie des 700 universitaires sur les 2 212 signataires qui ont été poursuivis pour propagande en faveur d'une organisation terroriste. Pour Recep Tayyip Erdoğan, ils se sont rendus coupables de « trahison ». Lors de son premier procès en février 2019, le mathématicien a revendiqué son engagement : « Depuis septembre 2015, je me suis rendu à de nombreuses reprises dans plusieurs régions dont certaines mentionnées dans la pétition que j'ai signée. J'y ai vu les préparatifs de la guerre, j'y ai entendu les bruits de la guerre. J'ai porté bien des sacs de provisions pour aider les victimes des destructions et des migrations forcées ; j'ai parlé avec ceux qui avaient perdu leur maison et leurs proches. J'ai fait tout cela de ma propre initiative, et ma devise était : "Si tous les citoyens turcs font comme moi, nous avancerons vers la paix." (...) Vous trouverez les traces de mes efforts là où j'ai séjourné à Sur, à Nusaybin, à Cizre et à Yüksekova. Monsieur l'avocat général les retient peut-être comme preuves contre moi. (...) Je ne me suis pas contenté de signer la Pétition pour la Paix. Je l'ai mûrie, sentie, vécue. »

Lorsqu'il est placé en détention en Turquie le 11 mai 2019, l'enseignant est donc loin de se douter que le procureur a bâti son dossier sur la soirée de Villeurbanne à laquelle il a participé trois mois plus tôt.

Dans un document classé confidentiel et daté du 27 février 2019, le directeur général adjoint de la sûreté et des renseignements du ministère des Affaires étrangères informe le ministère de l'Intérieur des faits et gestes d'Altınel. « Une lettre provenant de notre Consulat général à Lyon nous signale l'organisation au Palais du Travail, dans la ville de Villeurbanne, le 21 février 2019, d'une conférence s'intitulant "Cizre, histoire d'un massacre", organisée par des ramifications du PKK établies à Lyon, notamment l'association Amitiés kurdes de Lyon et de Rhône-Alpes. Dans un courrier adressé à la Préfecture du Rhône, notre Consulat général a demandé l'annulation de ladite conférence, au motif que les événements de

Cizre ne pouvaient aucunement être considérés comme un massacre ou un crime contre l'humanité mais qu'ils s'inscrivaient dans le cadre de la lutte contre le PKK, considéré par l'Union européenne et particulièrement par la France comme une organisation terroriste depuis 2004 ; la tenue d'un tel événement constituerait de la propagande en faveur de l'organisation terroriste. En dépit de notre demande, la conférence a bien eu lieu. (...) À partir des vidéos partagées sur les réseaux sociaux, il apparaît que le dénommé Ahmet Tuna Altınel (Numéro de citoyenneté 34423039064) a présenté la conférence et assuré la traduction simultanée de l'intervention de Sarıyıldız. » Pour compléter le portrait d'Altınel, il est précisé que celui-ci adopte « un comportement antipatriotique sur des sites internet du PKK et arméniens ». En conclusion, le directeur général adjoint de la sûreté et des renseignements demande « l'exécution des démarches administratives nécessaires, y compris celle de l'annulation du passeport dudit individu ». L'ordre est envoyé à la direction générale de la police et à la direction générale de l'état civil ; le MIT est mis en copie.

Le scientifique de 56 ans passe quatre-vingt-un jours en prison avant d'être remis en liberté provisoire. Il ne sera acquitté qu'en janvier 2020. « Je pense qu'ils voulaient faire un exemple avec moi, ce type de procès sert à faire peur aux autres. » La justice turque l'a définitivement acquitté en juillet 2020 mais a refusé de lui rendre son passeport. Pendant près d'un an, il a été empêché de quitter le territoire. Une prise d'otage qui ne dit pas son nom. En mai 2021, le tribunal administratif ordonne la restitution de son passeport. Tuna Altınel peut enfin rentrer chez lui à Lyon. Mais l'État fait appel. Et en avril 2022, le mathématicien découvre la décision dans son casier judiciaire sur Internet : le document est annulé. Pour de nombreux opposants sur place, la Turquie est une gigantesque prison à ciel ouvert : leur passeport leur a été confisqué, ils ne peuvent donc pas en sortir. Pour les ressortissants à l'étranger, le chantage au passeport fait partie des mesures de rétorsion des services consulaires. Les exilés rencontrent des difficultés pour faire renouveler leurs papiers d'identité : sans, ils ne peuvent plus voter ni retourner en Turquie. Il s'agit d'une déchéance insidieuse de nationalité. Nombreux sont même ceux qui évitent le consulat de peur de tomber dans une souricière. Réfugié à Paris, le journaliste Fehim Taştekin avait rendez-vous au consulat turc à Boulogne-Billancourt. Avant de s'y rendre, par précaution, il a téléphoné à une connaissance au ministère turc des Affaires étrangères : « Surtout, n'y va pas », lui a-t-elle enjoint.

Tuna Altınel sait qu'il a eu, d'une certaine façon, de la chance car il a bénéficié d'une mobilisation intense. La communauté scientifique de France et de Turquie a fait bloc derrière lui. L'Université Claude-Bernard et son comité de soutien ont maintenu la pression médiatique afin que son cas reste en haut de l'agenda diplomatique français. Le député et mathématicien Cédric Villani, également chercheur à Lyon-1, a interpellé le ministre des Affaires étrangères à l'Assemblée nationale sur le sort de son confrère : « Monsieur le ministre, que compte faire la France, pays des droits de l'homme, fervent défenseur de la démocratie et de la liberté d'expression, en soutien de ces courageux universitaires incarcérés en Turquie pour avoir défendu des libertés que nous chérissons tant ? » Au cours d'une visite à Ankara, Jean-Yves Le Drian a plaidé sa cause ; le chef de l'État français s'est entretenu directement avec Recep Tayyip Erdoğan à son sujet. Malgré tout, Altınel a mis deux ans pour s'extirper du marécage turc.

Pendant tout ce temps, son université a continué de lui verser son salaire. Fonctionnaire, il a retrouvé son poste. À la rentrée 2021, ses étudiants l'attendaient en TD, ses collègues dans son laboratoire de recherche. « Mais si ça arrive à quelqu'un dans le privé, ça peut le détruire. Je connais quelqu'un qui a été retenu en Turquie pour qui les conséquences ont été catastrophiques. »

Le but d'Ankara est de réduire au silence la contestation publique à l'intérieur et à l'extérieur du pays. Une photo d'une manifestation ou la critique d'une décision gouvernementale suffit à être traîné en justice. De nombreux opposants en exil ont déserté les réseaux sociaux et se taisent pour protéger leur famille restée au pays. Les mésaventures de Tuna Altınel l'ont convaincu de déposer une demande de nationalité française. « Avant ça, j'y avais surtout pensé à cause de l'incertitude qui pèse sur l'avenir des services publics. Je me disais que si mon université devait être privatisée un jour et connaître des réductions d'effectifs, je ferais sans doute partie des premières personnes licenciées parce que je suis étranger. Mais l'idée m'était sortie de la tête. » Avec un pays natal aussi imprévisible, l'acquisition de la nationalité française, sa terre de résidence depuis 1996, semble une sage précaution.

Le danger ne concerne pas que les opposants au régime turc mais aussi les dissidents azerbaïdjanais. Culturellement, politiquement, ethniquement, la petite République du Caucase est un prolongement de la Turquie. Dans la grande famille des langues turciques, l'azéri et le turc sont deux sœurs presque jumelles. Le nationalisme turc ne connaît pas de frontière, les deux régimes sont à son service. En turc, une expression consacre l'union entre Ankara et Bakou : « Une nation, deux États. »

Le 6 octobre 2020, à Nantes, le parking en bas de son immeuble est plongé dans le noir. Mahammad Mirzali se dépêche, il commence ses livraisons à 5 heures, il est un peu en retard. Il monte dans sa Fiat Punto et s'enferme à l'intérieur. Un individu vêtu de noir, bonnet et capuche sur la tête, surgi de l'obscurité, essaye d'ouvrir la portière verrouillée, sort une arme. Mirzali, 25 ans, a fait son service militaire en Azerbaïdjan, il reconnaît un pistolet Makarov PM : « J'ai vu qu'il était prêt à tirer, j'ai eu le réflexe de tourner l'épaule, la balle a ricoché sur mon bras. J'ai réussi à sortir de la voiture et j'ai couru en zigzaguant pour qu'il ne puisse pas m'atteindre. »

L'homme tire encore à deux reprises. Le 6 mars 2021, le jeune Azerbaïdjanais reçoit un avertissement sur WhatsApp : « Nous avons beaucoup d'amis sportifs en Allemagne, nous en avons beaucoup plus en France. » Ce blogueur, critique d'Ilham Aliev, le président de l'Azerbaïdjan, comprend la menace et se rend immédiatement au commissariat « pour demander une protection. Pour toute réponse, on m'a dit de composer le 17 si j'avais un problème ». Le 14 mars, il promène son chien Choupi quai de la Fosse. Deux individus le suivent dans une petite Ford grise, deux autres le talonnent. Mirzali a eu le réflexe de les prendre en photo : « Le petit balaise de dos avec un short bleu, je pense que c'était un Turc. Celui en noir à côté, un Azéri à mon avis. Ensuite, ils ont tourné à gauche et m'ont attaqué par-derrière. »

Plusieurs semaines après, il revient sur les lieux de son agression pour la première fois. Il commence par le parking : « Je me suis mis là, sous le lampadaire qui a une caméra. Je me suis dit que, comme ça, s'ils me tuaient, ils seraient filmés. » Comme les policiers le lui avaient conseillé, il les appelle donc en composant le 17... De longues minutes de mise en attente. Les agresseurs se rapprochent du lampadaire. Le jeune dissident poursuit sa reconstitution : il a ensuite traversé la rue et s'est agenouillé contre la vitre de l'agence Triangle Intérim : « Je me suis mis en boule pour protéger ma tête et pour qu'ils ne puissent pas atteindre ma gorge. Ils ont essayé de me couper la langue et les oreilles avec un couteau. Il y avait du sang partout. » À côté, la terrasse du café Le 91 était bondée. « Ils m'ont couru après, j'ai essayé d'entrer dans des voitures mais personne ne m'a aidé, sauf un homme qui était turc, d'ailleurs. » Quand la police est arrivée, il avait reçu seize coups de couteau. Malgré ses blessures, il se sentait tellement peu en sécurité dans sa chambre d'hôpital qu'il a regagné son domicile avant d'avoir le droit de sortir.

Dans le hall de l'HLM nantais où il habite avec ses parents, aucune boîte aux lettres ne porte le nom de « Mirzali ». La porte d'entrée de l'appartement est également anonyme. Dérisoire protection. Dans le petit salon tapissé d'un papier peint à feuillages beige clair, Mahammad Mirzali touche à peine aux succulentes *köfte* cuisinées par sa mère. Il n'a dormi qu'une heure cette nuit, au petit matin, de 6 à 7. Il ne parvient plus à trouver le sommeil, malgré les médicaments prescrits par le psychiatre. Ses blessures le font toujours souffrir, particulièrement la plante de son pied droit : un coup de couteau sous la fesse a sectionné un nerf. Exilé en France depuis 2016, Mahammad Mirzali est un féroce critique du régime d'Ilham Aliev. Tous les sujets les plus sensibles qui écornent l'image de la petite dictature des rives de la mer Caspienne défilent sur sa chaîne YouTube Made in Azerbaïdjan et sur son compte Twitter : corruption de la classe politique, mafia, scandales sur les activités de Socar, la compagnie pétrolière et gazière nationale, guerre contre l'Arménie…

L'activiste a épinglé ce tweet : « Vous êtes arméniens, je suis azerbaïdjanais. Dans nos deux pays, des gens vont sans doute nous traiter de traîtres. Mais peu importe ce qu'ils disent. Notre dialogue aujourd'hui fera germer la première graine de la paix demain. » Cette parole réconciliatrice est courageuse, rare, tant l'atmosphère belliqueuse et ultranationaliste sature les discours et les âmes. En 2020, l'Azerbaïdjan, soutenu par la Turquie, est entré en guerre contre l'Arménie voisine pour la reprise du territoire du Haut-Karabagh.

Réfugié politique, Mahammad Mirzali n'a aucun doute : son agression a été téléguidée depuis l'Azerbaïdjan. En 2020, il a été directement menacé par Adil Aliev, vice-président de l'Assemblée nationale à Bakou et président de la fédération nationale azerbaïdjanaise de kickboxing. « Si tu ne te tais pas, tu vas voir ce qui va se passer », l'a-t-il averti sur Facebook. Le politicien azéri a publié les photos de son passeport et celles de membres de sa famille. En Azerbaïdjan, son beau-frère a été détenu pendant cinq mois, ses parents arrêtés, sa sœur victime d'un *kompromat* – un chantage avec une sextape – réalisé à l'aide d'une caméra planquée dans sa chambre à coucher et diffusée sur Telegram. Les pressions sur les familles de dissidents sont une pratique classique du régime, dans le plus pur usage des ex-pays soviétiques. Mais à Nantes, depuis sa chambre transformée en studio d'enregistrement, Mahammad Mirzali n'a aucunement l'intention de se taire et enchaîne les vidéos pour Made in Azerbaïdjan. Les agents de Bakou sont donc passés à l'acte sur le territoire français.

Le 14 mars, quai de la Fosse, un passant a pris en photo la Ford grise. Elle était immatriculée en Allemagne. Mirzali suspecte les Osmanen Germania qui sévissent outre-Rhin. En Allemagne, ce gang d'extrême droite turque structuré autour d'un club de boxe a été condamné dans de multiples affaires criminelles et dissous par la justice. « Adil Aliev est proche d'eux, il est allé les voir en Allemagne, regardez sur cette photo, il assiste à un de leurs meetings à Cologne, en 2018 », montre Mirzali qui le suit à la trace sur Internet. Quand les menaces font référence à des « sportifs » qui vont venir lui régler son compte, il fait donc le lien avec les boxeurs des Osmanen Germania ou d'Adil Aliev. « Sur cette autre photo, on le voit à côté de Sedat Peker, chez lui à Istanbul. » Sur les réseaux sociaux, Sedat Peker, l'un des parrains historiques de la mafia turque, salue son « frère » Adil Aliev.

Traumatisé par son agression, Mahammad Mirzali ne sort plus que rarement de son appartement. Mais aujourd'hui, la tradition azérie reprend le dessus. En hôte accueillant, il tient à faire découvrir le centre historique de Nantes. À proximité de la place Royale, nous faisons une halte dans un restaurant de kebab. « Bonjour Mahammad, ça fait longtemps, comment vas-tu ? C'est quand même bizarre que personne n'ait été arrêté, il y a des caméras partout », fait remarquer son copain qui tranche de la viande grillée sur la broche. Tout au long de la visite, sa peur ne le lâche pas. Pourquoi la voiture bleue fait-elle deux fois le tour du rond-point ? Il est persuadé qu'elle a quitté le parking de son immeuble juste après nous. Le type qui conduit a l'air louche. N'y a-t-il personne qui nous suit ? Il se retourne tous les vingt mètres : « Mon cœur s'affole. » En 2018, alors qu'il était en train de manger un sandwich à une table du petit restaurant, « deux Azéris, qui sont pourtant des réfugiés politiques ici », s'étaient approchés : « Si tu n'arrêtes pas de faire de la politique, on va venir s'occuper de toi. » Mirzali sait qu'il n'est pas en sécurité à Nantes. Ses ennemis n'ont aucun mal à y trouver des partisans. « À Nantes, il y a beaucoup d'Azéris, environ 2 000, les pro-Aliev sont bien représentés », estime-t-il. En 2019, une école azerbaïdjanaise a été inaugurée. Le consul général de Turquie a prononcé un discours lors de la cérémonie d'ouverture. Une cinquantaine d'enfants y est scolarisée. La cité des ducs compte également une importante communauté turque, majoritairement nationaliste et pro-Erdoğan. Un consulat général de Turquie a ouvert en 2012 dans un hôtel particulier situé quai François-Mitterrand, sur les bords de Loire. Hasard du calendrier ou pas, l'année suivante, l'inspection académique régionale a reçu une avalanche de courriers de parents d'élèves d'origine turque en classe de troisième. Il s'agissait d'une lettre type pour exprimer leur « indignation » : « Nous avons pu remarquer que le dossier arménien de 1915 a été intégré dans les manuels et qu'il est dorénavant inscrit dans le programme d'histoire pour les élèves en question. » Dans toute la France, les professeurs d'histoire font ainsi face à une contestation de plus en plus virulente du génocide arménien par des élèves ou leurs parents.

Plusieurs mois après l'attaque au couteau, le blogueur azéri se rend encore chez le kiné trois fois par semaine. Les séances le soulagent « un petit peu, momentanément ». Il s'y rend accompagné par un policier. En juin 2021, sur le parking en bas de son immeuble, la vitre de sa voiture a été fracturée. Sur le siège conducteur, au milieu des bris de verre, un message sur un papier le mettait en garde : « On est là, fais attention à toi. » La menace était écrite en turc, pas en azéri. Depuis, une protection policière lui a été attribuée. Il n'a pas le droit de sortir de chez lui sans escorte, même pour un petit tour dans Nantes. Le message envoyé à Bakou par les autorités françaises est clair : interdiction de toucher à Mirzali.

Les opposants savent que les loups rôdent et qu'ils peuvent surgir partout. Deux autres blogueurs ont été attaqués en Allemagne. Mahammad Mirzali appelle l'un d'eux, Gabil Mammadov. D'une voix saturée de stress, il raconte avoir reçu des menaces d'égorgement de sa fille de 5 ans. Il a été frappé à la tête avec un poing américain et aspergé de gaz lacrymogène alors qu'il sortait de chez lui. La fois d'après, deux hommes ont essayé de s'introduire chez lui, à 23 heures… La mosquée turque, voisine, a prévenu la police. Dans la petite communauté de dissidents exilés, chaque mort devient suspecte et alimente la peur. Mahammad Mirzali raconte ainsi avec effroi que le corps d'un ami, Vougar Reza, a été retrouvé dans une rivière en Belgique en janvier 2021, quinze jours après sa disparition. Quatre mois plus tard, en mai, celui de l'activiste Bayram Mammadov, 26 ans, a été repêché dans le Bosphore, en Turquie. Il a été autopsié à l'Institut médico-légal qui a établi une mort par noyade. Deux mois après, en juillet, Hussein Bakikhanov, autre blogueur honni du régime, est mort en Géorgie. Après quinze jours de prison en Azerbaïdjan, il avait fui dans le pays voisin et venait de déposer une demande d'asile. Il est tombé du toit d'un hôtel de Tbilissi. Des témoins l'auraient vu sauter.

En France, Mahammad Mirzali sent toujours le danger en embuscade. En avril 2022, le parquet de Rennes, en charge de l'enquête, a annoncé que quatre hommes âgés de 26 à 35 ans, trois nés en Azerbaïdjan et un en Géorgie, avaient été interpellés et écroués. « Ils ont été mis en examen des chefs de tentative de meurtre en bande organisée et association de malfaiteurs en vue de la préparation d'un crime et ont tous été placés en détention provisoire », a déclaré le procureur de la République Philippe Astruc. Pour l'organisation Reporters sans frontières, « il reste encore à la justice à remonter formellement jusqu'aux commanditaires dans cette affaire ». Le gouvernement d'Azerbaïdjan nie toute implication.

Cette arrestation n'a pas mis fin aux menaces. Le 8 juin, le tribunal de Nantes examinait la plainte de trois Azerbaïdjanais, dont l'oligarque et dirigeant de la compagnie pétrolière Socar, qui poursuivaient le blogueur en diffamation. Elle a été déclarée irrecevable, une satisfaction pour Mahammad Mirzali. Mais le jeune homme est ressorti de l'enceinte judiciaire comme il était entré : avec un gilet pare-balles et flanqué de quatre policiers du Service de protection, chargé d'assurer la sécurité des personnalités particulièrement menacées.

Quelques jours plus tard, la gendarmerie a intercepté deux individus, dont tout porte à croire qu'ils allaient s'en prendre à Mirzali. Contrôlée près d'Angers, une première voiture, immatriculée en Pologne, attire la suspicion. À son bord, un ressortissant azerbaïdjanais, une arme de poing et des outils. Une heure plus tard, un autre véhicule venu de Pologne, conduit par un Moldave d'origine turque. Les deux hommes se rendaient à Nantes. Tous deux avaient entré dans leur GPS une adresse. Après vérification, les gendarmes s'aperçoivent qu'il s'agit de celle du réfugié politique sous protection. Les suspects sont écroués. Six personnes sont désormais détenues pour des tentatives présumées d'assassinat, mais Mahammad Mirzali n'est toujours pas en sécurité.

Peur sur Berlin

Un client déambule dans l'hôtel avec une arme. Un employé vient de le remarquer. L'alerte est aussitôt donnée. Les 550 occupants de l'hôtel Niu Tab, à Düsseldorf, sont évacués, sans vraiment comprendre ce qui se passe. Le quartier est bouclé. Autour du bâtiment, un cube moderne et massif, la police allemande déploie rapidement un dispositif d'assaut. Un véhicule blindé se place au carrefour. Des ambulances se tiennent sur le qui-vive. Une colonne des forces spéciales lourdement équipée entre prudemment par la porte principale. Une valise suspecte est d'abord examinée. Pendant plusieurs heures, ensuite, la chambre incriminée est inspectée. La police y retrouve une arme, à première vue un pistolet d'alarme. Dans les bagages, elle met la main sur une grande quantité de munitions, 200 cartouches. Mais l'arme qui correspond à ces balles est introuvable. L'occupant de la chambre est interpellé, le cordon de sécurité levé, l'hôtel rendu aux touristes venus visiter la Rhénanie. Mais ce qui intrigue le plus les enquêteurs, c'est une mystérieuse liste retrouvée dans les effets de cet homme, ce 17 septembre 2021.

Deux semaines plus tard, le procureur général fédéral allemand, qui siège à Karlsruhe et est en charge de tous les dossiers de terrorisme et de sécurité au niveau national, annonce avoir ouvert une investigation pour « espionnage » et pour « port d'arme prohibé » contre le suspect, un homme de 40 ans et de nationalité turque nommé Ali D. Les procureurs précisent avoir des indications selon lesquelles Ali D. aurait « rassemblé des informations sur des soutiens du mouvement Gülen qui vivent dans la région de Cologne, pour le compte des services secrets turcs (MIT) ». Les messages stockés dans son téléphone seraient sans équivoques, selon l'hebdomadaire *Der Spiegel*. La liste retrouvée comporterait plusieurs noms de journalistes et d'activistes catalogués par Ankara comme sympathisants « gülénistes » et réfugiés ces dernières années en Allemagne, ainsi que des données personnelles sur ces mêmes personnes. Ceux qui y figuraient témoignent en avoir été informés par la police allemande et se sont vu offrir une protection. Selon *Der Spiegel*, « les enquêteurs chercheraient à savoir s'il s'agit d'une sorte de liste de cibles dans le but de mener des attaques planifiées ou des opérations d'espionnage. Les enquêteurs sont également préoccupés par les munitions : elles ne correspondaient apparemment pas à l'arme trouvée sur le suspect ». L'analyse des messageries de l'espion présumé pourrait fournir aux enquêteurs de précieux renseignements sur ses contacts éventuels et son réseau logistique. « Des enquêtes financières doivent aussi être ouvertes », rapporte le grand magazine allemand. Les autorités fédérales auraient remarqué des mouvements de fonds suspects sur les comptes du prévenu. Le dénommé Ali D. est finalement inculpé par le procureur fédéral pour « espionnage » au profit du MIT et pour violation de la loi sur la détention d'armes. La décision a été transmise le 17 mars 2022 à la cour régionale de Düsseldorf. L'acte d'accusation précise qu'il renseignait les services turcs depuis 2018 et qu'il avait « transmis des informations sur trois citoyens allemands » au moins, en les présentant « l'un comme un membre du PKK et les deux autres comme proches du mouvement Gülen ». L'homme avait acheté une arme en mars 2021 et s'entraînait dans un club de tir, où il avait également recruté un informateur.

Avec ces nouvelles révélations, un frisson a immédiatement parcouru la communauté turque d'Allemagne, la plus importante d'Europe. Depuis plusieurs mois, un vent mauvais souffle de Cologne à Berlin et de Hambourg à Francfort. Aux quelque trois millions de Turcs et de Germano-Turcs installés dans le pays depuis trois générations, pour des raisons principalement économiques, sont venus s'ajouter ces dernières années plusieurs milliers d'autres, fuyant la répression en Turquie. Des journalistes, des blogueurs, des universitaires, des artistes, des magistrats, des diplomates... Des élus kurdes déchus, des gülénistes accusés de complots... Beaucoup sont la cible de menaces qui se prolongent sur le sol allemand. La Turquie presse l'Allemagne de sévir contre les « groupes terroristes » enracinés sur son territoire. Et ces derniers temps, Berlin a habitué les observateurs à une certaine complaisance vis-à-vis d'Ankara. Une atmosphère trouble, incertaine, plane, propice au passage à l'acte de provocateurs ou d'hommes de main à la solde du pouvoir turc. « Les loups aiment la brume », rappelle Feyyaz Öztürk.

Hayko Bağdat prend la situation avec humour. Un humour noir. « Ici je me suis habitué à vivre comme un pape, à me déplacer avec cinq ou six voitures de police », ironise ce quadragénaire débonnaire, bien connu de l'intelligentsia stambouliote. Artiste, journaliste, activiste, Hayko Bağdat est une figure médiatique en Turquie, l'un des visages aussi de la petite communauté arménienne, celle qui a survécu au génocide de 1915. « Je suis arménien, journaliste et proche du parti pro-kurde HDP (Parti démocratique des peuples). Ça fait beaucoup pour eux ! » En Turquie, il est mis en accusation dans « quinze ou vingt procès », il ne sait plus exactement combien. Des procédures pour « dénigrement de l'identité nationale turque », pour « insulte au chef de l'État » ou pour « propagande en faveur d'une organisation terroriste ». Avec son épouse, son jeune fils et son chien, il s'est installé dans une maisonnette avec jardin, en banlieue de Berlin, à la fin de l'année 2016, juste après la tentative de coup d'État, alors que la Turquie s'enfonçait dans les règlements de comptes. Depuis, la police allemande patrouille régulièrement dans sa rue et surveille ses déplacements.

« Je vivais déjà sous protection policière depuis 2012 en Turquie », souligne-t-il. Les mesures de précaution ont été étendues en Allemagne. « Les autorités prennent les choses très au sérieux. Quand je suis arrivé ici, j'ai cofondé un média indépendant, *Özgürüz* (Nous sommes libres), avec le journaliste Can Dündar », une autre cible de choix des nationalistes turcs, explique Hayko.

Can Dündar, ancien rédacteur en chef du quotidien turc *Cumhuriyet*, qui vit lui aussi en exil à Berlin, est dans le collimateur pour avoir révélé dans son journal les images des fameux camions du MIT, bourrés d'armes, à destination de groupes islamistes en Syrie. Pour cela, il a été condamné à vingt-sept ans de prison en Turquie pour « espionnage et divulgation d'informations confidentielles ». Il a aussi reçu le prix de la liberté de la presse de Reporters sans frontières en 2015, et celui du Committee to Protect Journalists (Comité pour la protection des journalistes) l'année suivante. Le président Recep Tayyip Erdoğan, qui a la rancune tenace, a fait de Can Dündar un cas personnel. « Je ne le lâcherai pas. Je le suivrai et il devra rendre des comptes », menaçait-il fin 2015, dans une interview en direct à la chaîne d'État TRT. Une notice rouge d'Interpol a été diffusée en 2018 pour qu'il soit arrêté.

Hyperactif, Hayko Bağdat a également écrit un spectacle de *stand up*, où il tourne en dérision les vicissitudes de son pays. Le show a connu un vif succès et a fait la tournée des salles européennes. Les soirs de représentation, les gardes du corps le suivaient comme son ombre. « Certains soirs j'étais seul sur scène, avec un type en gilet pare-balles derrière moi... Quand je prenais l'avion pour aller à l'étranger, l'escorte m'accompagnait par la route... Dans les hôtels, j'étais toujours enregistré sous une fausse identité. Un jour, les policiers sont venus me demander d'arrêter de fumer dans les chambres parce qu'ils recevaient sans arrêt des amendes au nom de M. X », rigole-t-il.

Dans son exil, Hayko Bağdat a reçu un déluge de menaces via les réseaux sociaux. Mais surtout, d'autres mises en garde plus inquiétantes. « Dès 2017, la police a confirmé qu'il existait des menaces », souffle-t-il. Des messages comme ceux adressés à son ami Fehim Taştekin, un autre journaliste turc, qui vit lui à Paris. « C'était un SMS en turc, venant d'un numéro français qui me disait : ne te crois pas en sécurité en France », rapporte celui-ci. En 2018, cet enquêteur bien informé reçoit un tuyau d'une source dans les montagnes du Kurdistan. Des équipes de tueurs agissant pour le compte du MIT se déplaceraient en Europe pour y commettre des assassinats contre des journalistes ou des opposants. Lui et Hayko Bağdat pourraient faire partie des cibles du régime. « Fehim m'a appelé en pleine nuit, se souvient son ami. Il m'a dit qu'il était heureux que je sois en vie... Il m'a fait part de cette information. Trois tueurs du MIT auraient débarqué à Berlin pour y assassiner des personnalités. À 3 heures du matin, je suis allé avec mon avocat au commissariat de police », poursuit le Berlinois. La rumeur semble suffisamment étayée pour que les autorités allemandes réagissent. « Le BND (les services de renseignement allemands) m'a ensuite confirmé cette information », note Fehim Taştekin. Pendant près d'un an, Hayko Bağdat est placé sous haute protection. « Est-ce que c'était bien le MIT qui était derrière tout cela ? s'interroge-t-il. On n'est pas sûr. Mais une fois le plan éventé, tout s'est arrêté. »

Après les menaces de mort, les intimidations physiques se sont multipliées à l'été 2021. Ünsal Arık, un boxeur turco-allemand, champion d'Europe, athée revendiqué et adorateur de Mustafa Kemal Atatürk, le fondateur de la République laïque, a été passé à tabac en août dernier par des agresseurs masqués, après avoir un peu trop manifesté son animosité envers Erdoğan. « On dirait que vous n'avez aucune morale », a-t-il réagi sur les réseaux sociaux dans la foulée, le visage couvert d'ecchymoses comme après un combat en douze rounds. Six mois plus tôt, le champion d'Europe avait déjà été attaqué avec un couteau dans les rues de Berlin. « Si un jour je suis tué, les supporters d'Erdoğan en seront responsables », avait-il alors lancé. Erk Acarer, un journaliste turc de gauche, a lui aussi été la cible d'une violente agression à son domicile, tout proche de chez Hayko Bağdat, au mois de juillet. Une attaque par trois hommes « à coups de poings et de couteaux », selon cet investigateur coriace. « Je connais les agresseurs. Je ne céderai jamais au fascisme », a-t-il écrit en retour. À sa sortie de l'hôpital, il surenchérissait. « C'est la preuve que tout ce que nous disons sur le gouvernement islamiste fasciste AKP-MHP est vrai. » Erk Acarer a dû s'exiler en Allemagne en 2017, avec l'aide de

RSF, après avoir été inquiété par la justice dans plusieurs dossiers sensibles. En mars 2020, un nouveau mandat d'arrêt contre lui a été émis. Acarer est poursuivi, avec trois autres journalistes, à cause d'un éditorial faisant état des funérailles d'un agent turc du MIT, mort en Libye. Pour avoir dévoilé « une information secrète », il risque de sept à dix-huit ans de prison. Depuis qu'il est en Allemagne, la virulence de ses dénonciations a redoublé. Le nombre de ses ennemis aussi. En 2021, il s'est fait le relais des accusations lancées, depuis Dubaï, par le parrain de la mafia turque Sedat Peker, contre des proches du pouvoir en Turquie. Et il s'en est pris frontalement au puissant ministre de l'Intérieur, Süleyman Soylu.

La méfiance s'est installée dans le quartier de Kreuzberg, où s'est reconstituée une petite Turquie, et sur les rives du Rhin, à Cologne et à Düsseldorf. Dans les kebabs et les restaurants turcs, les signes d'appartenance politique ont été discrètement gommés. Les organisations proches d'Ankara ont reçu l'ordre de se faire oublier. Mais les yeux et les oreilles d'Erdoğan sont partout. Les opposants turcs s'y sentent épiés, traqués. Cette inquiétude se diffuse, se transmet, s'auto-entretient, surtout les soirs de retrouvailles autour d'une bouteille de raki. « Heureusement, ici, on peut passer plusieurs jours sans parler de la Turquie. Mais dès que nous sommes entre nous, nous ne parlons que de cela et de ces menaces », reconnaît Hayko Bağdat. L'apparition sur les réseaux sociaux d'une mystérieuse « liste de cibles à abattre » a renforcé leurs craintes. Can Dündar, Hayko Bağdat, Erk Acarer... Tous ces noms y sont couchés. « On sait qu'il y a des listes. Certaines peuvent être authentiques, d'autres non. La police a appelé chacun de nous », témoigne-t-il. Le journaliste Celal Başlangıç, fondateur du média libre Artı Gerçek et installé à Cologne, a lui aussi reçu la visite des autorités, après la publication de son nom par des militants turcs sur les réseaux sociaux. « La brigade criminelle est venue chez moi. Les policiers m'ont expliqué qu'ils enquêtaient sur une liste de personnalités considérées comme opposées à Erdoğan[1] », explique-t-il. « Ils m'ont dit : faites attention. S'il y a un problème la nuit, appelez le 110 », poursuit-il, critiquant le manque d'information de la part des autorités allemandes.

Plusieurs versions de ces listes se sont croisées, mêlées, sans que l'on puisse vérifier leur authenticité. L'une d'elles compte 21 noms, une autre en comporte 55... Başlangıç évoque une liste de 43 personnes. L'assemblage est hétéroclite. Les Kurdes y sont toujours en nombre. On y trouve des profils radicaux, des propagandistes et partisans de la lutte armée, mais aussi d'anciens maires et députés du parti légal HDP, des journalistes, un mathématicien, un éditeur de poésie... Et même, fait remarquer un observateur attentif, au moins un qui aurait servi d'informateur

1. Voir Deutsche Welle, le 22 juillet 2021. https://www.dw.com/tr/infaz-listeleri-almanyada-ya%C5%9Fayan-t%C3%BCrk-muhalifler-tedirgin/a-58591054

au MIT… La plupart ont été emportés par les vagues de purges en Turquie et contraints à l'exil. « La police allemande m'a appelé pour me prévenir que mon nom était sur une liste d'assassinats », raconte, de sa voix de stentor, l'avocat et homme politique kurde Hasip Kaplan, personnage haut en couleur de la vie parlementaire turque. « Je leur ai répondu qu'il n'y avait rien de nouveau ! Mon nom est sur ces listes depuis quarante ans ! » À l'origine de cette « liste noire », se trouve un mystérieux compte Instagram baptisé « Jitemkurt ». Une référence au JITEM, les services de renseignement antiterroristes de la gendarmerie turque, dont l'existence officielle n'a jamais été admise par Ankara mais dont les escadrons de la mort se sont particulièrement illustrés dans les années 1990, au plus fort de la sale guerre contre les séparatistes kurdes du PKK.

La liste la plus étendue brandie par ce mystérieux « Jitemkurt » jette en pâture des voix critiques aux profils divers. La plupart de ces cibles présumées du MIT sont réfugiées en Allemagne, d'autres en Grande-Bretagne, en Suisse, au Canada, en Belgique… Un autre « traître » désigné se trouve en France. Il s'appelle Veysi Özer, il est kurde, réfugié politique depuis 1998. Avant l'exil, il avait été arrêté à l'université et emprisonné six mois. Depuis vingt-quatre ans, il a fait sa vie en banlieue parisienne, dans les Yvelines, et il a monté son entreprise dans le bâtiment. Il est marié et père de quatre enfants. « Mes rêves sont restés à Varto, ma ville d'origine », soupire cet homme au visage tendu. Sur les réseaux sociaux, où il passe plusieurs heures par jour, il se fait appeler Vartolu (« de Varto » en turc). Facebook, Twitter, Instagram, Clubhouse. Il est présent sur toutes les plateformes. « J'y partage beaucoup de choses et je suis suivi par des dizaines de milliers d'abonnés. Je fais des vidéos sur un ton ironique, je me moque du pouvoir turc. » Il n'en faut pas plus. Il n'épargne personne et se dit totalement indépendant des organisations kurdes proches du PKK. Mais son activité numérique l'a exposé à des procès en Turquie. « Deux à l'instigation du ministre de l'Intérieur, un d'Erdoğan lui-même et un de son gendre Berat Albayrak... », passe-t-il en revue, non sans une pointe de fierté. Il a aussi récolté des menaces en France. « Des Franco-Turcs sur Twitter. Un appel téléphonique depuis l'Allemagne... et même un vice-président de l'AKP, le parti au pouvoir en Turquie, énumère-t-il. Mon adresse et mon numéro de téléphone ont été publiés. J'ai été hacké par les Ayyıldız », poursuit-il. Ayyıldız, le « croissant-étoile » du drapeau turc, est le nom d'un célèbre groupe de hackers nationalistes qui mène des raids en ligne contre les « ennemis de la Turquie ». Une armée digitale au service du pouvoir d'Erdoğan.

« Je reçois des menaces depuis six ans mais je pense que cette liste est la plus sérieuse jusqu'ici », estime pour sa part Cevheri Güven. Réfugié depuis 2017 dans une petite ville de Hesse, dans l'ouest de l'Allemagne, ce journaliste d'investigation de 45 ans, ancien directeur de l'hebdomadaire *Nokta*, est une autre cible privilégiée de cette campagne d'intimidation. En 2015, son journal s'est attiré les foudres d'Erdoğan pour avoir publié en une un photomontage du Reis, posant tout sourire pour un selfie devant les cercueils de soldats turcs tués dans la guerre contre les rebelles kurdes. Güven a été immédiatement arrêté et jeté en prison, accusé d'avoir voulu renverser le gouvernement. La rage du président turc a redoublé lorsque sa libération provisoire a été ordonnée au bout de deux mois. Les juges ont été limogés, l'un d'eux arrêté, ainsi que l'avocat du prévenu. De nouvelles charges, pour un total de vingt-deux ans et six mois de prison, sont venues épaissir l'acte d'accusation contre le journaliste. Son passeport confisqué, il a alors décidé de fuir, avec femme et enfants, de franchir la dangereuse frontière grecque, en s'entassant avec des Syriens sur un bateau pneumatique « après avoir donné toutes [ses] économies à un passeur ». « Désormais, au milieu des réfugiés syriens qui fuient la violence dans leur pays, il y a de la place pour les réfugiés turcs », écrivait-il après avoir débarqué en Grèce. Une fois sur le territoire de l'UE, Cevheri Güven se rend compte qu'il n'est pas encore totalement hors de portée du bras vengeur d'Erdoğan. Des milliers d'exilés affluent à Thessalonique et Athènes. Les agents du MIT pullulent. Le journaliste ne s'y sent pas en sécurité. Il continue son périple vers l'Allemagne. Là, il est encore poursuivi. « Je pense que le MIT et le ministère de l'Intérieur sont derrière cette liste, rumine Güven, la mâchoire serrée. L'AKP l'a publiée pour faire de nous des cibles pour les fanatiques qui vivent ici. Après que la liste a été publiée, des journalistes proches du gouvernement turc ont publié une vidéo contenant toutes nos photos. Je veux croire que l'Allemagne est passée à l'action et a pris des mesures strictes, mais je ne sais pas si c'est vrai. Et je ne sais pas ce que vaut la vie d'un journaliste réfugié en Europe ces jours-ci. Si vous regardez ce qui a pu arriver par le passé, ces meurtres commis par les Loups gris, tout est possible », reprend-il.

Après 2016, l'onde de choc du coup d'État manqué s'est fait ressentir jusqu'en Allemagne, décrypte Ekrem Eddy Güzeldere, directeur de projet pour la fondation Berghof, à Berlin, qui a longtemps officié à Istanbul. « Certains militants en Allemagne se sont crus investis d'une mission en raison de la rhétorique du pouvoir turc, mais sans savoir précisément qui étaient les personnes visées », constate ce fin connaisseur des relations entre les deux pays. « C'est dans ce contexte que sont apparus les Osmanen Germania, un gang de criminels avec un agenda politique d'extrême droite et qui se sentent intouchables », parce que soutenus par des proches d'Erdoğan, précise-t-il. Les services de renseignement intérieurs allemands (BfV), dans un rapport publié en 2020, ont estimé à environ 6 000 le nombre d'agents, d'informateurs, de petites mains et de grandes oreilles, au service du MIT sur le territoire. À Berlin, ils seraient plusieurs centaines, selon Güzeldere. Une puissance de frappe destinée à empêcher la reconstitution en Allemagne d'une opposition politique en exil structurée et organisée. « Certains de ces exilés s'expriment beaucoup dans les médias, ils sont très connectés avec les institutions de l'Union européenne ou avec des représentants politiques nationaux, comme c'est le cas pour Can Dündar. Ces personnalités ont reçu des prix et des récompenses prestigieuses. Il y a aussi un très grand nombre d'anciens élus du HDP, des maires, des députés, qui vivent maintenant en Allemagne. La Turquie a donc multiplié les pressions pour les réduire au silence », note-t-il.

Certaines des personnalités dont le nom apparaît sur cette liste noire sont convaincues de la réalité de la menace. D'autres se montrent plus sceptiques. C'est le cas de Can Dündar, qui figure en première position sur chacun des documents dévoilés. « Il faut faire des vérifications détaillées mais je n'ai pas le sentiment de quelque chose de sérieux… J'ai des doutes… Si vous avez l'intention de supprimer tous ces gens, vous ne publiez pas une telle liste, cela n'a pas de sens », note le journaliste en exil. Beaucoup de noms, fait-il remarquer, sont liés au mouvement Gülen. Une manipulation de leur part n'est pas à exclure. Leurs réseaux multiplient les efforts pour tenter de redorer leur image et de fédérer les oppositions en exil contre Erdoğan. Ils disposent toujours de solides sources au sein de la bureaucratie turque. « Il faut y réfléchir deux fois. Il y a des pressions sur les Kurdes et sur les journalistes de gauche pour unifier les forces. Mais je garde mes distances. » Après tout, ce ne serait pas la première fois que les gülénistes montent des accusations de toutes pièces pour discréditer leurs adversaires. Ils ont usé et abusé de ces méthodes au profit d'Erdoğan, avec lequel ils gouvernaient dans les années 2000, pour éliminer du champ politique les militaires laïques les plus récalcitrants. Puis ils ont retourné l'appareil contre Erdoğan, lorsque le tandem s'est fissuré. Can Dündar en sait quelque chose. C'est une fuite orchestrée par des procureurs affiliés à la confrérie Gülen qui l'a conduit à révéler les cargaisons des fameux camions du MIT en 2015. On ne l'y reprendra sans doute plus.

En dépit de sa notoriété qui lui permet d'être régulièrement reçu par le président de la République fédérale, au Bundestag, la Chambre des députés allemands, ou au ministère de l'Intérieur, Can Dündar déplore le manque d'information dont il dispose sur les réseaux pro-Erdoğan qui le menacent sur le sol allemand. « La police se montre décevante. Ils partagent très peu de détails avec nous », dit-il. « Nous allons approfondir les investigations », avait promis le 28 juillet 2021 le sous-secrétaire allemand à l'Intérieur, Helmut Teichmann, interpellé au Bundestag par Helin Evrim Sommer, députée d'extrême gauche (Die Linke) d'origine turque. Le représentant du gouvernement, dirigé alors par Angela Merkel, confirmait qu'il possédait « des informations tangibles, selon lesquelles il existait plusieurs listes, concernant un nombre de personnes critiques du gouvernement turc ». Après l'arrestation d'un homme dans un hôtel de Düsseldorf, les enquêteurs sont restés muets. Mais les loups rôdent sur tout le territoire européen.

Le repenti de Vienne, Feyyaz Öztürk, rappelle que la Turquie s'est lancée dès 2016 dans une vaste opération d'espionnage de la diaspora et de fichage des opposants. Les plans d'assassinat se sont matérialisés à plusieurs reprises et n'ont pas calmé les ardeurs des équipes supposées obéir aux ordres du MIT. « Ils veulent faire couler le sang », prophétise Öztürk. Cette menace est devenue plus visible ces dernières années, fait remarquer Ayşegül Karakülhancı, architecte turque établie en Allemagne, éditorialiste pour le média turc en ligne Duvar : « Plus Erdoğan se fait agressif en Turquie, plus ses supporters en Europe le deviennent, ils augmentent leurs menaces et leurs attaques. Mais présumer que ce courage ne leur est donné que par Ankara serait une semi-vérité. Les dirigeants de plusieurs pays, en particulier le gouvernement allemand, ont condamné ces attaques et ces menaces, tout en conservant à l'esprit que la Turquie retenait les réfugiés sur son territoire. Les gouvernements qui choisiraient de fermer les yeux sur la violence croissante contre des journalistes ou des politiciens d'opposition, en Allemagne ou dans n'importe quel autre pays européen, seront les premiers responsables », lance-t-elle. La signature en mars 2016 d'un accord Turquie-UE sur les migrants, prolongé en 2021, a fourni à Erdoğan une arme de négociation redoutable avec les Européens. Pour tenir les migrants hors de ses frontières orientales, l'UE seraitelle prête à marchander le sort de quelques opposants ? Le scénario est dans tous les esprits.

La tanière allemande

Les photographes de presse les attendaient au bas de la passerelle. Tirés à quatre épingles dans leurs costumes cravates, chaussures cirées et rasés de près, fiers, cinquante-cinq hommes, tous dans la fleur de l'âge, descendent d'un vol de la Lufthansa, qui vient de se poser sur le tarmac de Düsseldorf. Ce 27 novembre 1961, trois mois après la construction du mur de Berlin, les premiers *Gastarbeiter*, les « travailleurs invités », débarquent en Allemagne, en vertu d'un accord que la République fédérale vient de signer avec la Turquie sur la main-d'œuvre immigrée. Les jeunes Turcs qui posent le pied avec enthousiasme à Düsseldorf, pour venir travailler dans les mines de la Ruhr, seront suivis par de nombreux autres. En douze ans, entre 1961 et 1973, 867 000 ressortissants turcs sont arrivés. Cet accord venait honorer une coopération historique entre les deux nations, alliées au début du XXe siècle, et jeter entre elles un pont économique qui n'allait cesser de se renforcer. Certains de ces travailleurs, employés dans l'industrie, le transport, la construction, sont rentrés au pays au bout de quelques années, les autres ont fait venir leur famille en Europe et y ont fait souche. Soixante ans et trois générations plus tard, la communauté turque d'Allemagne compte au total 2,8 millions d'individus, citoyens turcs ou binationaux, issus de toutes les régions, de toutes les sensibilités politiques et de toutes les communautés que compte l'Anatolie. Dans chaque centre-ville d'Allemagne, cette présence turque est visible, avec ses restaurants, ses salons de coiffure, ses cafés, ses écoles, ses mosquées, ses associations sportives... On y affiche plus ou moins discrètement ses convictions ou une identité revendiquée, qu'elle soit politique, religieuse ou une simple adhésion à un club de football. Un drapeau, un fanion, un portrait de Mustafa Kemal Atatürk, un paysage jauni de sa région d'origine... Les petits-enfants des *Gastarbeiter* sont devenus artisans, commerçants, fonctionnaires, médecins ou avocats... Pour beaucoup, le lien avec la « mère patrie » ne s'est jamais rompu. Les « Turcs » sont parfois devenus des citoyens allemands et nombre d'entre eux se sont aussi investis en politique. On en retrouve dans tous les partis, traditionnellement dans les partis de gauche qui défendaient les droits des ouvriers, mais aussi, de plus en plus, dans le parti conservateur (CDU). Les élus d'origine turque sont nombreux au sein des assemblées locales, régionales et même du Bundestag, avec une quinzaine de députés, tous partis confondus, au cours des dernières élections.

La figure emblématique de cette percée dans la politique allemande se nomme Cem Özdemir. Élu député en 1994 dans une Allemagne tout juste réunifiée et alors qu'il n'a que 28 ans, cet éducateur spécialisé de formation est le premier fils de *Gastarbeiter* à accéder à un degré de responsabilité national. Il est aussi le premier à diriger un grand parti allemand. Tête d'affiche des Verts, où il milite depuis l'âge de 16 ans, et qu'il a conduits à un succès aux élections de 2021, Cem Özdemir est nommé ministre de l'Agriculture et de l'Alimentation dans le nouveau gouvernement de centre-gauche d'Olaf Scholz. Là encore, il est le premier membre du gouvernement allemand issu de l'immigration turque. Son lien avec la « mère patrie » s'est distendu au fil du temps. À sa majorité, il a demandé et obtenu la nationalité allemande, renonçant ainsi à la turque. Au départ, sa démarche avait pour but d'échapper au service militaire obligatoire que lui imposait la Turquie et qui était dirigé à l'époque par une junte militaire brutale (1980-1983). Il est ensuite souvent retourné sur les rives du Bosphore ou sur le plateau d'Ankara et, dans les années 2000, il était même l'un des plus fervents partisans de l'entrée de la Turquie dans l'Union européenne. « À l'époque, Erdoğan était à l'écoute », se souvient le politicien allemand. Aujourd'hui, Cem Özdemir n'est plus de cet avis. Depuis 2016, il est même *persona non grata* en Turquie. Il n'y a plus mis les pieds depuis que le président Erdoğan l'a désigné à la vindicte pour avoir été à l'origine de la résolution sur « la commémoration du génocide des Arméniens », adoptée à l'unanimité par le Bundestag, le 2 juin 2016. Avec onze de ses collègues députés d'origine turque, Özdemir avait initié cette reconnaissance symbolique par l'Allemagne, alliée de l'Empire ottoman au moment du génocide, en 1915.

Une trahison pour la Turquie qui, cent ans après, continue de nier le caractère planifié des massacres.

La riposte à ce « coup de poignard dans le dos » a commencé par l'accusation contre les députés allemands d'être « le bras des terroristes ». Puis Erdoğan s'est lancé dans une longue explication biologique, selon laquelle il fallait de toute urgence « analyser dans un laboratoire le sang des députés allemands d'origine turque », un « sang impur » selon lui. En conclusion de cette diatribe, Erdoğan déclarait vouloir leur donner « la leçon qu'ils méritent ». Depuis lors, Cem Özdemir vit sous protection policière, sur le territoire allemand et au-delà. Sur instruction de la police, il ne prend plus jamais un taxi car de nombreux chauffeurs sont turcs et le plus souvent, supporters enamourés de Recep Tayyip Erdoğan. Il pourrait, lui aussi, faire partie des cibles potentielles des services de renseignement turcs ou de leurs officines dispersées sur le territoire européen. Qu'il soit ministre ou non.

En 2018, hasard ou pas, Cem Özdemir s'était retrouvé dans le même hôtel à Munich que la délégation officielle turque venue participer à la Conférence internationale sur la Sécurité, qui se tient chaque année en Bavière. De quoi provoquer des tensions. Les diplomates turcs avaient protesté contre la présence d'un « terroriste » dans le même établissement que leur ministre des Affaires étrangères. La sécurité, celle de Cem Özdemir, avait dû être immédiatement renforcée par la police allemande, par crainte d'un incident plus sérieux.

La députée Sevim Dağdelen, élue sous l'étiquette du parti d'extrême gauche Die Linke, est elle aussi sous étroite surveillance. Députée depuis 2005, membre du comité des affaires étrangères du Bundestag, elle dénonce sans relâche l'influence de la Turquie et son activisme sur le sol allemand. Elle réclame également le gel des Fonds de pré-adhésion à l'Union européenne, versés chaque année par Bruxelles à Ankara. « Je vis sous protection policière depuis 2016, confirme-t-elle. La BKA (l'Office fédéral de la police criminelle) m'a expliqué avoir de sérieuses informations à propos d'un plan d'attaque contre moi. À un moment, j'étais accompagnée par sept policiers et une voiture blindée. »

Aujourd'hui, elle n'a plus que trois gardes du corps mais continue de recevoir des menaces. En mars 2021, son parti s'en est ému. L'un de ses dirigeants, Jörg Schindler, a révélé que Sevim Dağdelen ainsi qu'une autre élue de la Hesse avaient été les destinataires de mises en garde très explicites. La signature des messages mentionnait le JITEM, le service turc de renseignement de la gendarmerie, a-t-il précisé. Comme les listes noires publiées quelques mois plus tard sur les réseaux sociaux.

Le 17 septembre 2021, encore, la police locale de Duisbourg a découvert un dispositif de surveillance et d'écoute téléphonique dans la zone où elle se trouvait, rapporte la députée. « Ce n'est pas une surprise, la menace existe. Mais ce ne sont pas des tentatives d'assassinat, juste la menace. Si le MIT veut tuer quelqu'un, il le fait[1] », analyse-t-elle.

1. Entretien avec l'auteur.

La réponse des autorités est ambiguë. Les enquêtes n'ont débouché sur aucun élément concret. « Le travail que j'ai mené sur l'influence turque en Allemagne a fait l'objet d'échanges approfondis avec les représentants du gouvernement allemand », poursuit l'élue du parti Die Linke. Le BND – les services extérieurs allemands – a même monté un groupe de travail sur les réseaux turcs en 2017, malgré les fortes pressions d'Ankara. « Au gouvernement, on me disait qu'il existait un pacte tacite, que la Turquie avait donné sa parole de ne jamais effectuer de kidnapping ou d'assassinat sur le sol allemand. Mais il n'y a aucune garantie que cette parole sera tenue », selon Sevim Dağdelen. Et l'Allemagne, accuse-t-elle, n'hésiterait pas à fermer les yeux sur certaines activités illégales de la Turquie, « dans le but de garder la Turquie au sein du camp occidental ». C'est ainsi qu'« à Coblence, il y a eu un accord financier avec le gouvernement allemand pour faire libérer Taha Gergerlioğlu », affirme-t-elle.

Muhammed Taha Gergerlioğlu, un homme de 65 ans, bureaucrate islamiste turc à la fine moustache grise, s'était retrouvé dès 2014 au centre de l'une des premières affaires d'espionnage médiatisées entre la Turquie et l'Allemagne. Il avait été arrêté à l'aéroport de Francfort en décembre 2014, en même temps que deux de ses acolytes présumés, un ouvrier turc au chômage et un agent de voyages, connu de la police pour avoir écoulé de la fausse monnaie. C'est en enquêtant sur ce trafic que les enquêteurs sont tombés sur ce qu'ils ont estimé être un réseau d'espionnage. Les deux subalternes rassemblaient des informations depuis deux ans sur des opposants au gouvernement turc de Recep Tayyip Erdoğan en Allemagne, notamment sur les Kurdes, et les transmettaient à leur supérieur, Taha Gergerlioğlu, selon l'accusation des procureurs. Des sources au sein du MIT ont révélé à l'époque, dans la presse turque, que l'homme avait été chargé, en 2011, par les services turcs et leur chef Hakan Fidan, d'établir une société de conseil à Bad Dürkheim, une station thermale en Rhénanie-Palatinat. Elle servirait de couverture à des activités d'espionnage de la diaspora. Maintenu en détention provisoire pendant onze mois, Gergerlioğlu s'était présenté en 2015 devant la Cour régionale de Coblence et avait vigoureusement nié toutes les charges qui pesaient contre lui. L'ouverture du procès avait été très suivie dans les deux pays. Mais en novembre 2015, il avait été libéré contre le paiement d'une amende et renvoyé en Turquie. L'affaire s'était arrêtée là.

D'autres scandales sont venus ébranler l'entente historique entre Berlin et Ankara. En avril 2017, le ministre de l'Intérieur allemand, interpellé par la députée Sevim Dağdelen, reconnaissait que vingt personnes faisaient l'objet d'investigations pour espionnage au profit de la Turquie. En juillet de la même année, le journal *Die Zeit* rapportait que la Turquie avait délivré à l'Allemagne une liste de 68 sociétés et individus, suspectés de liens avec une entreprise terroriste pour leurs relations avec le mouvement Gülen. La frénésie procédurière avait même été poussée jusqu'à utiliser Interpol pour enquêter sur 700 compagnies allemandes, y compris les géants de l'industrie Daimler et BASF, pour des soupçons de « financement du terrorisme », selon la même source. L'Allemagne avait vigoureusement réagi. Prise la main dans le sac, la Turquie avait plaidé une « erreur de communication ».

« Nous sommes en présence d'un vaste réseau d'agents du MIT, depuis des années », résume Sevim Dağdelen. « Selon les experts en sécurité, environ 6 000 personnes travailleraient en Allemagne pour le MIT. C'est une véritable entreprise de dénonciation ! La Turquie utilise le plus souvent des informateurs non officiels au sein de la diaspora turque et non turque. C'est un filet très large qui se sert aussi bien des réseaux religieux, des organisations nationalistes, des groupes criminels, que des structures plus modérées de la société civile, favorable aux Frères musulmans et à l'islam politique, et qui s'investissent par exemple contre l'islamophobie », poursuit l'élue de la gauche allemande. Cet activisme frénétique ne semble pas ralentir. Depuis 2020, le parquet fédéral allemand a reconnu avoir été saisi dans 36 affaires d'espionnage en lien avec la Turquie et le MIT – 14 dossiers en 2020 et 22 en 2021. Le procureur a ouvert 10 enquêtes pour des actes d'espionnage : 4 en 2020 et 6 en 2021.

Les structures religieuses dépendant d'Ankara au sein de la diaspora ont été largement mises à contribution. « De nombreuses affaires d'espionnage par des imams turcs ont été révélées ces dernières années », précise Sevim Dağdelen. Elles ont même provoqué une visite d'Angela Merkel à Ankara, début février 2017, pour réclamer des explications. Quelques jours plus tard, la police allemande effectuait une descente au domicile de quatre imams turcs affiliés à la Ditib (l'Union des affaires religieuses turco-islamique, émanation de la Diyanet, la direction des affaires islamiques). Ces imams « détachés » par Ankara – le même système existe dans plusieurs autres pays, dont la France – sont fonctionnaires de l'État turc et sont les représentants de l'islam officiel professé par son gouvernement. La Diyanet fonctionne comme un superministère de l'islam turc, avec un budget supérieur à l'Éducation nationale et plus de 120 000 employés en Turquie et à travers le monde. Dans toute l'Allemagne, la Ditib possède un réseau de plus de 900 mosquées et lieux de prière, ce qui lui permet de quadriller minutieusement le territoire et les communautés turques.

En septembre 2016, quelques semaines après le coup d'État manqué en Turquie, la Diyanet avait ordonné à ses imams de transmettre aux missions diplomatiques turques toutes les informations en leur possession sur la « structure parallèle » qui soutenait Gülen. Les rapports détaillés ont afflué du monde entier. Des fonctionnaires les ont ensuite fait « fuiter ». Le premier à avoir révélé ces documents confidentiels est le journaliste-politicien autrichien Peter Pilz. Celui qui s'est ensuite retrouvé mêlé à l'affaire Feyyaz Öztürk, à Vienne.

En Allemagne, ces documents analysés par la Deutsche Welle[1] ont montré que 13 imams et un « coordinateur » officiant dans deux *Länder* de l'ouest du pays, avaient rassemblé des informations sur au moins 45 personnes et 14 institutions proches du mouvement Gülen, et les avaient transmises à l'attaché religieux du consulat turc de Cologne. Ces révélations sur les « imams espions » en Allemagne ont trouvé un écho dans de nombreux pays. Des rapports de ce type ont été effectués dans la plupart des États européens : Pays-Bas, Belgique, Suisse, Autriche, Norvège, Finlande, Pologne… Les attachés religieux, en poste dans les représentations diplomatiques turques de plus de trente pays, ont répondu au mot d'ordre, ont rédigé des rapports dans leur circonscription et les ont envoyés au siège de leur institution, à Ankara. C'est ainsi que, sur la foi de ces documents que nous avons pu nous procurer, l'attaché aux affaires religieuses du consulat turc de Milan, Ahmet Turan Özdemir, a fait parvenir en septembre 2016 un état des lieux complet de la présence des gülénistes en Italie, liste d'associations, de fondations et noms des principales têtes du réseau. Son collègue Adil Şahin, de Bruxelles, a fait de même. Ceux d'Allemagne, du Danemark, de Finlande, de Grande-Bretagne, lui ont emboîté le pas. Jusqu'au Japon, en Australie et en Tanzanie, l'administration religieuse a joué les supplétifs des services de renseignement, en collaboration avec le MIT.

1. https://www.dw.com/en/turkish-imam-spy-affair-in-germany-extends-across-europe/a-37590672

À l'origine de ce pacte avec les Loups gris, en 1978, la rencontre entre Alparslan Türkeş, leader historique des nationalistes turcs, et le puissant ministre président de la Bavière, dirigeant de la CSU, Franz Josef Strauss, a été déterminante. Les deux hommes partagent une même aversion du communisme. « Ils se sont trouvé une grande proximité d'idées[1] », explique Nick Brauns, historien et expert de la question turque en Allemagne. « Strauss lui a personnellement promis qu'il accompagnerait l'implantation des Loups gris dans le pays », confirme Sevim Dağdelen. « Des députés de la CDU, avec les services de renseignement allemands, ont apporté leur soutien personnel à l'organisation », complète Brauns. En pleine guerre froide, la milice turque d'extrême droite est alors perçue par les partis conservateurs allemands comme un allié acceptable dans la politique d'endiguement contre les organisations de gauche, et notamment les révolutionnaires turcs et kurdes et les syndicats. Les « foyers idéalistes » s'installent dans toutes les villes d'Allemagne. Quarante ans plus tard, la guerre froide est terminée, mais les liens entre les partis de droite et les Loups gris perdurent, même s'ils sont souvent inavouables. En 2018, Angela Merkel avait discrètement rencontré Cemal Çetin, en marge d'un sommet à Bruxelles. Ce député turc du MHP est l'ancien président de la « Fédération européenne », le QG des Loups gris à Francfort. « Strauss avait promis à Türkeş de créer un environnement chaleureux pour que

1. Interview à Artı Gerçek, 2018.

les nationalistes turcs s'organisent en Allemagne. Merkel poursuit également la politique de Strauss », a accusé la députée Die Linke Ulla Jelpke, à la suite de cet entretien.

À partir de 2016, les Loups gris et leurs organisations se sont mis entièrement au service du régime islamo-nationaliste d'Erdoğan. En Allemagne, le MIT a largement puisé dans ce vivier de militants pour recruter informateurs et petites mains afin de quadriller sa diaspora et traquer les opposants en fuite. Mais ceux qui bénéficient le plus de leur présence sur le sol allemand, avait prévenu Feyyaz Öztürk, l'espion repenti, ce sont les services extérieurs et intérieurs allemands, le BND et le BfV. Aujourd'hui encore, observe une source judiciaire allemande qui connaît intimement le dossier, les autorités allemandes utiliseraient les extrémistes turcs comme un contrepoids à la présence du PKK, le mouvement révolutionnaire kurde qui est considéré comme une organisation terroriste par la Turquie et les pays de l'Union européenne. La ligne reste ouverte en permanence entre le BND et le MIT. Ces relations pourraient expliquer certains silences. « De hauts responsables kurdes exilés en Allemagne ont découvert qu'ils étaient "accompagnés" non pas par un, mais par deux espions, raconte-t-il. Quand ils prennent le train, il y a l'agent du BND qui s'assoit d'un côté de la voiture, celui du MIT de l'autre. C'est assez comique. »

La campagne d'Europe

Dans la salle de réception de l'aile du palais de Dolmabahçe où Recep Tayyip Erdoğan a aménagé ses bureaux stambouliotes, les délégués de l'UID (Union internationale des démocrates) se tiennent, droits comme des piquets, tout autour d'une table en forme de U, à un mètre de distance les uns des autres à cause de la pandémie de Covid-19. Ils sont venus des quatre coins de l'Europe et, en bons soldats, ils attendent les instructions. Lorsque le leader turc monte d'un pas lent à la tribune, se place derrière le pupitre frappé de l'emblème de la présidence, entre deux drapeaux, les yeux rivés sur son prompteur, ils se figent en silence et l'écoutent religieusement. Le Reis est fatigué, à 67 ans et après dix-neuf ans d'un pouvoir sans partage, sa santé inquiète. Son discours ne dure que trois minutes trente. Mais il n'était pas question pour lui d'escamoter ce congrès. Les représentants de l'UID, une association qui sert de vitrine à l'AKP et à ses ambitions sur tout le continent européen, sont un maillon essentiel de sa stratégie en Europe. C'est d'ailleurs la quatrième fois de l'année 2021 qu'Erdoğan les réunit, peu d'institutions jouissent d'une telle attention. L'enjeu, pour lui, est primordial. « L'islamophobie et la xénophobie vont encore plus se répandre avec les difficultés économiques, dans cette période post-pandémie, leur assène le président turc. Le racisme culturel est un problème universel qui nous affecte, nous et nos concitoyens, mais aussi tous les migrants qui vont en Europe. La prise d'initiative des ONG sur ces questions va aussi renforcer notre coopération avec les autres communautés d'immigrés et de musulmans. Je vois donc de grands avantages à ce que l'UID intensifie son travail en mettant encore plus ce sujet en haut de son agenda, ajoute-t-il. Ne soyez pas sur la défensive. Passez à l'attaque ! Expliquez notre cause ! »

Cette harangue revigore l'assemblée. Les membres du Comité de direction central vont ensuite aller porter le message dans leurs circonscriptions à travers toute l'Europe, selon un procédé désormais bien rodé. De grandes tournées de la diaspora, avec des cadres de l'AKP ou des députés turcs, permettent de maintenir un lien étroit entre les communautés turques d'Europe et la mère patrie. L'UID quadrille le continent européen. Elle s'est organisée en 38 grandes régions, réparties sur 17 pays et taillées en fonction de l'importance de sa population. L'Allemagne est découpée en quinze entités, l'Autriche trois... La France en compte sept : Alsace, Aquitaine, Île-de-France, Lorraine, Marseille, Nantes et Rhône-Alpes. Le siège européen est installé à Cologne, la place forte historique des organisations islamistes et nationalistes turques, où s'ébauche la stratégie d'Ankara.

C'est en 2004, d'abord sous le nom d'UETD (Union des Turcs européens démocrates), que s'est matérialisée la volonté d'Erdoğan d'étendre sa mainmise sur les Turcs d'Europe. L'Union est fondée à Cologne par des cadres européens qui soutiennent son mouvement. À l'époque, les islamistes du mouvement Millî Görüş, les adeptes de Gülen et les ultranationalistes Loups gris possédaient chacun leurs propres réseaux au sein de la diaspora, indépendants de ceux de l'État turc. Ce morcellement explique en partie pourquoi les expatriés turcs en Europe ont longtemps été délaissés par le pouvoir à Ankara. Avec l'UETD, qui deviendra en 2018 l'UID, la Turquie cherche à unifier sous son autorité ces communautés aux sensibilités diverses, et à rendre plus visible la présence de ses concitoyens. Erdoğan a très vite compris qu'avec près de cinq millions de ressortissants en Europe, il disposait d'un formidable levier politique et d'une base de soutien précieuse.

« Il y a longtemps eu un désintérêt total pour ce qui se passait en Europe », juge Tarek Özdemir[1], un Franco-Turc installé en région parisienne. « Mais dès son arrivée au pouvoir, Erdoğan a perçu la diaspora comme une source potentielle d'influence politique et financière. » La prise de contrôle ne s'est pas faite sans mal. La première

1. Le nom a été modifié.

équipe dirigeante de l'UETD a été renvoyée au bout de quelques mois.

Dans les années 2000, Erdoğan et son gouvernement lancent de vibrants appels. En 2008, à Cologne, Erdoğan enflamme la Kölnarena remplie de 18 000 supporters, rassemblés par l'UETD. « L'assimilation est un crime contre l'humanité », assène Erdoğan aux Germano-Turcs. Cette sortie heurte toute l'Allemagne. « Nous ne voulons pas de société parallèle en Allemagne », s'offusque alors le chef de la fraction sociale-démocrate au Bundestag, Peter Struck. Le parti conservateur reproche, lui, au Premier ministre turc de « s'immiscer dans les affaires intérieures allemandes » et appelle les Turcs d'Allemagne à faire preuve de « loyauté » envers leur pays d'accueil. Les libéraux, dans l'opposition, s'indignent de propos en faveur de la création d'une « petite Turquie » en Allemagne. Mais l'argument fait mouche et ce premier grand meeting est suivi par de nombreux autres. Erdoğan réitère ses propos en avril 2010, au Zénith de Paris, devant près de 5 000 partisans. « Prendre un passeport français ne vous fait pas perdre votre identité turque », ajoute-t-il. Ces grandes démonstrations assoient sa popularité dans la diaspora d'Europe occidentale. À Düsseldorf en 2011, à Strasbourg en 2015, c'est à chaque fois l'UETD qui lui organise des triomphes populaires.

L'extension européenne du parti d'Erdoğan se charge aussi de mobiliser les Turcs, en France, en 2011 et 2012, contre la reconnaissance du génocide des Arméniens. Une proposition de loi visant à pénaliser le négationnisme du génocide de 1915 provoque une crise diplomatique entre Paris et Ankara. Et lorsque l'Assemblée nationale et le Sénat débattent du texte, l'UETD bat le rappel et rassemble 15 000 manifestants dans les rues de la capitale française. Pour l'occasion, plusieurs centaines d'associations franco-turques se sont jointes pour signer un appel à ne pas « céder au lobbying arménien ». Le porte-parole de l'UETD, à qui est confiée l'organisation de la manifestation, se nomme Ahmet Öğraş. Des compatriotes venus de Belgique et d'Allemagne lui prêtent main-forte. Ce Franco-Turc, directeur d'une agence de voyages dans le Xe arrondissement de Paris, fils d'un responsable de mosquée dans le Loir-et-Cher, est un ancien islamiste proche du Millî Görüş. Il est surtout l'un des cadres européens qui ont la confiance d'Erdoğan. Il serait même lié au Reis, par la famille de la première dame, Emine Erdoğan, ce qu'il nie farouchement. Après avoir installé l'UETD en France, il sera chargé du dossier religieux. Ahmet Öğraş devient, en 2013, le président du Comité de coordination des musulmans turcs de France (CCMTF) et occupe, à ce titre, le poste de président du Conseil français du culte musulman de 2017 à 2019, devenant ainsi le premier turc à diriger cette institution créée en 2003.

À Strasbourg, à Vienne, à Bruxelles ou Cologne, les manifestations de l'UETD se succèdent entre 2012 et 2017. Contre « l'instrumentalisation de l'histoire » et « les accusations mensongères de génocide des Arméniens », contre « le terrorisme du PKK » ou contre « les putschistes » à l'origine de la tentative de coup d'État de juillet 2016... Sous les drapeaux turcs, une seule voix se fait entendre, celle du pouvoir à Ankara. Les opinions dissidentes au sein des communautés turques sont de plus en plus marginalisées. Officiellement, pourtant, l'UETD-UID réfute tout lien organique avec l'AKP et refuse d'être considérée comme une extension de la politique turque. Ses missions consisteraient d'abord à « contribuer au processus d'intégration des Turcs de l'étranger et des communautés apparentées dans les pays où ils vivent », à « soutenir une participation démocratique et active », à « contribuer à une société multiculturelle, pluraliste et apaisée » et à « encourager notre peuple à être actif, politiquement, économiquement et socialement dans les pays où il vit sans s'aliéner son identité et ses valeurs[1] ».

L'organisation a toutefois du mal à cacher ses liens étroits avec l'entourage du président turc. Les compagnons de route de l'AKP, issus de la mouvance islamiste, y sont majoritaires. Elle est d'ailleurs un vecteur d'influence à double sens entre la Turquie et les diasporas européennes. La stratégie politique du Palais se répercute au sein de la diaspora, mais Ankara se nourrit aussi de l'expérience de ses cadres européens. À l'occasion, l'UETD-UID sert de vivier, dans lequel Erdoğan puise les meilleurs éléments. Le Germano-Turc Zafer Sırakaya, l'un de ses membres

1. Présentation officielle sur le site internet de l'UID.

fondateurs, en gravit les échelons un à un, avant d'être envoyé, entre 2014 et 2016, tenir le bureau de l'AKP à Bruxelles, puis de revenir à Cologne pour y prendre la présidence de l'organisation jusqu'en 2018. Ses états de service lui vaudront un siège de député de la majorité présidentielle à la Grande Assemblée nationale turque et un poste de vice-président du parti, chargé des affaires internationales.

L'actuel président de l'UID, Köksal Kuş, choisi au début de l'année 2021, présente un profil différent, signe là encore de l'évolution des rapports de force à Ankara. Avec lui, Erdoğan porte pour la première fois un nationaliste à la tête de son organisation européenne. Âgé de 59 ans, Kuş navigue dans l'appareil des Loup gris depuis plus de quarante ans. Réfugié en Allemagne en 1979, il y milite au sein de la Türk Federasyon, la vitrine officielle du mouvement ultranationaliste, avant de rejoindre l'UID en 2013 où il est chargé du recrutement et de l'organisation. Sa nomination n'est pas anodine. Elle confirme la présence grandissante des ultranationalistes turcs au sein des structures étatiques et des réseaux d'influence turque à l'étranger. Depuis qu'ils se sont alliés à Erdoğan en 2016, leur poids n'a cessé de se renforcer.

Le contrôle de la diaspora devient un enjeu majeur à partir de 2014, avec la modification de la loi électorale turque. Les Turcs de l'étranger sont désormais autorisés à voter pour chaque scrutin national, sans avoir besoin de se rendre sur le territoire turc. Des bureaux de vote seront installés dans les consulats. Près de cinq millions de ressortissants turcs d'Europe sont concernés : 2,8 millions de Turcs résident en Allemagne, plus de 500 000 en France, 420 000 aux Pays-Bas, 300 000 au Royaume-Uni, 250 000 en Autriche et 150 000 en Belgique, plusieurs dizaines de milliers supplémentaires en Suisse, en Suède... Trois millions d'entre eux sont en âge de voter. En août 2014, les « Euro-Turcs » se pressent donc d'aller remplir leur devoir de citoyen lors de la présidentielle qui voit Recep Tayyip Erdoğan être élu au suffrage universel direct pour la première fois. Sept centres de vote sont installés en Allemagne, à Hanovre, Düsseldorf, Essen, Francfort, Karlsruhe, Munich et Berlin. Dans la capitale, où sont enregistrés autour de 150 000 électeurs, l'AKP a demandé aux autorités allemandes de pouvoir organiser le vote dans le stade olympique. En France, les Turcs votent à Strasbourg, dans un local appartenant à l'organisation religieuse Diyanet, mais aussi à Lyon, Bordeaux, Marseille ou Paris, dans les bâtiments consulaires. L'UETD est à la manœuvre pour assurer le bon déroulement des élections et un résultat favorable à Erdoğan. Ses membres font campagne pour le pouvoir en place, battent le rappel pour inciter les Turcs à aller voter, mettent des navettes à disposition pour amener les électeurs les plus isolés jusqu'aux bureaux de vote... Le réservoir de voix à conquérir est considérable.

Avant le référendum constitutionnel de 2017 qui permet à Erdoğan de transformer pour de bon le régime parlementaire en régime présidentiel, le président turc et ses ministres mènent une campagne agressive dans toute l'Europe. Rapidement, le ton s'envenime. En mars, l'Allemagne, le Danemark et la Suisse annulent une série de meetings et de conférences. Les Pays-Bas refoulent l'avion du ministre des Affaires étrangères Mevlüt Çavuşoğlu et expulsent sa collègue en charge de la Famille, Fatma Betül Sayan Kaya. L'interdiction provoque un tollé à Ankara. Erdoğan s'emporte et dénonce « des pratiques fascistes et nazies » de la part des pays européens. Le ministre éconduit des Pays-Bas trouve refuge à Metz. La France, elle, a adopté une position plus conciliante que son voisin à l'égard de cette violente campagne turque. Les responsables de l'AKP ont pu sillonner l'Hexagone sans restriction. Le député Emrullah Işler est ainsi parti à la rencontre de sa communauté à Terrasson en Dordogne pour ramasser quelques voix. Tout l'Ouest fait l'objet d'un quadrillage minutieux depuis l'ouverture de consulats turcs à Bordeaux et Nantes, en 2012.

En dépit de ce travail de terrain, lors des législatives de 2015, du référendum de 2017 et des élections de 2018, la participation dans les pays d'Europe occidentale reste bien en deçà des taux observés en Turquie : 44 % en 2018, alors qu'elle atteint le double sur le plan national (88 %). Mais les suffrages virent largement à l'avantage de Recep Tayyip Erdoğan. À la dernière présidentielle, il recueille 64,8 % des voix en Allemagne, 63,7 % en France, 74,9 % en Belgique, 73 % en Hollande, 72,3 % en Autriche… L'explication de cette adhésion massive est d'abord sociologique. Les descendants des *Gastarbeiter* venus de petites villes d'Anatolie et de régions rurales et pauvres votent souvent avec le cœur au pays. Leurs préférences politiques s'éloignent généralement peu de celles de leur famille, de leur communauté et de leur région d'origine. Les Turcs d'Alsace originaires de Kayseri ou de Yozgat votent majoritairement pour l'AKP, ceux de Bruxelles, dont la plupart ont émigré du bourg d'Emirdağ, sont proches de l'AKP et du MHP, son allié nationaliste. En comparaison, Erdoğan recueille seulement 21,4 % au Royaume-Uni ou 17 % aux États-Unis, où les expatriés occupent des emplois plus qualifiés et sont d'origines sociales plus favorisées, de culture plus occidentalisée.

L'UETD, renommée UID en 2018, n'est pas seulement la caisse de résonance en Europe des campagnes électorales turques et des coups de sang d'Erdoğan sur la scène internationale. Les services de renseignement intérieurs allemands écrivent, dans leur rapport annuel de 2017, que cette structure « a le statut et l'apparence d'une organisation non gouvernementale, mais [qu']en réalité, elle agit comme une organisation de lobbying de l'AKP », son « organisation étrangère non officielle ». L'activité de l'UID affecte notablement les opinions et les comportements de la diaspora et peut influencer le processus électoral, avertit le service. Les activités turques sont passées au crible dans la section « espionnage » du rapport, où l'Allemagne évalue la menace de plusieurs acteurs étrangers : Russie, Chine, Iran et Turquie.

Le président de l'Office de protection de la Constitution

(BfV), Hans-Georg Maassen, justifiait ainsi la mise sous surveillance de l'organisation nationaliste : « Nous considérons l'UETD comme un groupe incompatible avec l'ordre constitutionnel fondé sur les principes de liberté et de démocratie. » L'année suivante, l'attention se resserre. En 2018, l'UID y est décrite comme une organisation « qui essaie de se présenter comme indépendante dans l'opinion publique et minimise ses liens avec la Turquie ». Or elle s'avère être « une structure avec des ramifications à très haut niveau en Turquie ». Cette année-là, une enquête judiciaire en Allemagne établit d'ailleurs une connexion étroite entre l'UID et le gang de boxeurs turcs ultranationalistes des Osmanen Germania, impliqués dans de multiples affaires criminelles. Ces voyous, mêlés à des trafics de drogue, d'armes et à des réseaux de prostitution, assurent parfois le service d'ordre des grandes manifestations pro-turques. Selon les officiels allemands, les membres de ce gang auraient surtout été cooptés par les services de renseignement turcs, le MIT, et utilisés pour intimider les adversaires d'Erdoğan en Allemagne. Herbert Reul, ministre de l'Intérieur de l'État allemand de Rhénanie-du-Nord-Westphalie, alléguait, lui, dans un rapport envoyé au parlement de sa région, que les Osmanen Germania étaient utilisés par les services de sécurité turcs comme une unité antiterroriste sur le territoire allemand.

Sous l'autorité directe de Recep Tayyip Erdoğan, l'UID se trouve en tout cas au cœur du dispositif étatique turc déployé à l'étranger. Elle collabore étroitement avec la direction des Turcs de l'étranger (YTB), avec l'Agence de développement (TIKA) et avec la fondation religieuse TÜGVA, dirigée par la famille Erdoğan. Elle coordonne son action avec les fonctionnaires turcs chargés des affaires religieuses (Ditib), les employés de la compagnie aérienne Turkish Airlines et ceux des représentations diplomatiques, ambassades et consulats. C'est donc tout naturellement qu'elle offre aussi, quand l'occasion se présente, une couverture aux activités du MIT. En Suède, son responsable national Özer Eken a ainsi été suspecté de se livrer à des activités d'espionnage, en 2017, après la révélation d'un enregistrement par la radio nationale suédoise (SR). On y entend Eken menacer un homme d'affaires turc, sympathisant du mouvement Gülen, de faire arrêter sa femme, restée en Turquie, s'il ne lui livre pas les noms de ceux qui ont trouvé refuge en Suède. « Si tu aides l'État, l'État t'aidera », lui intime le chef local de l'UID. Quelques jours plus tard, le quotidien *Dagens Nyheter* montre le même homme menacer les communautés turques dans l'une des mosquées de la ville. Ce scandale ne l'empêche pas de rester solidement arrimé à son poste. En décembre 2021, il s'entretient encore avec le ministre des Affaires étrangères, Mevlüt Çavuşoğlu, à l'ambassade de Turquie à Stockholm.

Si « l'UID se trouve au cœur du système AKP en Europe », souligne le journaliste belge Mehmet Köksal, qui a longuement enquêté sur les réseaux belgo-turcs, l'influence politique de la Turquie se diffuse aussi, de manière plus discrète, par le biais d'ONG, de fondations et de think-tanks. Elle tente de s'immiscer dans les affaires intérieures des pays européens. Cette stratégie d'entrisme dans les partis institutionnels et dans les assemblées représentatives a, jusqu'à présent, donné peu de résultats probants. Mais les approches observées en Autriche, en Allemagne, en Hollande, en Belgique et en France, montrent une action coordonnée de la part d'Ankara pour peser sur le débat public. Dans les années 2000, les cadres des organisations turques islamistes et nationalistes sont invités à s'investir dans leur pays d'accueil. Intégration sans assimilation. C'est le ton du discours prononcé par Erdoğan à Cologne, en 2008. En résulte une adhésion en nombre dans les partis politiques traditionnels. Avec parfois une dérive clientéliste au sein de ces partis, pour s'attacher les votes de la communauté turque.

C'est ainsi que le Parti socialiste belge, qui s'était montré peu regardant, dans le but de conquérir les arrondissements bruxellois où se concentrent les immigrés turcs, s'est retrouvé gangrené par les sympathisants des Loups gris. L'un des élus emblématiques de ces contradictions est le Belgo-Turc Emir Kir, qui fut successivement secrétaire d'État de la région de Bruxelles (2004-2012), bourgmestre de la commune de Saint-Josse (depuis 2012) et député fédéral (2014-2019). Au cours de ses campagnes électorales souvent musclées, Emir Kir distribuait des tracts en turc aux relents communautaristes et employait un double langage troublant. Humaniste pour les Belges. Nationaliste pour les Turcs. Mais il faudra attendre 2020 pour que le PS procède finalement à son exclusion pour sa proximité évidente avec des membres de l'extrême droite turque et ses prises de position contre la reconnaissance du génocide des Arméniens. Cela ne l'a pas empêché d'être réélu à Saint-Josse, à l'issue d'une campagne marquée par des menaces, des insultes et des soupçons de fraude.

Issu de la même génération, le Strasbourgeois Şaban Kiper entre au Parti socialiste (PS) en 1996. Il en devient rapidement un cadre local et intègre l'équipe de Roland Ries, qui est élue à la tête de la municipalité en 2008. Tuncer Sağlamer, lui, se place la même année sur la liste de l'UMP, après avoir été encarté au PS pendant dix ans. Son frère a intégré l'UDI. Quant à Fatih Karakaya, il se range au côté des Verts alsaciens. Tous ces militants franco-turcs sont pourtant issus du même mouvement politique, le Cojep (Conseil pour la justice, l'égalité et la paix), qui se présente comme une ONG indépendante de l'État turc et affirme « œuvrer pour les valeurs humanitaires ».

Cette structure communautaire, fondée en 1992 dans un quartier de Belfort, sur les terres électorales de Jean-Pierre Chevènement, autour de quelques islamistes et nationalistes turcs, est solidement représentée dans tout l'est de la France. Plusieurs de ses cadres se sont connus dans leur enfance au sein des organisations de jeunesse du mouvement islamiste Millî Görüş. Certains d'entre eux en ont été exclus après de sombres affaires immobilières. D'une association de « grands frères » de quartier utilisée par les responsables politiques, le Cojep s'est peu à peu mué en puissant lobby pro-turc, accrédité auprès de grandes institutions internationales – Conseil de l'Europe, Unesco, Organisation de la conférence islamique... Il s'est fait le relais naturel de l'AKP en Alsace – son siège est à Strasbourg – et dans la région lyonnaise, les deux principaux foyers de la communauté turque pro-Erdoğan de France. Le président-fondateur du Cojep, Ali Gedikoğlu, est l'un des chefs de file du Reis en France, même s'il s'en défend maladroitement. « Erdoğan est le Mandela du XXIe siècle, a-t-il réagi en 2018, après avoir été mis en cause par le magazine *Le Point*. Malgré toutes les attaques dont il est la cible, la victoire lui reviendra tôt ou tard. » À l'été 2020, son fils, Hamza Gedikoğlu, a été nommé conseiller de la présidence, à Ankara.

Gedikoğlu ne cache pas non plus sa proximité avec Mevlüt Çavuşoğlu, ministre des Affaires étrangères, qui fut pendant longtemps le président de l'assemblée parlementaire du Conseil de l'Europe, à Strasbourg. De toute façon, ses diatribes distillées sur les réseaux sociaux laissent peu de doute sur son engagement politique. Sa ligne colle à celle d'Ankara. Dans une vidéo enregistrée en novembre 2016, il s'en prend à quatre personnalités franco-turques, dont l'intellectuel et universitaire Ahmet Insel, les qualifiant de « parasites » qu'il faudrait écarter.

Un autre militant strasbourgeois proche du Cojep a fait l'objet d'une enquête de la justice pour avoir menacé le journaliste en exil Can Dündar, ancien rédacteur en chef de *Cumhuriyet*, dans un café. « Vous êtes le traître à la patrie Can Dündar ? » lui a-t-il lancé en se filmant avec son téléphone, avant de diffuser la vidéo sur les réseaux sociaux, face au journaliste apeuré. Ce dernier se trouvait à Strasbourg pour y recevoir le prix du Club de la presse local. L'agenda politique du Cojep, même si ses membres refusent de le reconnaître, est calqué sur celui du gouvernement turc. Manifestations contre les émeutes du parc Gezi en 2013, contre le terrorisme du PKK, contre « l'organisation terroriste de Fethullah Gülen », lutte contre le racisme et l'islamophobie... Ses activités évoluent au gré des instructions délivrées depuis le sommet de l'État turc. Dans l'organigramme du Cojep, d'autres affichent plus clairement leur affiliation politique. La coordinatrice des relations internationales, la Strasbourgeoise Satı Arık, 26 ans, occupe aussi la fonction de vice-présidente de la branche des femmes de l'AKP. « Parce qu'il n'était pas possible de devenir avocate en étant voilée », elle a décidé de s'installer à Ankara en 2020. Conseillère du député (AKP) Zafer Sırakaya, l'ancien président à Cologne de l'UETD-UID, Arık lui a « préparé et présenté de nombreux rapports sur les musulmans de France », précise sa biographie officielle sur le site du parti. Conformément aux instructions du Palais présidentiel turc, le Cojep a multiplié les initiatives sur le sujet. Le 3 mai 2022, l'association pro-Erdoğan a organisé, au Parlement européen, une conférence pour dénoncer la loi contre le séparatisme et les discriminations dont souffriraient les citoyens de confession musulmane en France. Outre Satı Arık et Celil Yilmaz, du Cojep, le débat rassemblait la militante Feiza Ben Mohammed, collaboratrice de l'agence de presse Anatolie et ancienne du CCIF, l'activiste islamiste El-Yes Zarely, fondateur du site Islam et Info et le directeur de recherche au CNRS François Burgat, tous de zélés apologistes du régime Erdoğan. L'hôte de cette rencontre, l'eurodéputé allemand du SPD (social-démocrate) İsmail Ertuğ, a reçu pour l'occasion le « prix spécial du soutien à la société civile » des mains du président du Cojep.

Hormis le mandat de Şaban Kiper à Strasbourg, les tentatives d'entrisme ou d'intégration de Franco-Turcs dans les appareils des partis politiques n'ont pas été couronnées de succès. L'expérience a souvent tourné court. Les membres de Cojep ont réussi à se recaser dans les institutions turques. En 2015, Şaban Kiper a été nommé porte-parole de la Ditib à Strasbourg, l'antenne locale de la direction turque des affaires religieuses. Fatih Karakaya, très virulent sur les réseaux sociaux où il invective ceux qu'il juge « anti-Erdoğan » et « turcophobes », a été recyclé comme « journaliste » au sein de l'agence de presse d'État Anatolie. Veysel Filiz, l'ancien vice-président de Cojep International a, pour sa part, rejoint l'ambassade de Turquie à Bruxelles comme porte-parole. Mais il est mis à pied, en 2017, après avoir été suspecté par les autorités belges d'avoir envoyé des messages de menace par e-mail à des opposants et des journalistes et après avoir été pris la main dans le sac par son administration pour des factures frauduleuses. Recasé dans une « ONG » qui lutte contre l'islamophobie en Europe, il sera arrêté, en 2020, à la frontière turco-bulgare avec 100 kilos d'héroïne dans le coffre de sa voiture…

Pour avancer plus discrètement, les candidats d'Ankara se présentent parfois comme indépendants. C'est ainsi qu'à Montbéliard, en 2012, celui qui était alors le ministre de l'Économie et des Finances, Pierre Moscovici, témoignait avoir affronté un médecin de sa ville, d'origine turque, sous étiquette divers gauche, « bénéficiant de moyens de campagne impressionnants », de toute évidence soutenu par l'AKP. Sans plus de réussite, en dehors de sa communauté. Le candidat obtiendra 2,39 %. La Turquie adopte alors une autre tactique pour s'immiscer dans le débat politique et dans les affaires intérieures de plusieurs pays européens. À partir de 2015, Ankara incite ses communautés en diaspora à former leurs propres mouvements, à s'organiser et à se présenter aux scrutins. De petits AKP éclosent à travers l'Europe. En Bulgarie, il se nomme DOST (« ami » en turc), en Grèce DEB. En Allemagne, l'Alliance des démocrates allemands (ADD) est créée en 2017, en même temps que le NBZ (Mouvement pour le futur) en Autriche. En Hollande, le parti Denk obtient, cette année-là, 2,1 % des suffrages aux législatives et trois sièges au Parlement. Le président Erdoğan reconnaît sans peine cette stratégie de duplication de l'AKP, au cours d'une interview donnée à la télévision albanaise, en 2017. En France, ce sera le Parti égalité et justice (PEJ). Établi en 2015 par les militants du Cojep, le PEJ présente quelques têtes de liste aux élections départementales, en Alsace, en guise de répétition. En 2017, il se lance dans la bataille des législatives, avec plus de 60 candidats à travers la France. Il puise largement dans le vivier du Cojep. C'est ainsi que le responsable de sa branche « jeunesse », Ahmet Çetin, un jeune nationaliste de la région lyonnaise qui se présente comme un héritier des Loups gris les plus radicaux, est promu candidat dans l'Ain.

Là encore, la campagne est un échec. Les candidats du PEJ ne dépassent 1 % des voix que dans sept circonscriptions. Aucun d'entre eux n'est élu. Ses militants déçus finissent par appeler leurs soutiens à voter pour François Asselineau, proche de l'extrême droite et féru de thèses complotistes... Malgré le recrutement de candidats « non turcs » pour brouiller les pistes, le PEJ n'a pas réussi à se défaire de son image de « parti erdoğaniste de France ». En dépit d'une grande prudence, son programme et sa communication laissent en effet peu de doutes sur les influences du PEJ.

Les événements et les déclarations échappent parfois au contrôle des cadres du parti proche de l'AKP. C'est le cas, dans le hall 5 du parc des expositions de Mantes-la-Jolie, un samedi matin de mai 2018. L'Association des parents d'élèves turcs de la région mantaise y organise une célébration de la fête nationale turque de la souveraineté et des enfants. Cette kermesse familiale, comme les associations turques en organisent régulièrement, est soutenue par la ville, le département des Yvelines et son service d'action sociale. Des enfants de 7 à 10 ans en treillis militaires montent sur scène d'un pas cadencé, en faisant le salut martial. Ils hurlent à tue-tête leur amour de la mère patrie, devant un portrait de Mustafa Kemal Atatürk. « Je suis turc, je suis droit, je suis travailleur. Mon principe est de protéger mes cadets, de respecter mes aînés. Aimer ma Patrie, ma Nation, plus que ma propre personne... » En Autriche, une mise en scène organisée dans une mosquée, où des enfants en tenue militaire étaient enroulés dans des drapeaux turcs pour reproduire les funérailles des soldats « martyrs », a provoqué un scandale. À Mantes-la-Jolie, dans le public, les parents applaudissent, ravis. « En Turquie, on n'accepte pas la trahison », lâche Hülya Şahin, la vice-présidente de l'association. Cette femme de 45 ans qui porte le voile et admet sans peine son admiration pour le président turc, est proche du Cojep, également sponsor du spectacle de Mantes-la-Jolie. Elle a été, en 2017, candidate aux élections législatives dans cette circonscription des Yvelines, sous l'étiquette du PEJ, le parti pro-AKP. Pour les élections législatives de 2022, la stratégie est plus diffuse. Trois petits candidats étaient issus des rangs du Cojep. Yalçin Ayvali, conseiller municipal à Vénissieux, dans la banlieue de Lyon, y brigue le siège de député. En 2020, il avait fusionné sa liste « indépendante » avec le candidat LREM Yves Blein, pour permettre à ce dernier d'emporter la mairie. L'alliance avait provoqué une crise au sein du bureau politique du parti d'Emmanuel Macron. Autre profil maison, celui de Ramazan Calli, 27 ans, qui a été candidat dans la 5e circonscription de Saône-et-Loire, à Montceau-les-Mines, sous l'étiquette de l'Union des démocrates musulmans français (UDMF). Jusqu'alors, Calli militait à l'UPR, le parti d'Asselineau. Quant à Celil Yilmaz, 47 ans, secrétaire général du Cojep, il s'est présenté dans la 5e circonscription de l'Ain, celle où, en 2017, le PEJ avait lancé Ahmet Çetin, désormais frappé d'une peine d'inéligibilité pour ses provocations anti-arméniennes. Celil Yilmaz, employé à Genève de la compagnie Turkish Airlines, veut être « la voix des minorités » dans la « mosaïque France ».

Quelle que soit l'approche préconisée, le Cojep s'est imposé comme un acteur incontournable de l'influence turque en France, le relais zélé d'Erdoğan. « Pour Ankara, les deux personnages clés de la diaspora en France ont été Ahmet Öğraş et Ali Gedikoğlu », juge Tarek Özdemir, un ancien cadre communautaire en France qui s'est mis en retrait. Mais en novembre 2020, après des années d'indifférence, les autorités françaises décident de sévir contre les organisations islamo-nationalistes turques. Le ministre de l'Intérieur publie un décret d'interdiction de la mouvance d'extrême droite des Loups gris. En réaction, les militants turcs se font discrets, conformément au mot d'ordre envoyé par l'ambassade. Quelques jours plus tard, Ali Gedikoğlu annonce subitement qu'il met en sourdine toutes les activités de Cojep sur le sol français.

Toutes les branches locales sont dissoutes, seule reste la représentation de Strasbourg. L'ONG se concentre désormais sur son action internationale et reporte ses efforts sur l'Afrique ou sur l'Azerbaïdjan. D'autres terrains sur lesquels la Turquie avance ses pions.

Nos mosquées sont nos casernes[1]

Pas plus de 70 décibels, cinq minutes maximum, une seule fois par semaine, le vendredi, entre midi et 15 heures : l'autorisation donnée à l'automne 2021 pour une période test de deux ans par la mairie de Cologne aux trente-cinq mosquées de la ville est minutieusement encadrée. L'appel à la prière ne devrait pas faire trop mal aux oreilles des riverains : le volume équivaut à celui d'une salle de classe animée et les haut-parleurs ne doivent pas être installés en haut des minarets. Dans plusieurs villes d'Allemagne, le chant du muezzin fait déjà partie du paysage sonore. Il résonne à Dortmund ou à Brême, et même trois fois par jour depuis presque quatre décennies à Düren, à une trentaine de kilomètres de Cologne.

1. En 1997, Recep Tayyip Erdoğan, alors maire d'Istanbul, déclame des vers de l'écrivain nationaliste Ziya Gökalp aux accents islamistes : « Les minarets sont nos baïonnettes, les coupelles nos casques, les mosquées sont nos casernes et les croyants nos soldats. » Il est condamné, pour avoir « incité le peuple à la haine par discrimination religieuse », à dix mois de prison, puis est libéré au bout de quatre mois.

Sur Twitter, la maire a motivé sa décision comme « un signe de respect » pour les « nombreux habitants » musulmans. Mais son annonce a relancé la polémique sur l'instrumentalisation politique de la religion par Ankara. Plus de vingt ans après le début du projet de sa construction et autant d'années de crispations, la mosquée centrale de Cologne est perçue par ses détracteurs comme le symbole de l'islam politique turc au cœur de Europe.

L'édifice en béton, dont les plans ont été dessinés initialement par un architecte spécialisé dans la construction d'églises, possède une impressionnante coupole vitrée. Pour apaiser les critiques, ses deux minarets ne mesurent que 55 mètres afin de ne pas dépasser le clocher de la cathédrale de Cologne. Mais ses 48 000 mètres carrés en font le plus grand complexe musulman d'Europe, consacrant physiquement la place incontournable acquise par l'islam officiel turc. D'un coût final de 38 millions d'euros majoritairement financés par Ankara, la mosquée est placée sous l'autorité de l'Union des affaires culturelles turco-islamiques (Ditib), la branche internationale de la Diyanet, l'administration turque qui gère le culte musulman et qui est subordonnée au chef de l'État. En 2018, le Reis a transformé le discours d'inauguration de la mosquée en tribune politique, bien loin du symbole de concorde et d'intégration qu'elle était censée représenter. Le verbe conquérant et vengeur, Recep Tayyip Erdoğan a voué aux gémonies ses adversaires. À l'extérieur, ses supporters brandissaient des drapeaux rouges frappés de l'étoile et du croissant blancs en scandant : « La Turquie est la plus grande ! » Aucun représentant politique allemand de premier plan n'assistait à la cérémonie. Au ministère français de l'Intérieur, un spécialiste des affaires religieuses juge que les Allemands ont capitulé : « Ils ont tout bonnement donné les clés de l'islam à la Turquie. »

Cologne, qui compte 12 % de musulmans majoritairement turcs, est stratégique pour le régime d'Ankara : la ville est la capitale de l'islam politique turc en Europe. Dans les années 1960, les *Gastarbeiter*, issus de régions pauvres et pieuses d'Anatolie, sont arrivés par milliers afin de pallier le déficit de main-d'œuvre dans les industries de Rhénanie-du-Nord-Westphalie. En 1964, le millionième « travailleur invité » en Allemagne était accueilli avec les honneurs à sa descente du train, en gare de Cologne. Cette présence explique le choix de Necmettin Erbakan d'y installer le siège de son mouvement islamiste, Millî Görüş – « Vision nationale ». En 1969, son anti-occidentalisme et son anti-kémalisme virulent valent à cet ingénieur en mécanique, titulaire d'un doctorat de la prestigieuse Université supérieure de Rhénanie-Westphalie, d'être exclu du Parti de la justice, en Turquie. Cette même année, le père de l'islamisme turc établit l'Union turque d'Allemagne (le nom d'alors du Millî Görüş), afin de contourner les contraintes politiques et la tutelle militaire dans son pays. En Turquie, le Parti de l'ordre national, premier d'une longue liste de partis qu'il a fondés, est intégré au Millî Görüş. Anti-européen et viscéralement anti-communiste, son mouvement prône l'union avec le monde musulman. Le parti est dissous lors du coup d'État militaire de 1971 pour atteinte à la laïcité. Vingt-cinq ans plus tard, toujours très hostile au rapprochement avec l'Union européenne, Erbakan mène une politique conservatrice en tant que Premier ministre avant d'être poussé à la démission par l'armée en 1997. Durant ces trois décennies, Recep Tayyip Erdoğan réalise l'ensemble de son ascension au sein des partis successifs d'Erbakan. En 1976, il adhère à la section jeunesse du Parti du salut national ; en 1994, il devient maire d'Istanbul sous la bannière du Refah, le Parti de la prospérité. Jusqu'à la trahison en 2001 : Erdoğan cofonde l'AKP et siphonne l'électorat islamiste de son mentor politique. Devenu Premier ministre, il s'emploie à mettre la main sur le Millî Görüş, afin d'en faire un relais politique en Europe. Créé au départ pour échapper au pouvoir d'Ankara, Millî Görüş en devient finalement un rouage stratégique.

Il s'agit de l'organisation turque la plus importante en Europe. Elle revendique 170 000 fidèles, rémunère ses propres imams et développe des écoles « hors contrat ». Comme les autres pays, la France est découpée en régions. Elle en compte six qui dépendent hiérarchiquement de la Confédération islamique Millî Görüş France, elle-même subordonnée au siège installé à Cologne. À travers l'Europe, quelque 600 mosquées battent pavillon Millî Görüş, dont plus de la moitié en Allemagne. En France, il y en a 71. La grande mosquée de Strasbourg en construction dans le quartier de la Meinau y est affiliée. Achevé, cet édifice dit de style « néo-ottoman » – qui évoque l'architecture des mosquées de l'époque des sultans – sera le plus grand lieu de culte islamique d'Europe. Mais le chantier, financé par les dons des fidèles et non pas par l'État turc, s'est retrouvé à court d'argent en 2020. Les grues ont été à l'arrêt avant de redémarrer au ralenti. Comme l'y autorise le droit alsacien-mosellan, le conseil municipal de Strasbourg a voté une subvention de 2,5 millions d'euros, soit 10 % du coût total des travaux. Le mastodonte en chantier a alors été entraîné dans des polémiques nationales et des méandres diplomatiques. Le gouvernement s'est opposé à ce financement public. « Nous considérons que cette collectivité n'aurait pas dû financer une ingérence étrangère sur notre sol », a déclaré Gérald Darmanin, le ministre de l'Intérieur. L'affaire a connu un tel emballement médiatique que le président de l'association de la mosquée a organisé une conférence de presse pour exposer son point de vue. Millî Görüş « n'est rattaché à aucun État et aucun État n'interfère dans le fonctionnement de la mosquée, a déroulé Eyüp Şahin. Nous ne sommes pas un parti politique, nous n'avons pas d'agenda politique ». La mosquée a finalement renoncé à la subvention. L'affaire laisse un goût amer à Eyüp Şahin. Un vendredi, après la prière, ce colosse qui pèse ses propos répond lassé à une énième journaliste à qui, tradition d'hospitalité oblige, il a servi un énième thé. « La préfète ne nous appelle plus comme avant, glisse-t-il en déplorant d'avoir été jugé infréquentable par les autorités publiques du jour au lendemain. Pour lutter contre la radicalisation, quand on nous demandait d'aller parler à des jeunes en rupture qui n'avaient pas les idées claires sur l'islam, j'étais toujours présent. »

À l'inverse, à Albertville, en Savoie, le projet d'un complexe scolaire privé hors contrat d'une capacité de 400 élèves porté par Millî Görüş a déclenché une fronde des élus locaux. Mais en avril 2021, le tribunal administratif de Grenoble a enjoint à la mairie de délivrer le permis de construire. Dans une tribune parue dans *Le Figaro*, « Comment je suis obligé d'autoriser la construction d'une école islamiste turque », le maire, Frédéric Burnier-Framboret, se disait impuissant à contrer « les entreprises pilotées par des puissances étrangères qui favorisent une cristallisation identitaire au cœur de nos territoires ». La municipalité a fait appel de l'arrêté. En France, selon les chiffres de la Place Beauvau, onze établissements affiliés au Millî Görüş et scolarisant plusieurs milliers d'enfants fonctionnent en France. Mais le mouvement turc ambitionne d'élargir son implantation sur le territoire : une dizaine de projets, comme à Sevran ou à Creil, sont recensés. Dans le fascicule de présentation du mouvement religieux, le chapitre « Éducation », qui démarre avec le hadith « Allah aime le jeune qui passe sa jeunesse en se soumettant à Lui », insiste sur l'importance d'enseigner au plus tôt aux enfants « leur religion, leur langue, leur identité et leur culture ». Religion, langue, identité et culture turques, il va sans dire.

L'influence du Millî Görüş sur la diaspora a toujours été vue d'un mauvais œil par Ankara. L'Union des affaires culturelles turco-islamiques a ainsi été fondée en 1986 par le président Turgut Özal dans le but de la concurrencer sur le terrain européen. La Ditib est la branche à l'étranger de la Diyanet, l'administration turque en charge du culte et du clergé musulman sunnite. Elle gère ainsi son réseau de mosquées hors de Turquie. Leurs imams sont des fonctionnaires détachés par Ankara. « Mais dès la fin des années 1990, les fondateurs de l'AKP ont eu conscience de la manne que représentait Millî Görüş, raconte un Turc qui a assisté aux grandes manœuvres de prise de contrôle. Si Erbakan a pu devenir Premier ministre, c'est grâce à son soutien financier. Pas un seul Turc de France conservateur qui n'ait donné son bas de laine ! Le contrôle du Millî Görüş et de la diaspora a donc toujours été un enjeu politique pour Erdoğan. » Mais si en Turquie, le Parti de la justice et du développement a mis rapidement la main sur l'électorat du parti islamiste et remporté les législatives en 2001, en Europe, Millî Görüş, resté fidèle à Erbakan, a résisté plus longtemps. Au début des années 2000, l'appareil refuse de passer sous les fourches caudines de l'AKP, emmené par Recep Tayyip Erdoğan et Abdullah Gül. « À cette époque, les islamistes, vu leur propre expérience avec l'armée, n'étaient pas convaincus de la viabilité politique de l'AKP. Mais petit à petit, des cadres, qui étaient ultracritiques de l'AKP, ont rejoint Erdoğan. Eyüp Şahin, à Strasbourg, est un des premiers à le faire publiquement vers 2009. Et après la mort d'Erbakan en 2011, le ralliement s'est accéléré », décrypte cet observateur. En 2012, la nouvelle loi qui autorise les Turcs de l'extérieur à voter depuis leur pays de résidence les transforme pour de bon en manne électorale. La mise au pas des structures religieuses fait partie intégrante de la stratégie politique. Des purges au siège du Millî Görüş, à Cologne, évincent les derniers réfractaires trop ouvertement hostiles à l'AKP. En 2015, cinq mille supporters acclament Erdoğan en meeting au Zénith de Strasbourg : sur l'estrade, le logo de la Confédération islamique Millî Görüş France est accroché à côté de celui de la Ditib.

Le président turc tient donc aujourd'hui deux réseaux dans sa main. Grâce au Millî Görüş et à la Ditib, il dispose d'une force de frappe considérable qui sert ses intérêts à la fois en politique intérieure (les Turcs de la diaspora représentent 5 % de l'électorat national) et dans les négociations bilatérales. En France, les quelque 320 mosquées liées au régime permettent de toucher une proportion non négligeable des 700 000 ressortissants qui y vivent. Environ 130 imams payés par Ankara officient dans les mosquées de la Ditib. Bien souvent non francophones, ils ont pour mission de relayer l'islam officiel : comme dans les mosquées en Turquie, le sermon du vendredi est écrit par la maison mère, la Diyanet. Afin de limiter l'ingérence, Paris a décidé de mettre fin à cet « islam consulaire » : la suppression de ce système d'imams fonctionnaires du pays d'origine – qui bénéficie à la Turquie, l'Algérie et au Maroc – sera achevée en 2024. En 2017, lors du référendum sur la présidentialisation du régime, les ressortissants turcs de la région lyonnaise ne sont pas allés voter au consulat mais dans la zone industrielle de la ville de

Décines. Les urnes avaient été installées dans un hangar d'un complexe de la Ditib comprenant une mosquée et un centre culturel. Les partisans du « non » ont dénoncé l'ambiance pesante sur les électeurs. « La Ditib est la courroie de transmission de l'État turc », commente un fonctionnaire de la préfecture à Strasbourg. Elle est en lien avec l'attaché aux affaires religieuses en poste dans chaque consulat.

Les mosquées Ditib sont des nids d'espions. Tout Turc s'y rend en connaissance de cause. Les sympathisants du PKK n'y vont jamais prier. Après le coup d'État de juillet 2016, les imams ont eu pour instruction de faire remonter les renseignements sur les partisans de la confrérie de Fethullah Gülen. La délation battait son plein. « Dans la ville où j'habite, ma famille était pourtant très respectée mais je n'osais plus mettre un pied à la mosquée, raconte l'un d'eux. Le vendredi, j'allais dans celle des Marocains. La pression est un peu retombée mais certains n'y sont pas retournés. » Comme les marchés hexagonaux écumés par les élus en campagne électorale, les mosquées françaises sont des lieux incontournables. « Quand il y a des élections en Turquie, des députés turcs viennent, raconte un ancien journaliste turc. En 2015, c'était très organisé. Une douzaine étaient là en même temps, ils s'étaient partagé les mosquées à visiter sur le territoire. »

Ankara a longtemps négligé le potentiel politique de l'islam en France. Mais depuis une dizaine d'années, les réseaux religieux sont mis à contribution. L'islam turc n'a cessé de se renforcer au sein du Conseil français du Culte musulman (CFCM). Cet organe qui avait vocation à représenter les différents courants musulmans hexagonaux et était l'interlocuteur privilégié des pouvoirs publics a cessé de fonctionner début 2022. Sur les neuf fédérations qui le composaient, deux représentaient l'islam turc, la Confédération islamique Millî Görüş France et le Comité de coordination des musulmans turcs de France (CCMTF), présidée par Ahmet Öğraş. Cette association de loi 1901 est un paravent de la Ditib. De 2017 à 2019, le présidence tournante du CFCM est revenue à Ahmet Öğraş, peu calé en religion mais très proche du Reis. Cet ingénieur de formation reconverti avec succès dans le tourisme est un des sept fidèles à qui Erdoğan avait confié en 2005 la fondation de l'Union européenne des démocrates turcs (UETD), filiale de l'AKP en Europe. Après le coup d'État raté en 2016, Ahmet Öğraş avait relayé en turc, sur Twitter, le hashtag #noussommeslessoldatsdErdoğan. En 2017, le plan de table du traditionnel *iftar*, dîner de rupture du jeûne de ramadan, auquel le CFCM avait convié les autorités politiques, reflétait les intérêts turcs : à côté d'Emmanuel Macron, fraîchement élu président de la République, avait été placé le ministre de l'Intérieur et des Cultes. Gérard Collomb avait pour voisin de table Ismail Hakkı Musa, ambassadeur de la Turquie et ex-numéro deux du MIT.

Au sein du CFCM, Fatih Sarikir, président de la Confédération Millî Görüş France et du réseau d'écoles afférent, occupait quant à lui le poste stratégique de secrétaire général. Ce Franco-Turc, qui a exercé ses talents d'orateur dans une mosquée de la rue du Faubourg-Saint-Denis avant de commencer sa rapide ascension au Millî Görüş, réfute vigoureusement les liens avec le pouvoir turc ; refusant d'être catalogué comme un « représentant d'un pays étranger[1] ». « Millî Görüş est stratège et fait très attention à ses propos en public, glisse un observateur qui les a côtoyés de près. Aucun communiqué sur la situation en Turquie et discrétion médiatique pour ne pas devenir une cible, même si bien sûr il est présent à toutes les activités de l'ambassade. » En 2012, Fatih Sarikir coorganisait avec Ahmet Öğraş une grande manifestation contre le vote de la loi pénalisant la négation du génocide arménien devant le Sénat. Cette démonstration de force, caisse de résonance de la colère d'Ankara, était organisée par Ahmet Öğraş et Fatih Sarikir.

Le CFCM, fondé par Nicolas Sarkozy en 2003, n'a pas survécu aux rivalités internes fratricides entre les différents courants et l'interventionnisme des pays d'origine. Le désaccord autour de la Charte des principes de l'islam de France, en 2021, a été celui de trop. Avec ce texte, réclamé par l'exécutif après les attentats à la basilique Notre-Dame à Nice et à Conflans-Sainte-Honorine, les fédérations musulmanes ont réaffirmé leur adhésion aux

1. Communiqué CIGM https://cimgfrance.fr/reponse-de-fatih-sarikir-president-de-cimg-france-a-la-tribune-de-frederic-burnier-framboret-maire-dalbertville/

préceptes républicains et laïcs. Mais les deux composantes franco-turques du CFCM (ainsi que le mouvement rigoriste Tabligh Foi et Pratique) se sont opposées aux passages condamnant l'islam politique et l'intervention des puissances étrangères. Elles ont refusé de signer la charte, précipitant la mort de l'instance représentative du culte musulman.

Pour Recep Tayyip Erdoğan, l'islam est un instrument politique essentiel. Sur l'échiquier diplomatique, la religion est une de ses pièces maîtresses, qu'il met en mouvement en fonction du rapport de force. Les relations entre Ankara et Paris sont souvent tendues : les deux capitales défendent des intérêts concurrents sur de nombreux terrains, en Libye, en Syrie, en Méditerranée orientale, sur le continent africain... En 2020, les tensions se sont déplacées sur le terrain français. Le projet de loi contre le séparatisme a provoqué une crise diplomatique comme les deux pays en avaient rarement connu. Pour son discours consacré au « séparatisme islamiste », tenu en février, Emmanuel Macron s'était déplacé à Mulhouse. Le choix de la ville alsacienne était symbolique. L'immense mosquée An-Nour flambant neuve a été financée par le Qatar, une importante communauté franco-turque y habite et Millî Görüş y a ouvert une école il y a deux ans. Les mesures annoncées au cours de son allocution pour contrer « les influences étrangères » concernaient la Turquie au premier chef. Ainsi de la suppression progressive des imams détachés, un dispositif qui intéressait particulièrement Ankara car la quasi-moitié des trois cents imams envoyés par des pays étrangers sont turcs. La disparition des Elco, enseignements en langue et culture d'origine, a également été actée à cette occasion, qualifiée par le chef de l'État de « vecteur important du séparatisme ». Ce dispositif permettait l'enseignement d'une langue étrangère dans les établissements scolaires publics par des professeurs rémunérés par le pays d'origine. Là aussi, la Turquie était friande de ce système qui lui permettait de garder la main sur la diaspora : 14 000 élèves suivaient ces cours sur l'ensemble du territoire. Mais ces dernières années, les enseignants envoyés, et sur lesquels l'Éducation nationale n'avait aucun droit de regard, étaient plus sélectionnés en fonction de leur allégeance à l'AKP que de leurs compétences éducatives. Sous couvert d'apprentissage du turc, un enseignement religieux a été repéré dans plusieurs cours. Le Reis n'apprécie pas la suppression de ces leviers d'influence et le projet de loi sur les pratiques de l'islam considérées comme radicales l'insupporte. Il fustige « le virus de l'islamophobie » qui se répand en Europe, « plus particulièrement en France ».

À l'automne 2020, alors que les deux pays sont à couteaux tirés notamment à cause du dossier libyen, la joute verbale s'envenime. Au cours de l'hommage rendu à Samuel Paty, le chef de l'État français déclare que la France ne renoncera pas « aux caricatures, aux dessins » et poursuivra le « combat pour la liberté et pour la raison » du professeur d'histoire-géographie décapité pour avoir montré à ses élèves une caricature du Prophète. Recep Tayyip Erdoğan s'emporte plus qu'à l'accoutumée : « Quel problème a cette personne dénommée Macron avec les musulmans et l'islam ? Macron a besoin de soins au niveau mental. » Il l'accuse de mener « une campagne de haine » contre les musulmans. L'ambassadeur de France est rappelé, du jamais vu dans l'histoire des deux pays. Quatre jours plus tard, le 28 octobre, l'ONG Baraka City, qui est accusée d'entretenir des liens avec « la mouvance islamiste radicale », est dissoute par le ministre de l'Intérieur, Gérald Darmanin. Son fondateur, Idriss Sihamedi, militant salafiste, dans le collimateur des autorités, a aussitôt demandé l'asile politique… en Turquie. Baraka City dispose d'une branche à Ankara.

Recep Tayyip Erdoğan ne fait pas mystère de son utilisation politique de l'islamophobie. À l'été 2021, les directives qu'il a données aux représentants européens de l'UID, Union internationale des démocrates (ex-UETD), relais de l'AKP en Europe, étaient limpides : « L'islamophobie et la xénophobie vont encore plus se répandre avec les difficultés économiques dans cette période post-épidémie. (…) La prise d'initiative des ONG sur ces questions va aussi renforcer notre coopération avec les autres communautés d'immigrés et de musulmans. Je vois donc de grands avantages à ce que l'UID intensifie son travail en mettant encore plus ce sujet en haut de son agenda. Ne soyez pas sur la défensive. Passez à l'attaque ! Expliquez notre cause ! » Les objectifs des organisations pro-Erdoğan en Europe rejoignent souvent ceux de la mouvance des Frères musulmans. À l'automne 2021, une campagne du Conseil de l'Europe de promotion du voile, avec des slogans comme « La beauté se trouve dans la diversité comme la liberté dans le hijab », a suscité une polémique. Suite aux pressions diplomatiques françaises, elle a été rapidement supprimée. Les supports visuels vantant le port du foulard islamique avaient été conçus dans des ateliers supervisés par le Forum des organisations européennes de Jeunes et d'étudiants musulmans (Femyso). Trente-trois associations, dont la section jeunesse du Millî Görüş, composent cette structure, régulièrement accusée d'être liée aux Frères musulmans. Hande Taner, la nouvelle présidente de Femyso, est membre du Millî Görüş aux Pays-Bas. Après la suppression de la campagne, cette diplômée d'un master de Sciences Po en affaires européennes retweetait « Paris est actuellement la capitale du préjugé occidental. La plus grande exportation française est le racisme ».

La posture de protecteur mondial des musulmans de Recep Tayyip Erdoğan lui attire des sympathies bien au-delà de la communauté turque. Il bénéficie d'une popularité grandissante chez les Français de confession musulmane depuis qu'il a pris la défense des Palestiniens au cours d'un débat à Davos avec le président israélien Shimon Peres en 2009. Ses diatribes sur l'islamophobie résonnent chez les jeunes d'origine maghrébine qui sont travaillés par les questions identitaires et religieuses. Les rédactions francophones des médias officiels turcs, l'agence Anatolie et la chaîne de télévision TRT, relaient d'ailleurs soigneusement ses discours, les rendant accessibles à un public qui ne lit pas le turc. Dernièrement, l'agence de presse officielle s'est également fait l'écho du « Rapport sur l'islamophobie en Europe ». Passé quasiment inaperçu dans les médias traditionnels mais repris sur les sites identitaires musulmans, il s'agit d'une somme de 858 pages sur les discriminations envers les musulmans dans trente et un pays. Ce rapport illustre la volonté de la Turquie d'influencer le débat sur l'islam en Europe. Celle-ci y est décrite comme une zone de non-droit généralisée. Cette année, sa couverture est un gros plan sur le visage d'Emmanuel Macron, sur fond noir. « La France est devenue l'exemple le plus inquiétant d'islamophobie d'État », écrivent les deux superviseurs du rapport. La loi confortant le respect des principes de la République promulguée pendant l'été 2021 y est taillée en pièces. Exemple parmi d'autres, Baraka City, association fondamentaliste, y est décrite comme une simple ONG humanitaire qui a été dissoute sans raison autre que pour « proximité avec des "Musulmans" ». Dans une résolution de 2021, le Parlement européen « déplore que Farid Hafez (un des deux auteurs, nda), spécialiste des sciences politiques autrichien, ait reçu à plusieurs reprises des financements du budget de l'Union, malgré ses liens étroits avec les Frères musulmans et le gouvernement turc, qui tentent de réduire au silence les journalistes indépendants et de mettre fin à la liberté des médias en prétextant qu'ils sont islamophobes ; invite la Commission à modifier les critères d'éligibilité aux programmes en faveur des droits, de l'égalité et de la citoyenneté au titre du budget de l'Union afin d'empêcher les personnes et les organisations qui ont des opinions aussi inquiétantes de recevoir un financement de l'Union ». Le second, Enes Bayraklı, comme sa biographie dans le rapport ne le précise pas, a été directeur du département d'études européennes de SETA, un think-tank turc pro-Erdoğan très actif à l'international. Son fondateur, Ibrahim Kalın, est désormais le porte-parole du président turc. Le magazine *Le Point* rappelait les prises de position de ce dernier sur *Charlie Hebdo* en 2016 : « *Charlie Hebdo* pense qu'il peut s'exprimer en toute impunité parce que son sécularisme militant revendique l'hégémonie sur la vérité et présente sa version de la raison et de la rationalité comme la seule voie valable de la véritable connaissance et de la vertu. En quoi est-ce différent des revendications exclusivistes de Daech, d'Al-Qaïda, du Ku Klux Klan ou des néonazis ? (...) Le fanatisme et la violence de Daech, d'Al-Qaïda et des groupes similaires doivent être rejetés (...), il doit en être de même avec le sécularisme militant qui cherche à justifier le racisme et l'intolérance au nom de la raison éclairée et de la liberté.[1] » Depuis sa première édition en 2015, le rapport sur l'islamophobie en Europe était publié par SETA. Le logo du think-tank a disparu dans celui paru en décembre 2021. Ainsi, la Turquie n'apparaît plus en premier plan...

1. https://www.lepoint.fr/monde/les-coups-de-pouce-de-la-turquie-aux-freres-musulmans-en-europe-27-01-2022-2462332_24.php

Les Loups gris dans la bergerie européenne

Deniz Poyraz avait 20 ans. Elle a été assassinée, le 17 juin 2021, au cours d'une attaque armée contre les locaux du HDP, parti pro-kurde de Turquie, à Izmir. L'assaillant, Onur Gencer, projetait d'y perpétrer un bain de sang. Il a fait feu à l'arme automatique sur la jeune femme qui s'est trouvée sur son chemin, parce qu'il « haïssait le PKK [Parti des travailleurs du Kurdistan, auquel le HDP est accusé d'être lié, nda] depuis son enfance ». Le terroriste, âgé de 27 ans, a ensuite essayé d'incendier le bâtiment, avant d'être finalement maîtrisé par la police. Sur les réseaux sociaux, il se présentait comme un militant nationaliste turc dans des postures viriles, s'exhibait armes de guerre en main, à grands renforts de slogans patriotiques. En 2020, il s'affichait même « en service » dans le nord-ouest de la Syrie, au côté des soldats turcs et de leurs miliciens supplétifs islamistes qui ont mis cette région en coupe réglée. Près de Manbij, dans la région d'Alep, il posait fièrement devant le drapeau rouge orné d'un croissant et d'une étoile, le bras tendu et le bout des doigts joints pour former une tête de loup. Ce signe du loup, version turque du salut fasciste, est une marque d'appartenance au mouvement « idéaliste » (*ülkücü*), le courant d'extrême droite violent, militariste, nationaliste, antisémite, anti-kurde et anti-arménien fondé dans les années 1960 par le colonel Alparslan Türkeş, un militaire turc né à Chypre, grand admirateur des régimes fascistes européens des années 1930, accusé de collaboration avec les nazis au sortir de la Seconde Guerre mondiale. Ses militants sont appelés les Loups gris par leurs adversaires, mais eux se définissent comme « patriotes » et « idéalistes ». L'idéal en question est celui d'une grande Turquie mythifiée, d'une union des peuples touraniens, les peuples de sang, de race et de langue turcs, dont la supériorité doit les conduire à dominer le monde.

« Ici c'est la Turquie », « Je suis un commando turc, je suis un commando turc, je suis un commando turc ! » Les mêmes slogans ultranationalistes ont résonné dans les rues de Décines, dans la banlieue lyonnaise, où une meute d'une centaine de Loups gris a déboulé, un beau soir de l'été 2020. Décines est l'un des fiefs de la communauté arménienne de France. C'est dans cette commune qu'a été érigé le premier monument commémoratif du génocide de 1915, dans les années 1970. À l'initiative de cette descente musclée avec couteaux et barres de fer, se trouvait Ahmet Çetin, un jeune Franco-Turc de 23 ans, originaire d'Oyonnax, dans l'Ain, visage bien connu des activistes pro-Erdoğan de France. « On est dans leur QG.

Il faut qu'ils assument. Là, à l'heure actuelle, ils n'assument pas ! » fanfaronne-t-il en se filmant ce jour-là. Lui aussi se met volontiers en scène sur les réseaux sociaux, avec des attitudes inspirées de mauvais films de gangsters. Entièrement vêtu de noir, les cheveux gominés et la moustache taillée en crocs de loup, il multiplie les vidéos menaçantes et les appels à la mobilisation contre les ennemis d'Erdoğan. Dans l'une de ses productions, quelques semaines plus tard, il lance, dans un sabir de français et de turc : « Que l'État me donne une arme et 2 000 euros et je ferai ce qu'il y a à faire, où que ce soit en France. On est à peu près 200 000 Turcs, faites ce que vous devez faire par vous-mêmes. Que tout le monde s'occupe de sa ville, ajoute-t-il. À Lyon, nous, on gère. »

De telles provocations passent le plus souvent inaperçues et restent cantonnées à l'intérieur de la diaspora. Les partisans les plus zélés du pouvoir turc en Europe se limitent, en général, à des menaces en ligne. Mais cette fois, ils passent à l'acte, physiquement. Le contexte est devenu inflammable. Le conflit dans le Caucase, entre l'Arménie et l'Azerbaïdjan, soutenu par la Turquie, a ravivé les tensions communautaires. Des inscriptions favorables à l'AKP et aux Loups gris ont aussi été taguées sur des locaux associatifs de l'agglomération lyonnaise et sur le centre de la mémoire de Décines. Trois mois après cette explosion de violences, le tribunal de Bourg-en-Bresse condamne Ahmet Çetin à quatre mois de prison avec sursis, le 5 novembre 2020, pour « incitation à la violence ou à la haine raciale », ainsi qu'à une amende délictuelle de 1 000 euros. Çetin est également condamné à une peine d'inéligibilité de cinq ans. Le jeune Loup gris, ancien dirigeant de la branche jeunesse du Cojep, avait en effet été candidat aux élections législatives de 2017 dans l'Ain, sous l'étiquette du Parti égalité et justice (PEJ), un clone français de l'AKP.

« En Turquie, comme dans la diaspora en Europe, les "idéalistes" occupent un espace de plus en plus important, y compris d'ailleurs parmi les étudiants de l'université de Strasbourg », juge un enseignant-chercheur français, spécialiste de la Turquie, sous couvert d'anonymat. « C'est un mouvement extrêmement discipliné qui, en 2016, a suivi son chef Devlet Bahçeli, lorsque celui-ci a scellé une alliance avec Erdoğan », poursuit-il. Depuis 2016, la « maison mère » des Loups gris, le MHP (Parti d'action nationaliste) forme en effet une coalition avec le parti présidentiel, l'AKP, et son influence n'a cessé depuis de s'accroître au sommet de l'État. « On sait que le MHP est aussi très proche des services secrets turcs et de la mafia », poursuit le professeur d'université. Ce qui permet à ce mouvement d'agir, le plus souvent, en toute impunité.

Aujourd'hui, la menace est telle qu'elle inquiète de nombreux pays membres de l'Union européenne et que le Parlement européen réclame son interdiction. Fin 2020, l'eurodéputé socialiste espagnol Nacho Sánchez Amor, rapporteur de la commission des affaires étrangères du Parlement européen sur la Turquie, s'est prononcé en faveur de l'inscription des Loups gris sur la liste européenne des mouvements terroristes. « Un aspect préoccupant de la politique turque, c'est son activisme hors de Turquie, que ce soit par le vecteur de la religion, avec la Diyanet, ou du nationalisme. Cet activisme peut provoquer des tensions au sein des diasporas. Il était utile de rappeler que cette violence d'extrême droite existe », justifie-t-il.

La veille de la condamnation d'Ahmet Çetin, la France est l'un des premiers pays à décréter des sanctions contre le mouvement néo-fasciste turc. Des mesures largement symboliques mais destinées à faire passer le message à Ankara. Un texte du ministre de l'Intérieur Gérald Darmanin prononce la dissolution du « groupement de fait dénommé Loup Gris ». Le mouvement y est qualifié de « paramilitaire et ultranationaliste ». Le décret précise qu'il est « présent dans plusieurs pays européens, s'identifie au travers de symboles communs, tels que sa dénomination, ses slogans, le drapeau aux trois croissants de lune, ainsi qu'un geste de la main symbolisant le loup, signe de ralliement des sympathisants de l'extrême droite nationaliste turque ». Mais le texte reste très flou sur les structures associatives et les « foyers » qui propagent cette idéologie, ce qui, dès le départ, rend difficile une dissolution concrète du mouvement politique.

La Turquie dénonce aussitôt « une décision provocatrice », « prise à la hâte », enfreignant « la liberté d'expression ». « Il n'existe pas de groupement appelé Loup gris », se défend opportunément le ministère turc des Affaires étrangères qui met en cause « les menaces de la diaspora fanatique arménienne ». Actif depuis un demi-siècle et organisé autour d'une hiérarchie stricte, souvent discrètement camouflé derrière des associations à but culturel, le mouvement ultranationaliste possède des centaines de représentations à travers le continent européen. « Mais l'appartenance à cette mouvance est très difficile à caractériser, juge l'universitaire turcologue. Ils sont très discrets et leurs idées sont insaisissables pour un observateur non averti. »

Le débat français a trouvé un écho immédiat dans d'autres pays de l'UE où les organisations turques ont également pignon sur rue. Peu à peu, elles ont conquis l'ensemble du territoire européen. À commencer par l'Allemagne, le pays où les Loups gris se sont enracinés, grâce à un pacte politique conclu à la fin des années 1970 entre les conservateurs bavarois de la CSU et le « guide » historique des nationalistes turcs, Alparslan Türkeş. Outre-Rhin, le « mouvement idéaliste » (*ülkücü hareketi*) est mieux décrypté. Implanté depuis 1978, il chapeaute plus de 170 associations réparties sur tout le territoire. Depuis 2016, il s'est fait le relais de la politique du gouvernement turc au sein de la diaspora. Notamment en faisant la promotion d'un « nationalisme ethnique incitant à la haine (…) en particulier contre les Kurdes, les Arméniens, les Alévis et les Juifs », souligne un rapport publié en avril par le Comité juif américain de Berlin (AJC). Ses militants, souligne le Comité, sont responsables de nombreux assassinats en Turquie et en Allemagne depuis les années 1970. Le ministre Cem Özdemir (Verts), d'origine turque, dénonce cet activisme depuis de longues années. Sous son impulsion, un groupe d'élus a déposé une motion au Bundestag, en novembre 2020, pour interdire les extrémistes turcs, au nom de la lutte « contre le racisme et le nationalisme ». « Les gouvernements ont longtemps traité les organisations "idéalistes" comme un innocent mouvement folklorique. Or, on peut observer qu'ils diffusent en Allemagne des opinions radicales qui ne peuvent plus être tolérées », estime la députée Irene Mihalic, elle aussi membre des Verts. L'Office fédéral de protection de la Constitution (BfV) – les renseignements intérieurs allemands – alerte, dans son rapport annuel, sur la présence dans le pays de militants turcs radicaux, structurés et regroupés dans des dizaines d'associations. Selon une estimation prudente, ils seraient au moins 18 500, ce qui en ferait le mouvement d'extrême droite le plus puissant d'Allemagne, souligne Kemal Bozay, auteur du rapport pour l'AJC. Plus nombreux que les néonazis.

La Belgique et les Pays-Bas s'interrogent après avoir longtemps laissé l'extrême droite turque s'ancrer et peser sur l'échiquier politique local. L'Autriche, elle, a banni les signes d'appartenance à la nébuleuse nationaliste, en 2019, sans toucher aux associations.

En France, le mouvement nationaliste s'est installé à pas de loup. Il y a, comme en Allemagne, bénéficié d'une naïveté bienveillante des autorités. « Je m'étais intéressé aux organisations nationalistes il y a une trentaine d'années, se souvient l'historien Étienne Copeaux. J'avais assisté, dans une salle paroissiale de Colmar, à un meeting des Loups gris, camouflé en fête de mariage. Les discours étaient enflammés mais ils arrivaient à dissimuler leurs idées politiques aux regards extérieurs. » Discrètement, les « foyers idéalistes » ont essaimé partout où se sont installées des communautés turques : dans le quartier du Neuhof à Strasbourg, mais aussi à Metz, Lyon, Bordeaux, Grenoble, Nantes... Ou encore dans de plus petites villes, Brive-la-Gaillarde, Annecy, Montereau-Fault-Yonne... En France, malgré l'interdiction des Loups gris décrétée en novembre 2020, les structures n'ont pas été dissoutes. Le nom français de ces organisations ne laisse rien apparaître de leur idéologie radicale. Difficile de s'imaginer que l'Association de l'Amitié franco-turque de Gagny-Montfermeil qui organise sa kermesse annuelle avec la bienveillance des autorités municipales, est en réalité un des principaux foyers de Loups gris en région parisienne. Le week-end, à l'heure du déjeuner, quelques familles viennent y prendre un thé ou déguster un *gözleme*, une épaisse crêpe salée, dans la cour du pavillon qui sert de siège associatif et de salle de prière. Seuls quelques fanions délavés du MHP, accrochés à un mur, et la banderole de la Fédération turque, marquent l'obédience des convives.

Rompus à la dissimulation, depuis qu'ils se sont implantés en Europe, les Loups gris sont organisés comme une armée romaine, avec à leur tête, un « guide suprême » (*Başbuğ*). À la mort du fondateur révéré Alparslan Türkeş, en 1997, c'est Devlet Bahçeli, l'actuel leader du MHP, qui a endossé ce costume. En dessous de lui, des chefs de meutes (*Reis*), des centurions, et des légionnaires. Dévotion et obéissance structurent cette pyramide. Au sommet de la hiérarchie européenne, la Avrupa Türk Konfederasyonu (Confédération turque d'Europe) siège à Francfort, où se trouve également l'imprimerie chargée de la propagande et l'édition européenne du journal du mouvement nationaliste, *Türkiye*, distribué dans toute la diaspora. À l'échelon inférieur, la Türk Federasyon, ou Fédération turque, possède une direction dans chaque pays. Localement, elle gère des dizaines d'associations, des « foyers idéalistes » (*ülkü ocakları*), qui constituent les cellules militantes. Ces associations disposent parfois d'une salle de prière ou d'une mosquée. Elles organisent les mariages au sein de la communauté, des camps de jeunesse, maintiennent le lien étroit avec la mère patrie et avec l'idéologie nationaliste et panturquiste... Elles font aussi venir les députés turcs du MHP, relais de l'influence d'Ankara, et organisent des meetings, exclusivement en turc. Les murs des foyers sont ornés de slogans, de drapeaux ottomans aux trois croissants de lune et de portraits d'Alparslan Türkeş, celui que les nazis surnommaient « le Führer du panturquisme ». Ces associations (*dernek*) ont une double fonction, politique et sociale, pour les familles sympathisantes.

Le siège de la Fédération turque de France (FTF) est un bureau discret dans une tour de verre à Pantin (Seine-Saint-Denis). À sa tête se trouve Orhan Ilhan, 51 ans, un entrepreneur en maçonnerie venu de Metz. Depuis le décret Darmanin de novembre 2020, il tient ses troupes pour éviter des mises en accusation. « Nous exhortons nos associations, nos adhérents et nos citoyens à ne pas répondre aux provocations et à éviter toute attitude ou comportement susceptible de troubler la paix et l'ordre social », écrit-il le lendemain de la décision de dissolution dans un communiqué. Depuis, les Loups gris font profil bas. Cela n'a pas empêché des affrontements, parfois violents, à Lyon et en région parisienne, avec des militants kurdes pro-PKK. Selon son président Orhan Ilhan, la Fédération turque agit « en harmonie avec les lois françaises ». « L'ensemble de nos activités et de nos actions ont été menées dans un environnement démocratique », assure-t-il. Pourtant, dans ses principes mêmes, l'organisation porte une contradiction majeure. Elle défend avant tout les intérêts de la Turquie. Le mouvement nationaliste turc en a même fait sa profession de foi : « La patrie d'abord ! » Cela ne peut que provoquer les démocraties occidentales, juge Habib Yalçin, écrivain nationaliste turc et fin connaisseur des réseaux idéalistes de la diaspora. C'est écrit noir sur blanc. « L'article 6 du statut de la Fédération turque d'Allemagne stipule que "si les intérêts des États turc et allemand se heurtent, la Fédération turque prend position en faveur de la Turquie". C'est le même principe dans tous les pays », souligne Habib Yalçin.

En France, les réseaux nationalistes turcs sont longtemps passés sous les radars. Avec *L'Empire des Loups*, un polar à succès paru en 2003, Jean-Christophe Grangé, ancien grand reporter, fut l'un des premiers à se plonger au cœur du monde souterrain des mafias turques d'extrême droite, dans le quartier du Faubourg-Saint-Denis, dans le Xe arrondissement de Paris. La réalité n'est parfois pas très éloignée du décor de roman. Depuis les années 1970 et leur formation par Alparslan Türkeş, les Loups gris naviguent en eaux troubles, entre politique et crime organisé. Certaines de leurs cellules ont été mises au service de « l'État profond » (*derin devlet*[1]). Cette relation a été mise en évidence par le retentissant scandale de Susurluk, en 1996. Dans cette bourgade de l'ouest de la Turquie, à l'intérieur de la Mercedes accidentée d'un député, chef d'un clan kurde lié au trafic d'héroïne et seul rescapé, on retrouve les corps d'une ancienne mannequin devenue croupière de casino, du chef adjoint de la police d'Istanbul en charge du crime organisé, ainsi que celui d'Abdullah Çatlı, figure incontournable des Loups gris et parrain de la mafia recherché par les polices du monde entier. Dans le coffre, des armes issues de l'arsenal de la police, de la drogue et des faux papiers d'identité, signés de la main du ministre de l'Intérieur de l'époque, Mehmet Ağar. En service commandé du gouvernement turc, Çatlı projetait d'aller frapper les « ennemis de la Turquie » dans les pays d'Europe, comme le précisera

1. Le concept d'État profond désigne en Turquie une structure militaro-nationaliste au sein des institutions chargée des actions clandestines. Ces réseaux, soutenus par l'OTAN dans les années 1970-80, ont ensuite été au cœur d'une dérive criminelle et mafieuse.

plus tard une commission d'enquête parlementaire en Turquie.

Treize ans plus tôt, en 1983 et 1984, le même Abdullah Çatlı avait déjà participé à une vague d'attentats à Paris, contre des militants arméniens. « On était dans un contexte hyperviolent », se souvient Ara Toranian, l'une de ses cibles, qui était à l'époque porte-parole du Mouvement national arménien. Les assassinats de diplomates turcs par l'ASALA, l'Armée révolutionnaire arménienne, se multipliaient. Le chef Loup gris fut envoyé en opération secrète. « Il y a eu deux épisodes en 1983. Le premier, le 21 mars, j'ai senti quelque chose frotter sous la voiture, je suis descendu et j'ai vu un paquet attaché, c'était une bombe de deux kilos. Neuf mois plus tard, c'était en sortant de notre journal, dans le XIe arrondissement de Paris. J'ai tourné le contact et le capot a volé. Heureusement la bombe n'était pas très puissante », raconte Ara Toranian. Plus tard, le monument aux victimes du génocide des Arméniens, à Alfortville, est plastiqué, une bombe explose avant un concert à la salle Pleyel… Dix-huit attaques au total sont imputées à l'espion turc. Mais les militants arméniens soupçonnent des règlements de comptes internes à leur communauté. « C'est pour cela qu'on n'en a pas parlé à l'époque », explique Henri Papazian, dirigeant du parti rival, la Fédération révolutionnaire arménienne, lui aussi visé par un attentat. « On a eu un pétard sous la bagnole, mais on l'a passé sous silence. Ce n'est qu'après le scandale de Susurluk que l'on a su la vérité, grâce à des documents des services turcs. » La commission parlementaire sur Susurluk révèle en effet la liste des crimes commis par Abdullah Çatlı, au nom de l'État turc. Des assassinats de militants arméniens en Hollande, à Athènes, à Lyon... En 1997, un rapport de 119 pages rendu par le procureur Kutlu Savaş expose la vérité crue des activités clandestines du MIT et des Loups gris, dans un effort de transparence qui paraît impensable de nos jours.

Né à Nevşehir, en Cappadoce, Abdullah Çatlı, le Loup gris au physique de play-boy, est déjà à 20 ans un chef de gang « idéaliste » à Ankara. Il s'impose à leur tête et devient le numéro deux national à la fin des années 1970, marquées par des violences entre groupes révolutionnaires et milices nationalistes. Ses spécialités : la fusillade de cafés, en passant en voiture, et le maniement des explosifs. Dans la capitale turque, il dirige une expédition punitive contre des étudiants qui vire au massacre, en 1978, dans le quartier de Bahçelievler. Sept étudiants, responsables du Parti des travailleurs de Turquie (TIP), sont sauvagement assassinés. Condamné pour d'autres meurtres, Abdullah Çatlı s'enfuit en Allemagne et passe une partie des années 1980 en Europe, sous l'identité de Hasan Kurtoğlu. Il aide l'un de ses hommes de main, Mehmet Ali Ağca, condamné pour avoir assassiné un journaliste turc en 1979, à s'évader d'une prison militaire. Ağca tente ensuite d'abattre le pape Jean-Paul II, sur la place Saint-Pierre de Rome, en 1981, un crime auquel Çatlı pourrait être lié. À Rome, ce dernier aurait en tout cas affirmé au juge qui l'interrogeait en 1985 « qu'il avait été contacté par le BND, le service de renseignement ouest-allemand, lequel lui aurait promis une somme d'argent rondelette s'il impliquait les services russes et bulgares dans l'attentat contre le pape ». L'identité des commanditaires de cette tentative d'assassinat du pape n'a jamais été clairement établie.

Les circonstances du séjour en France d'Abdullah Çatlı restent nébuleuses. Avec son compère Oral Çelik, il habite un studio meublé de la rue d'Avron, dans le XXe arrondissement de Paris. Une planque de l'organisation turque où les deux agents reçoivent les coups de téléphone et les visites de personnages importants. Il fait venir sa femme et ses enfants. Pour échapper à Interpol, Çatlı utilise une fausse carte d'étudiant, au nom de Hasan Kurtoğlu. Puis il s'installe quelque temps à Poitiers, au cinquième étage d'une tour de HLM, rue Alphonse-Daudet, où sa fille est scolarisée. Dans la clandestinité, le système d'entraide communautaire avec les nationalistes turcs du quartier protège la petite famille. « Nous avons aussi séjourné chez un certain Mehmet, dont l'épouse était française[1] », rapporte sa fille Gökçen.

Le 22 octobre 1984, il est interpellé à Paris. Jugé pour trafic d'héroïne, il est condamné à sept ans de prison, libéré au bout de trois et livré à la Suisse qui le recherche

1. Citée dans l'ouvrage de Soner Yalçin et Doğan Yurdakul, *Reis* (Doğan kitap, 2004, Istanbul).

dans une autre affaire de drogue. Il parvient finalement à s'évader de la prison de Bostadel en 1990, avec l'aide du MIT, établira la commission parlementaire turque sur Susurluk. Tout au long de ces années troubles, Çatlı bénéficie de solides protections. Et déjà en 1986, le grand journaliste d'investigation turc, Uğur Mumcu, souligne les incohérences de la France et soupçonne Çatlı d'être « dans la main des services de renseignement français[1] ». « Mon père avait sa propre conception de la justice, accomplie au nom de l'État », écrit sa fille, Gökçen Çatlı, dans une biographie posthume. Chaque année, en Cappadoce, les Loups gris commémorent leur « martyr ». Ils viennent s'incliner sur la tombe du mafieux nationaliste. Le jeune Ahmet Çetin, condamné après les incidents de Décines, s'y rend régulièrement en pèlerinage. Ses parents sont originaires de la même région. Sur les réseaux sociaux, il avait mis en exergue une photo de lui se recueillant devant la tombe de marbre noir avec le nom d'Abdullah Çatlı gravé en lettres d'or. Il l'a supprimée quand ses ennuis judiciaires ont commencé.

Les activistes ultranationalistes, inspirés par Abdullah Çatlı, n'hésitent pas à prendre les armes pour aller défendre « l'honneur et le sang » turcs sur des terrains de guerre. Ce fut le cas dans les années 1990 au Karabagh contre les Arméniens, puis en Irak, aux côtés des populations

---

1. *Saklı devletin güncesi, Çatli* éd. Uğur Mumcu, Araştımacı Gazetecilik Vakfi, 2015, receuil de chroniques parues dans les années 80 dans le quotidien *Cumhuriyet*. Uğur Mumcu sera à son tour assassiné en 1993.

turkmènes. Beaucoup plus récemment en Syrie, face aux Kurdes et de nouveau au Karabagh. Coordonnés par le MIT, les Loups gris de Turquie ont largement infiltré la brigade Sultan Murad, une branche extrémiste de la rébellion syrienne qui occupe une position stratégique, à la frontière entre les deux pays, et qui s'est alliée aux djihadistes d'Idlib. En 2015, un avion de chasse russe a été abattu dans cette zone contrôlée par les rebelles. C'est un des chefs de Sultan Murad, Alparslan Çelik, un Turc, militant du MHP et fils d'un élu du parti, qui a été accusé d'avoir assassiné l'un des deux pilotes russes qui s'était éjecté de l'appareil. On ne compte plus les crimes et les assassinats politiques auxquels la mouvance idéaliste a été mêlée récemment, en Turquie ou ailleurs. C'est l'un de ses partisans, Ömer Güney, lié au MIT, qui a assassiné les trois militantes kurdes en 2013 près de la gare du Nord, dans le quartier de *L'Empire des Loups*. La piste des Loups gris fut même avancée par la police thaïlandaise, après un attentat à la bombe qui fit 20 morts à Bangkok, en 2015. Les députés européens qui veulent inscrire les Loups gris sur la liste des mouvements terroristes ne manquent pas d'exemples pour convaincre de leur violence.

Les parrains sont de retour

Dans la nuit noire, en contrebas d'une route bulgare, la carcasse d'une Porsche 911 blanche gît, retournée et démembrée, dans un champ boueux. Les secouristes, le 29 décembre 2021, ne peuvent que constater le décès de l'un des deux hommes qui se trouvaient dans le bolide. L'autre est grièvement blessé. La victime est rapidement identifiée comme étant Taner Ay, 27 ans, citoyen turco-allemand, fils d'un richissime entrepreneur de Düsseldorf et militant pro-Erdoğan radical. Le blessé est son garde du corps. La plaque d'immatriculation du véhicule « SG AY 911 » permet de retracer son origine et sa probable destination, l'Allemagne et la ville de Solingen, en Rhénanie-du-Nord-Westphalie. Les enquêteurs notent que la plaque porte aussi le nom de son propriétaire « Ay ». Toutes les voitures du jeune « homme d'affaires » – des Porsche de différents modèles, une Mercedes digne de celle d'un chef d'État et une Ferrari jaune canari – sont d'ailleurs immatriculées à son nom. Le dernier joujou qu'il exhibait fièrement à son million d'abonnés sur Instagram, une Panamera 4S noire à 150 000 euros, portait aussi un macaron diplomatique avec la mention « consulat de la République turque de Chypre-Nord à Düsseldorf ». Son père, Cetin Ay, PDG du holding familial et propriétaire d'une chaîne de cliniques privées en Allemagne, possédait en effet le titre de consul honoraire de la République sécessionniste turque de Chypre, un État autoproclamé reconnu par la seule Turquie, une zone grise utilisée par les mafias de la région.

Immanquablement, la fin tragique de Taner Ay rappelle celle d'Abdullah Çatlı, tué dans un accident de la route à Susurluk, en 1996. À vingt-cinq ans d'écart, les deux personnages ont partagé la même fureur de vivre nationaliste, se sont trouvés au cœur des mêmes intrications entre les services de sécurité de l'État turc, les réseaux ultranationalistes et les organisations mafieuses qui prospèrent dans les arcanes du pouvoir. Taner Ay n'avait pas l'envergure de son aîné mais il ne cachait pas son admiration pour l'ancien chef des Loups gris. Il essayait également de mimer Polat Alemdar, le justicier patriote et ténébreux de *La Vallée des Loups*, une série télévisée turque à grand succès qui met en scène un agent du MIT aux méthodes expéditives, en lutte contre les « ennemis de l'État » et qui a inspiré toute une génération de jeunes nationalistes turcs en quête de héros. Sur les réseaux sociaux qu'il inondait de selfies et de montages vidéo narcissiques, Ay jouait les influenceurs respectables, se mettait en scène dans ses luxueuses voitures de sport, des yachts ou des jets privés, dans des postures exagérément viriles et en compagnie des plus hauts responsables turcs. On le voit se faire tirer le portrait avec le ministre de la Défense, Hulusi Akar et celui de l'Intérieur, Süleyman Soylu. Il joue régulièrement au golf avec Mevlüt Çavuşoğlu, le ministre des Affaires étrangères, sur le très select parcours de Belek. Il apparaît avec son « grand frère Hakan », Hakan Fidan, le chef du MIT. Il participe au congrès de l'AKP, à Ankara, à des exercices de tir à l'arme automatique, sur le terrain d'entraînement des Forces spéciales de la police... Il jouit même, visiblement, d'accès privilégiés au palais d'Erdoğan. En 2017, il pose en T-shirt moulant à l'intérieur de l'enceinte du complexe présidentiel de Beştepe, avec sa Porsche 911 blanche, celle au volant de laquelle il a finalement perdu la vie.

Le golden boy mort sur une route de Bulgarie n'était pas seulement un habitué des pages *people* du quotidien *Hürriyet* ou l'« homme d'affaires » désireux d'investir dans le club de football de sa ville natale de Kırşehir, tel qu'on le présentait au pays. Le parrain de la mafia turque Sedat Peker, qui s'est lancé en 2021 dans un grand déballage médiatique, affirme que Taner Ay faisait le lien entre le groupe criminel Osmanen Germania, implanté en Allemagne, et le gouvernement turc et qu'il aurait même été l'un des dirigeants de ce gang. La famille de l'intéressé nie les accusations. Les « Ottomans d'Allemagne » ont été dissous par les autorités fédérales en 2018 et cinq de ses membres ont été condamnés en janvier 2019 par la justice allemande pour des accusations de tentatives d'assassinat, de trafic de drogue, de proxénétisme et d'extorsion. Dans le seul *Land* de Bade-Wurtemberg, les autorités avaient ouvert 149 enquêtes et procédé à trente-cinq interpellations, en lien avec les activités du groupuscule turc.

C'est en 2015 qu'a été fondé, au pied d'une tour, dans la cité de Dietzenbach, près de Francfort, le Osmanen Germania Boxing Club autour de jeunes nationalistes turcs membres des Hells Angels, un gang international de motards d'extrême droite. Depuis leur repaire, ils ambitionnaient de constituer un groupe d'action en Europe pour les responsables turcs, à l'image des clubs de bikers pro-Poutine en Russie. Après la tentative de coup d'État en juillet 2016, une délégation des Osmanen Germania avait été reçue à Ankara au palais présidentiel par le conseiller en chef d'Erdoğan, Ilnur Çevik, affublé pour l'occasion d'un T-shirt portant le logo du clan criminel allemand. « Il nous a déclaré que la présidence soutenait les citoyens turcs luttant contre les organisations terroristes à l'étranger », jubilait alors Mehmet Bağcı, le leader du groupe.

Le cercle de boxeurs turcs a rapidement compté jusqu'à 2 000 membres, avec des succursales dans toutes les grandes villes allemandes. Leur rayon d'action s'est étendu au-delà. Les membres du groupe auraient été aperçus à Strasbourg, en novembre 2016, dans un rassemblement contre le PKK, organisé par le Cojep et les différentes associations progouvernementales. À Vienne, ce sont eux qui assuraient le service d'ordre d'une manifestation des organisations turques. Leurs étroites relations avec les relais politiques et associatifs du gouvernement turc en Allemagne, et notamment avec l'UID (Union internationale des démocrates), ont vite été mis en évidence. Taner Ay ne s'en cachait pas sur les réseaux sociaux. Les enquêteurs allemands ont établi avec certitude qu'ils avaient reçu au moins 20 000 euros du député Metin Külünk, membre du comité central de l'AKP. Le chef mafieux Sedat Peker a affirmé qu'il avait lui-même financé les Osmanen Germania sur instruction du même Külünk, en leur versant 10 000 euros par mois.

Metin Külünk n'est pas n'importe qui dans l'organigramme de l'AKP. C'est l'âme damnée du Reis. Les deux hommes ont tout partagé depuis près d'un demi-siècle. Ami d'enfance d'Erdoğan, originaire, comme lui, de la région de Rize et de la bourgade de Güneysu, Külünk a grandi à ses côtés, à Istanbul, l'a suivi sur les terrains de football et dans les organisations de jeunesse du parti islamiste. Son rôle s'est souvent avéré crucial dans les campagnes électorales et les mobilisations militantes, tout au long du parcours politique du leader turc. Cofondateur de l'AKP, député, c'est naturellement à lui qu'Erdoğan a confié la mission de restructurer la diaspora turque d'Europe, au milieu des années 2000. C'est aussi lui qui aurait mis sur pied les Osmanen Germania, soupçonne un rapport de la police allemande, et qui leur aurait donné pour consigne de faire la chasse aux Kurdes et aux adversaires d'Erdoğan. En avril 2016, à Stuttgart, de violents affrontements opposent militants turcs et kurdes et 50 policiers sont blessés. En juin, Külünk est vu en compagnie de Mehmet Bağcı, le chef des boxeurs, lui remettant deux larges enveloppes.

Alors qu'elle a placé sur écoute plusieurs cadres du gang, la police allemande intercepte une conversation téléphonique avec Metin Külünk. Leurs liens sont de notoriété publique. Sur cet enregistrement, auquel les députés allemands ont pu avoir accès, on entend Külünk ameuter ses troupes et les inciter à « frapper les Kurdes sur la tête à coups de bâton ». Et, quand il passe le combiné à quelqu'un à côté de lui, c'est le président Erdoğan lui-même qui se retrouve en ligne, enregistré par les services de renseignement allemands ! Külünk est aussi surpris, dans une conversation avec le dirigeant de l'UID à Mannheim, Yılmaz Ilkay Arın, en train d'ordonner l'envoi de gros bras régler son compte à Jan Böhmermann, un comédien allemand qui s'est moqué d'Erdoğan dans une émission de télévision.

La trajectoire fulgurante de Taner Ay et de ses acolytes est symbolique d'une nouvelle génération de militants ultranationalistes turcs opportunistes et décomplexés. Leur visibilité dans les cercles dirigeants en dit long sur la pénétration des institutions turques par les forces d'extrême droite et par la mafia. Depuis 2016, pour tenir le pays et sa diaspora en Europe, Erdoğan a laissé les mains libres aux Loups gris, organisés et obéissants. Il a permis à des clans criminels de prospérer, porté la corruption à des niveaux encore jamais atteints. Au risque d'être peu à peu phagocyté par ces forces de l'ombre. La déliquescence de l'État de droit, la crise économique qui s'est accentuée depuis 2021, ont fragilisé le Reis. Son affaiblissement a permis aux puissantes mafias turques de reprendre pied dans le pays, d'y dicter leurs lois et de négocier de juteux retours sur investissement. Les clans criminels qui régnaient dans les années 1990 ont repris leurs aises. À tel point qu'on peut se demander si, aujourd'hui, ce n'est pas Erdoğan qui est devenu leur obligé.

Avec la réapparition des anciens barons de la drogue et des vieux loups du crime organisé, la Turquie replonge trente ans en arrière, à l'époque des « *baba* » mafieux tout-puissants qui se prenaient pour Al Capone et des Renault 12, symboles des « escadrons de la mort » qui sévissaient en Turquie et jusqu'en Europe. On pensait qu'Erdoğan avait rompu avec cette époque.

En 1996, le scandale de Susurluk avait révélé au grand jour les liens entre la mafia et les services de sécurité. Abdullah Çatlı et les autres occupants de la Mercedes accidentée revenaient d'un rendez-vous avec le sulfureux ministre de l'Intérieur de l'époque, Mehmet Ağar, dans la station balnéaire de Kuşadası. La mission de Çatlı, validée à Ankara par le gouvernement de la Première ministre Tansu Çiller, était d'éliminer par tous les moyens des hommes d'affaires soupçonnés de financer la guérilla du

PKK. Ce prétexte a permis aux clans mafieux de régler des comptes personnels et de multiplier les gains.

Quatre mois avant l'accident, les empreintes d'Abdullah Çatlı avaient été retrouvées sur l'arme qui avait servi à abattre Ömer Lütfü Topal, « le roi des casinos », propriétaire de plusieurs établissements de jeu à Istanbul et en Asie centrale. En filigrane, transparaissait déjà une guerre intestine entre le MIT et les services de police, par structures clandestines interposées. L'affaire fit grand bruit et entraîna la fermeture immédiate de tous les casinos de Turquie. La mafia y perdit sa lessiveuse. Les roulettes et les machines à sous durent déménager dans la partie nord de Chypre, plus discrète. L'enquête fut rapidement étouffée. Le mari de Tansu Çiller, Özer Çiller, soupçonné d'être le véritable commanditaire de l'exécution, fut entendu par le procureur, sans suite. Trois policiers, accusés d'être les auteurs des coups de feu, furent libérés sur ordre du ministre de l'Intérieur, Mehmet Ağar, et embauchés comme gardes du corps du député Sedat Bucak, le survivant de Susurluk.

Vingt-cinq ans après l'accident de Susurluk, on retrouve le même Mehmet Ağar au cœur des accusations de Sedat Peker, le parrain en exil à Dubaï, qui « balance » sur les réseaux sociaux. Ce dernier l'a affublé d'un « blaze » comme les aiment les mafieux à l'ancienne : « Derin Mehmet », « Mehmet le Profond », allusion à l'« État profond », dont il est un symbole. Commissaire de police, fils de commissaire de police, Ağar incarne à lui seul ces connexions troubles. Affecté à la lutte antiterroriste dès le début des années 1980, il est devenu directeur général de la police en 1993, puis ministre de l'Intérieur en 1996, dans une coalition de droite. Il était alors l'incarnation de la « terreur d'État » contre la guérilla kurde du PKK et les groupes révolutionnaires d'extrême gauche, soupçonnée de plus de 4 500 assassinats extrajudiciaires et de milliers de disparitions. Pour mener ce combat, il n'avait pas hésité à débaucher des gangsters, des narcotrafiquants et des terroristes ultranationalistes. Il faudra attendre 2008 pour qu'Ağar soit jugé, accusé de faire partie du réseau Ergenekon[1] et de l'État profond. Trois ans plus tard, il est condamné à cinq ans de détention pour avoir « dirigé une organisation criminelle ». Mais il est traité avec tous les honneurs. On lui laisse le choix de sa prison. Et au bout d'un an, il est remis en liberté sous prétexte de travaux de peinture dans l'établissement pénitentiaire.

Comme tous les accusés de ces grands procès de l'époque, Ağar a finalement été blanchi et s'est aussitôt

1. Ergenekon, du nom d'une vallée mythique où se situeraient les origines du peuple turc, dans les steppes d'Asie, a donné son nom à une affaire judiciaire à rebondissements entamée en 2007 après la découverte d'une cache d'armes à Istanbul. Plus de 300 personnes seront arrêtées entre 2007 et 2009 dans les milieux kémalistes et nationalistes : officiers, hommes politiques, avocats, journalistes, fonctionnaires... L'enquête judiciaire est menée par des policiers et des magistrats fidèles à Fethullah Gülen qui seront ensuite soupçonnés d'avoir monté l'affaire de toutes pièces. Le réseau Ergenekon est présenté comme une partie de l'État profond turc. Le dossier sera finalement refermé en 2019 avec l'acquittement de la plupart des accusés.

mis au service d'Erdoğan et de son gouvernement. Son fils, Tolga, a été élu député de l'AKP lors des élections législatives de 2018. Dans l'une de ses vidéos, Sedat Peker accuse le jeune Ağar du viol et du meurtre d'une journaliste khirgize, Yeldana Kaharman, à Elazığ, le fief familial, en 2019. Le père aurait envoyé un hélicoptère pour l'exfiltrer et le crime aurait été maquillé en suicide. Peker affirme aussi que Mehmet Ağar continue à fricoter avec les barons de la drogue. C'est lui, assène-t-il, qui était le destinataire d'une cargaison de 4,9 tonnes de cocaïne, saisie en 2020 dans un port colombien et en partance pour la Turquie. Toujours selon Peker, Mehmet Ağar serait devenu le propriétaire d'une marina de luxe à Yalıkavak, près de Bodrum, afin d'en faire une plateforme d'import-export de la coke. Cette marina, qui appartenait à un homme d'affaires azerbaïdjanais accusé de liens avec la confrérie Gülen, avait été saisie par l'État turc puis cédée à Ağar.

Une photo de « famille » prise sur le ponton de cette marina de Bodrum et révélée en octobre 2020, a confirmé que l'ancien chef de la police turque était de nouveau au centre du jeu. Mehmet Ağar apparaît en chemise blanche immaculée, en compagnie de quelques autres gros poissons des années 1990 : Korkut Eken, ancien militaire et ex-officier de renseignement du MIT, condamné en 2001 dans l'affaire de Susurluk pour avoir « formé et dirigé une organisation criminelle » ; Engin Alan, ancien général de l'armée de terre et ancien député du parti ultranationaliste MHP ; et enfin Alaattin Çakıcı, le parrain des parrains turcs, puissant chef de la pègre, vénéré par les Loups gris. C'est l'un des hommes de main de ce dernier qui officialise cette rencontre au sommet dans un tweet avec ce commentaire : « Nos héros, ceux qui ont surmonté les difficultés et les épreuves pour que l'État turc puisse toujours exister et qui ont payé le prix le plus lourd pour cette cause, y compris la prison. » En posant tous les quatre devant les objectifs, cette brochette de septuagénaires aux tempes grisonnantes et aux casiers judiciaires longs comme le bras, officialise son retour aux affaires. En toute impunité, les truands d'extrême droite ont repris les positions qu'ils occupaient vingt-cinq ans auparavant dans l'appareil d'État.

Alaattin Çakıcı est le plus chevronné. Il est aussi étroitement lié aux service turcs de renseignement, pour lesquels il a longtemps joué les tueurs à gages. Proche des milices néofascistes, il est notamment soupçonné de l'assassinat, à la fin des années 1970, de plusieurs militants de la gauche révolutionnaire (Dev Sol). En échange de ses services, on lui a laissé les mains libres pour gérer ses affaires. Avec plus d'un demi-siècle de carrière dans le milieu, Çakıcı, 69 ans aujourd'hui, est un dur à cuire. À l'adolescence, c'est déjà un caïd. Il perce dans l'industrie du jeu, du racket et dans le trafic de drogue international. Il monte en grade quand il épouse la fille de Dündar Kiliç, le plus puissant des gangsters turcs de l'époque, lié au parti nationaliste. Les mafias anatoliennes, turques et kurdes, règnent alors sur le transport et la distribution de l'héroïne dans toute l'Europe. Ces organisations aux ramifications très politiques brassent plusieurs dizaines de milliards de dollars par an, à l'image des frères Baybasın qui s'emparent des marchés hollandais et britannique de la drogue. Abdullah, arrêté à Londres en 2004, est condamné à vingt-deux ans de prison. Hüseyin, surnommé « le Pablo Escobar turc », est emprisonné depuis vingt-cinq ans aux Pays-Bas où il purge une peine à perpétuité. Mais à 65 ans, il continue de donner des interviews, depuis sa cellule. « Je n'ai jamais conclu d'affaires personnelles avec Mehmet Ağar. Tout ce que nous avons fait avec lui a été une mission d'État, réalisée au nom de l'État. La vie de Mehmet Ağar est le miroir de l'État turc », affirme-t-il, dans une interview au média indépendant Artı Gerçek en juin 2021.

Alors qu'il a à peine 30 ans, Çakıcı est arrêté et on lui attribue déjà quarante-deux homicides, des militants de la gauche estudiantine pour l'essentiel. Mais c'est l'assassinat de sa femme par son garde du corps, dans une station de sports d'hiver, qui va l'obliger à prendre la tangente, pour échapper à la justice, mais surtout à la vendetta de son beau-père. En 1998, après six ans de cavale, on retrouve Çakıcı installé au Park Hotel, un palace de la Promenade des Anglais, à Nice, en possession d'un authentique passeport diplomatique et de 17 000 dollars en liquide. Quelques mois à la prison des Baumettes lui permettent de côtoyer les parrains corso-marseillais, puis il est extradé vers la Turquie. Il sort de prison au bout de trois ans pour « bonne conduite » et revient en Europe, repasse par la France… Arrêté à Vienne en 2004, cette fois avec un passeport du MIT, il est de nouveau rapatrié en Turquie et retourne derrière les barreaux. Dès lors, pendant une quinzaine d'années, il gère, à l'ombre, sa petite entreprise et règne en caïd sur la prison de Sincan, à Ankara.

Son amitié de trente ans avec le leader du parti ultranationaliste (MHP), Devlet Bahçeli, va le faire ressortir de l'anonymat. Quand le chef nationaliste négocie son alliance avec Recep Tayyip Erdoğan, en 2016, le vétéran du crime fait partie du deal. Après le putsch manqué, Erdoğan a besoin de soutiens pour tenir la rue, intimider les opposants et mener la répression. Les Loups gris sont prêts à monter au front. La libération du chef mafieux est d'abord refusée par le président. Çakıcı met Erdoğan en garde. « Vous n'êtes pas le propriétaire de l'État, vous n'êtes qu'un nomade », lui fait-il savoir depuis sa cellule, en lui rappelant que lui, Alaattin Çakıcı, n'est pas « un petit voyou ou un simple criminel ». En 2020, la pression est encore plus forte et à la faveur d'une loi d'amnistie pour désengorger les prisons, il est remis en liberté. Un convoi formé de dizaines de berlines noires l'escorte triomphalement vers le centre de la capitale. Quelques jours plus tard, il réserve sa première sortie publique à Devlet Bahçeli, au siège du MHP, membre de la coalition au pouvoir : « J'ai rendu visite à un dirigeant, une légende vivante du monde et de la nation turcs, à mon cher frère qui est le chef de la communauté dont je suis membre », précise le chef de la pègre.

Depuis, ses sorties sont rares. Aux réseaux sociaux, le truand à l'ancienne préfère les lettres manuscrites. En toute impunité, il menace de mort des députés du HDP, le parti pro-kurde. Et au leader de l'opposition kémaliste, Kemal Kılıçdaroğlu, qui a osé critiquer sa remise en liberté en accusant le gouvernement de « libérer les chefs de la mafia, les trafiquants de drogue et d'emprisonner les criminels d'opinion », il rédige une lettre de quatre pages, tranchantes comme une lame. « Sois intelligent ! Ne fais pas l'erreur de ta vie ! Je t'empalerai ! »

Un autre parrain emblématique de la mafia turque, Sedat Peker, lui aussi proche des Loups gris, a fait un retour en fanfare sur le devant de la scène politique. À sa sortie de prison, en 2014, il a aussitôt fait allégeance à Recep Tayyip Erdoğan, « grand frère Tayyip ». Ce quinquagénaire au visage de cire et au sourire blanc éclatant se dit pantouraniste et nationaliste. Sa longue carrière de criminel, entamée dans les années 1990 en Allemagne, se poursuit dans les Balkans et le ramène en Turquie où il abat un trafiquant de drogue, à Rize. Arrêté en 2005 et condamné à quatorze ans de prison pour avoir fondé une organisation criminelle, pour vol, séquestration et de multiples autres accusations, il écope également de dix ans de prison en 2013 pour son appartenance soupçonnée au réseau militaro-nationaliste Ergenekon, mais il est blanchi, comme tous ses coaccusés, et sort de prison.

En 2016, Peker organise un meeting de soutien à Erdoğan, dans la ville de Rize d'où le président est originaire. Devant plusieurs centaines de militants, il menace les « universitaires pour la Paix », des chercheurs et des enseignants signataires d'une pétition pour mettre fin à la guerre civile contre les Kurdes. « Nous ferons couler votre sang et nous nous doucherons avec ! » vocifère-t-il. Poursuivi pour incitation à la haine, Peker sera relaxé par la justice. Quelques mois plus tard, après la tentative de putsch de juillet 2016, il promet aux gülénistes, soupçonnés d'en être les instigateurs, d'être pendus haut et court dans leur cellule. Ce truand se présente parfois comme un « homme d'affaires ». Il fréquente l'intelligentsia politique et la jet-set, dîne chez Salt Bae, le restaurateur star des réseaux sociaux qui jette négligemment des poignées de gros sel sur des steaks dorés à la feuille d'or.

Mais en 2020, Sedat Peker, trop visible et trop bavard, n'est plus en odeur de sainteté. De plus, la libération d'Alaattin Cakıcı, un rival de longue date, est une mauvaise nouvelle. Ce dernier a promis à Peker de « lui tailler une jupe », ce qui dans le langage des voyous signifie qu'il compte lui faire la peau. Peker s'exile dans les Balkans, s'établit sous une fausse identité en Macédoine où il est démasqué, s'échappe au Maroc puis finalement aux Émirats. Il s'installe dans un hôtel de Dubaï, sous la protection du cheikh Mohammed Ben Zayed. Là, depuis la chambre aseptisée de son palace, il défie le pouvoir turc et annonce des révélations fracassantes. Sur YouTube !

Cette fois, Sedat Peker ne brandit ni arme à feu ni batte de base-ball pour régler ses comptes. « Une caméra et un trépied », voilà comment il entend « découper en morceaux » ses adversaires, « symboliquement », précise-t-il. Au printemps 2021, il met sa menace à exécution et diffuse en ligne le premier épisode de ses confessions, une vidéo de quarante minutes, suivie d'une seconde quelques jours plus tard. Pendant des semaines, le parrain tient toute la Turquie en haleine. Les vidéos comptent jusqu'à 18 millions de vues. Un jour, il apparaît en costume rayé, un autre, la chemise noire ouverte jusqu'au milieu de la poitrine. Il harangue ses ennemis, il plastronne, grisé par son succès médiatique. « N'en doutez pas, j'apprendrai à certains tyrans qu'il n'y a pas d'arme plus dangereuse qu'un homme qui n'a pas peur de mourir ! »

En dix épisodes dignes d'une série Netflix, Peker dézingue un à un les proches du président turc. Il balance des accusations de meurtres et de corruption. Il lève le voile sur des affaires qui rejaillissent sur le Palais, sur le ministre de l'Intérieur Süleyman Soylu et sur Berat Albayrak, le gendre d'Erdoğan. Il rouvre des dossiers d'assassinats politiques, ressuscite des scandales du passé. Ses insinuations, pour la plupart invérifiables, viennent éclairer d'une lumière crue les relations incestueuses qui persistent entre le pouvoir turc et le crime organisé.

Sa colère vise d'abord le puissant ministre de l'Intérieur, surnommé « Süslü Süleyman » ou « Süleyman la fantaisie ». Alors que Soylu avait fourni à Peker une protection et des papiers, puis qu'il l'avait averti de l'ouverture d'une enquête contre lui, il l'aurait finalement lâché : « Tu étais mon joker, mon billet retour », déplore Peker, qui s'attendait à ce qu'« on l'invite à rentrer »... En retour, le ministre a traité l'impudent de « saleté de mafieux », prétendant ne l'avoir jamais rencontré.

« Que faisait Erkam Yıldırım à Caracas le 4 décembre 2020 ? » interroge, un autre jour, le criminel. Le fils de l'ex-Premier ministre Binalı Yıldırım, richissime armateur de 40 ans, à la tête d'une flotte d'une trentaine de navires et d'une vingtaine de compagnies de transport maritime nichées dans des paradis fiscaux, a bien du mal à le justifier. Cet homme est accusé par Peker de s'être rendu à plusieurs reprises au Venezuela pour y mettre en place une nouvelle route de la cocaïne entre l'Amérique latine, l'Europe et le Moyen-Orient. « Avant, la cocaïne venait de Colombie. Mais 4,9 tonnes y ont été saisies le 9 juin 2020. Après cela, qui est allé au Venezuela pour établir un nouveau QG ? Erkam Yıldırım ! » « Une fois la cocaïne arrivée en Turquie, des yachts de 30-35 mètres, capables de transporter une à deux tonnes, vont la distribuer. C'est notamment le cas au port de Lattaquié, en Syrie », précise le truand. Ce port est sous contrôle du régime de Bachar el-Assad.

En décembre 2020, Erkam Yıldırım, qui n'a aucune fonction officielle, accompagnait une délégation du groupe d'amitié parlementaire turco-vénézuélien. Selon Peker, il serait revenu à Caracas quatre jours en janvier, puis encore en février. Binali Yıldırım, fidèle parmi les fidèles du président Erdoğan, qu'il soutient depuis plus de trente ans, a affirmé que son fils était venu pour « distribuer des masques et des kits d'hygiène pour lutter contre la pandémie de Covid-19 ». Aucune trace de cette cargaison n'a pourtant été retrouvée. Le président du groupe parlementaire, le député de l'AKP (Parti de la justice et du développement) Serkan Bayram, a volé à son secours. « Nous avions aussi apporté des bonbons aux amandes et des baklavas. Faut-il aussi le préciser ? » Ajoutons tout de même que Serkan Bayram est l'ancien avocat de Binali Yıldırım. Ce regain d'intérêt du pouvoir turc pour le Venezuela ferait donc suite, selon Peker, à l'arraisonnement par la Colombie, en juin 2020, d'un navire chargé de près de cinq tonnes de cocaïne, en route pour Izmir. En mai de cette année, c'est en Équateur qu'un autre chargement de drogue a été découvert, dans des caisses de bananes destinées au port turc de Mersin. Dans cette nouvelle carte mondiale du marché de la drogue, les casinos de la République turque de Chypre du Nord remplissent leur rôle traditionnel de machine à blanchiment. En février 2022, le chef mafieux chypriote, Halil Falyalı, a été tué devant chez lui. Son véhicule a été criblé de balles. La voiture dans laquelle avaient pris place sa femme et son fils, juste derrière, n'a pas été visée. Ce milliardaire qui coulait des jours tranquilles dans la partie turque de Chypre, malgré une enquête lancée par la justice américaine pour blanchiment et trafic de drogue, était propriétaire de plusieurs hôtels de luxe et établissements de jeu sur l'île. Falyalı possédait aussi des licences de jeu à Malte, en Biélorussie et en Ukraine. « Le roi des casinos » avait été cité dans une des fameuses vidéos de Sedat Peker. L'auteur du grand déballage l'accusait de blanchir dans ses casinos l'argent du trafic de drogue d'Erkam Yıldırım.

Comme au temps de la « French connection », la Turquie redevient une plaque tournante du narcotrafic mondial, au carrefour des voies maritimes, des routes de contrebande et des points de livraison. La cocaïne en provenance d'Amérique du Sud est redistribuée dans toute l'Europe de l'Est et le Moyen-Orient. Quant à l'héroïne d'Afghanistan, elle arrive par la route, via l'Iran, avant d'entrer en Europe. Les mafias turques tiennent une grosse part du marché et ont étendu leur toile grâce à la diaspora.

Veysel Filiz était-il l'un de leurs relais sur le territoire européen ? Ce Franco-Turc a en tout cas été interpellé en décembre 2020 à la frontière entre la Turquie et la Bulgarie, avec 100 kilos d'héroïne dans son coffre ! Filiz est un personnage bien connu, il était l'un des militants les plus actifs dès qu'il s'agissait de menacer les opposants en exil ou de lancer anathèmes et accusations gratuites contre des journalistes ou des politiques. Originaire de Colmar, issu de la mouvance islamo-nationaliste turque, Filiz est un pur produit du Cojep, l'ONG islamiste et nationaliste qui joue les sous-marins d'Erdoğan à Strasbourg, et dont il a longtemps occupé le poste de vice-président. Par la suite, Veysel Filiz devient porte-parole de l'ambassade de Turquie à Bruxelles, représentant en Europe de l'association des Turcs de Yozgat, sa ville d'origine, et il cofonde l'Emisco, un réseau associatif européen qui s'engage dans « la lutte contre l'islamophobie ». Il se présente comme un notable au service de la Turquie, fréquente les parlements européens et y propage le nationalisme turc le plus radical. Pendant des années, il sillonne l'Europe en voiture avec une couverture diplomatique. Ses manières rustres et son opportunisme lui ont aussi attiré de solides inimitiés. À Bruxelles, il avait été mis sur la touche après la découverte de fausses factures et de comptes truqués par sa hiérarchie. L'ambassade ne goûtait guère ses vulgarités et ses menaces contre des opposants. C'est vraisemblablement à la suite d'une dénonciation que Veysel Filiz a été interpellé au poste-frontière de Kapıkule, alors qu'il rentrait en Alsace avec sa petite famille et 100 kilos de drogue dans le coffre. À l'ouverture de son procès, tenu en Turquie dans le plus grand secret, avec interdiction pour les médias d'en parler, l'Alsacien a accusé son propre frère Ulusi, alias Ulysse, qui a grandi avec lui à Colmar, et il a dénoncé un complot pour l'éliminer.

Ce pacte passé par Erdoğan avec les forces nationalistes et l'État profond est un jeu qui peut coûter cher et finir par se retourner contre lui. Le tableau que dresse Sedat Peker dans ses vidéos est celui d'un État gangrené par le crime et l'argent sale : trafic de drogue international, influence, racket, caisses noires et pots-de-vin, corruption et irrégularités dans l'attribution des marchés publics… Le parti AKP arrivé au pouvoir en 2002 en promettant de mettre un terme aux années de corruption, a succombé à son tour. Le pouvoir lui échappe et les charognards se bousculent pour se partager le cadavre. Le grand déballage mafieux et l'atmosphère de règlements de compte laissent craindre une guerre des gangs qui gangrènerait l'État turc. Comme dans les années 1990.

« Les accusations n'en finissent pas. Il n'y a qu'une chose qui puisse mettre fin à tout cela. Le droit et la justice[1] », juge Mehmet Elkatmış. Cet ancien député islamiste, avocat, cofondateur de l'AKP, a aussi présidé la commission d'enquête sur Susurluk en 1996 qui leva le voile sur les liens entre l'État et la mafia. « La Turquie n'apprend pas de ses erreurs... Si un réseau criminel s'est développé, il est essentiel de mener des enquêtes de la justice, dans le cadre de la loi. Mais il n'y a plus de justice et c'est dans ce contexte que le chaos s'installe », prévient-il.

1. Interview du 20 mai 2021 à la Deutsche Welle, section turque.

ÉPILOGUE

Depuis qu'il a témoigné à visage découvert, Feyyaz Öztürk s'est fait rappeler à l'ordre par la « Forteresse », le QG des services secrets turcs à Ankara. Les « pressions » se sont renforcées, dit-il. Car au MIT, on lave son linge sale en famille. Malgré son parcours et son affaire en Autriche, Öztürk continue de voyager en Europe. En octobre 2021, il passe quelques jours à Barcelone, traverse la France, sillonne l'Italie. Et en décembre, il se rend à Malte pour « en finir » et se confronter avec ceux qui le menacent. L'île, en plus d'être un paradis fiscal et une plaque tournante pour les organisations criminelles, est aussi une place forte du MIT, affirme Öztürk. On y prépare les opérations en Europe. Plusieurs oligarques turcs et des députés du parti au pouvoir en Turquie y possèdent aussi de solides attaches. Une société de jeu et de casino en ligne, dont les bureaux se trouvent dans la station balnéaire de San Giljan, servirait de paravent aux activités des services. Son dirigeant est un Turc originaire de Munich, membre de la branche bavaroise de l'UID, l'organisation pro-AKP en Europe, et il s'affiche sur les réseaux sociaux en supporter de Recep Tayyip Erdoğan. Le repenti cherche à se libérer de l'emprise de ce groupe.

Fin décembre, de retour à Palerme, Feyyaz Öztürk fait de nouveau son sac. Il ne se sent plus en sécurité. Les menaces venues de Turquie se rapprochent. Il soupçonne des groupes paramilitaires liés à la société militaire privée SADAT, d'être à ses trousses. Il est convaincu que l'Italie, son pays d'adoption, ne bougera pas le petit doigt pour sa sécurité si des hommes de main sont envoyés pour le faire taire. Les autres pays européens ont déjà montré qu'ils étaient prêts à fermer les yeux sur les activités clandestines du MIT sur le vieux continent afin de préserver leurs relations avec la Turquie. L'ex-agent cherche un nouveau point de chute. Sa piste se perd début janvier 2022 dans les ruelles de la cité sicilienne. Après plusieurs mois d'échanges, il coupe les lignes.

Les accusations et les révélations qui se multiplient début 2022 dans les cercles proches du pouvoir turc traduisent une effervescence au sein des services secrets turcs. Celles de l'ancien chef de groupe, Mehmet Eymur ou de certains de ses rivaux de l'époque, sont le signe d'une période d'instabilité du pouvoir. Les clans s'affrontent et règlent de vieux comptes. Chacun cherche à se placer, en perspective de bouleversements soudains. L'érosion du pouvoir à Ankara, l'émergence de personnalités fortes telles que celle du ministre de l'Intérieur

Süleyman Soylu, obligent le Palais à resserrer sans cesse son emprise sur l'appareil sécuritaire. Craignant un nouveau coup de force de l'armée, il a créé des contrepoids, avec l'émergence de plusieurs organisations de défense et de groupes paramilitaires. Le rôle joué par la société militaire privée SADAT, le « Wagner turc et islamique », est central. En 2023, l'opposition turque craint que cette société de mercenaires ne soit envoyée pour prendre le contrôle de la rue, en cas de contestation du résultat des élections. Les troupes de SADAT étaient déjà sur le pont en juillet 2016 pour rétablir l'ordre après la tentative de coup d'État contre Erdoğan.

Le MIT, bras armé du Palais, se trouve au cœur de la stratégie de la Turquie en Europe. À l'approche des prochaines élections, présidentielles et législatives, au printemps 2023, son rôle ne devrait pas se démentir. L'objectif : permettre à Recep Tayyip Erdoğan de prolonger son règne à tout prix. À Stockholm, à Berlin, à Bruxelles ou à Paris, d'autres actions clandestines contre les opposants au Reis, des opérations d'influence et des pressions politiques risquent de se renforcer. Et face à cette menace, les pays européens n'ont toujours pas trouvé comment répondre.

Remerciements

Nous tenons à remercier notre éditeur, Christophe Bataille, pour son accueil enthousiaste et ses encouragements tout au long de cette enquête. Merci à Romain Gubert. Nos remerciements vont aussi aux correcteurs pour leur relecture attentive et à toute l'équipe de Grasset et bien sûr à tous ceux qui ont accepté de témoigner ces derniers mois.

Cet ouvrage a été imprimé
par CPI Brodard & Taupin
pour le compte des éditions Grasset
à La Flèche (Sarthe)
en août 2022

Mise en pages Nord Compo à Villeneuve-d'Ascq

Grasset s'engage pour l'environnement en réduisant l'empreinte carbone de ses livres. Celle de cet exemplaire est de :
400 g éq. CO_2
Rendez-vous sur www.grasset-durable.fr

PAPIER À BASE DE FIBRES CERTIFIÉES

N° d'édition : 22558 – N° d'impression : 3048779
Dépôt légal : septembre 2022
Imprimé en France